当代作家精品·长篇小说卷

主编　凌翔

黄河英雄儿女传

郭军平　著

文化发展出版社
Cultural Development Press

图书在版编目(CIP)数据

黄河英雄儿女传 / 郭军平著. — 北京：文化发展出版社，2022.5

ISBN 978-7-5142-3648-4

Ⅰ. ①黄… Ⅱ. ①郭… Ⅲ. ①长篇小说－中国－当代 Ⅳ. ①I247.5

中国版本图书馆CIP数据核字(2021)第281516号

黄河英雄儿女传

郭军平　著

责任编辑：岳智勇

出版发行：文化发展出版社（北京市翠微路 2 号 邮编：100036）

网　　址：www.wenhuafazhan.com

经　　销：各地新华书店

印　　刷：三河市金元印装有限公司

开　　本：710mm × 1000mm　1/16

字　　数：250 千字

印　　张：17

版　　次：2022 年 5 月第 1 版

印　　次：2022 年 5 月第 1 次印刷

定　　价：59.80 元

I S B N：978-7-5142-3648-4

黄河咆哮中条腾跃
中华壮士屡出奇兵

王宗仁
2020年5月

著名军旅作家王宗仁题词

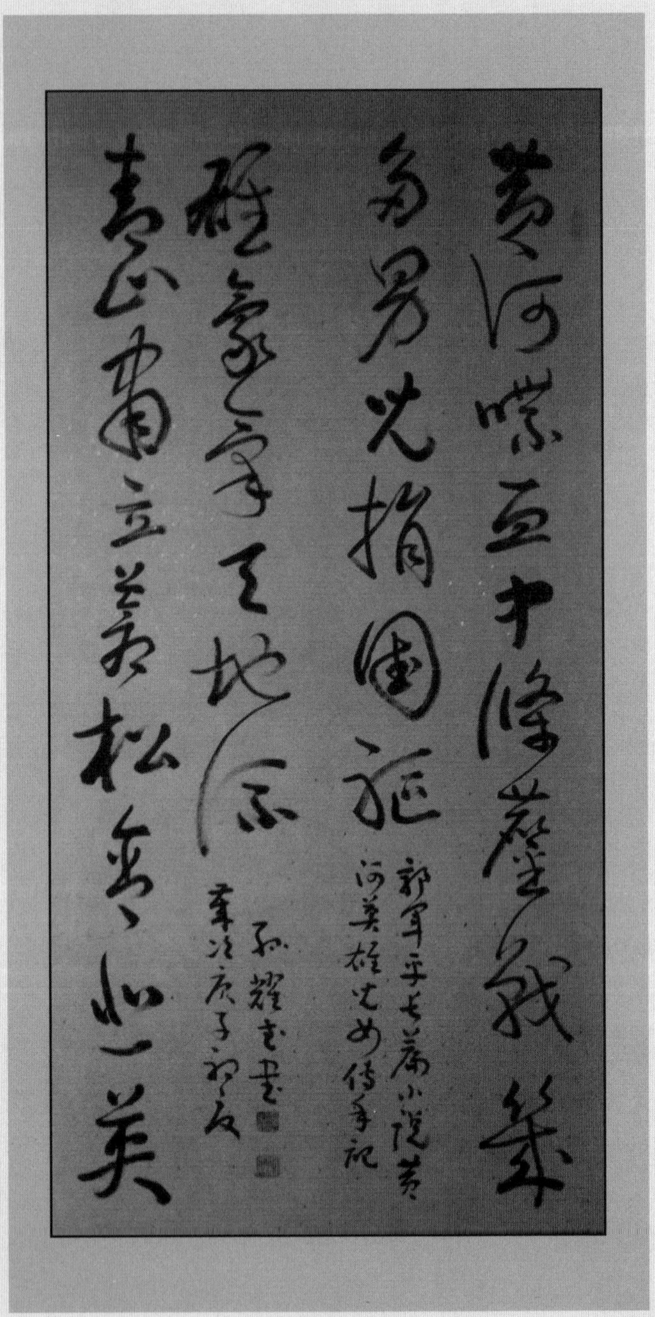

书法家孙耀武老师书作者手记

序言　凛然英雄气

文 / 刘成章

“天地英雄气，千秋尚凛然。”

《黄河英雄儿女传》正是这样一部描绘黄河岸边秦晋豫英雄儿女携手抗战，团结御侮，保家卫国的长篇小说。

这部小说集中写到的陕军冷娃热血抗战的精神，可歌可泣，填补了陕军抗战历史的空白。这是非常可贵的，它的思想价值和艺术价值，首先就表现于此。

“英雄是民族最闪亮的坐标。”“对中华民族的英雄，要心怀崇敬，浓墨重彩记录英雄、塑造英雄，让英雄在文艺作品中得到传扬，引导人民树立正确的历史观、民族观、国家观、文化观，绝不做亵渎祖先、亵渎经典、亵渎英雄的事情。”习近平主席2016年在中国文联十大、中国作协九大开幕式上对文艺工作者亲切讲道。

郭军平是一位根在黄河岸边的青年教师和作家，亲手创办颇有影响的校园刊物，同时也是一位热心的有魄力的业余文学创作的组织者，联系着全国很多教师作家，他的工作十分繁重。但是，他没有忘记作为一名作家的历史责任。为谋就长篇，他曾千里采风，沿着诞生英雄的黄河两岸凭吊历史，缅怀英雄，采访民间老人。这种深入生活，挖掘历史湮没的细节的精神，是感人的，也是值得赞扬的。

黄河喋血，中条鏖战，通过这些惊心动魄的宏大叙事，小说以浓墨重彩，集中表现了共产党人叶政委在黄河岸边、中条山下发动群众、组织民间抗日武装积极参加抗日的事迹，艺术地表现了在中国共产党人领导下的人民群众才是抗日的中流砥柱。其篇幅恢宏，构思颇有独到之处。小说的艺术核心是塑造人物，能否为文学画廊增添几个动人的、逼真的人物形象，是衡量作家艺术水准高低的标准。每一位作家都在努力，郭军平自然也不例外。他在这部小说中塑造的英雄人物叶剑、郭飞、韩诚、李忠，还有巾帼英雄晓梅、玉茹、“赛贵妃”等，都有看得见摸得着的鲜明性格，之所以如此，是因为作者从生活中提取了种种生动的细节，并努力把它变作人物的血肉，其言其行，恍在眼前，闪耀出人性美的光辉。

当然，有英雄就有败类，这是人类历史的客观存在，也是复杂的人性的表现。小说中塑造的土匪头子穿山甲、军师薛半仙，还有汉奸头子黄仁和、曾万头，国民党反动派代表人物秦一鸣等以及日本鬼子伊藤雄文等，对其身份其个性，也都把握得相当准确，同时，在他们身上，也可看到作家在避免简单化、脸谱化方面，所做出的巨大努力。

这些年来，以抗日为题材的作品并不算少，但是，称得上优秀的又并不算多，特别是屏幕上倒人胃口的“抗日神剧”，虽然看起来很是“正能量”，实则起的是负面作用。文学作品一旦离开了真实，或者说没有起码的现实依据，胡编乱造，就一文不值。相信郭军平的这部小说，是经得起广大读者的检验的。

2020年5月于北京

目录

楔子

四十年前，一个风清月白的夏夜，爷爷坐在老屋的大槐树下，摇着大蒲扇，为我讲述了几位英雄率领部队在黄河岸边、中条山下英勇顽强抗击日寇的动人故事。

双手托着下巴的我，在凉凉的夏风的吹拂下，听得入迷、听得沉醉。那时，我才十岁左右，但英雄们高大的形象便像一颗种子一样播撒在我的心间。

三年前，当我成为一位作家后，暑假的一个夜晚，竟然神秘地梦见了多年不见的爷爷。爷爷一脸慈祥，身着戎装，笑着温和地问我："黄河岸边的老故事，平娃还记得吗？"梦醒，忽然爷爷消失，一脸懵懂的我，仿佛受到了某种神秘启示。

我便告别妻儿，独自顶着烈日沿着黄河岸边，从韩城到蒲州到永济到中条山到风陵渡到黄河滩，就这样漫游了整整二十天。在长达千里的大采风中，我接触了较多的民间老人，接触到了当地的文史专家，他们的讲述和爷爷托梦以及小时候爷爷给我讲述的英雄故事便渐渐地浮现在我的面前。

这一段湮没在历史岁月深处的抗日英雄的故事和形象渐渐在我的心底发酵。

两年前，我终于动笔了，这一段关于抗战的故事，就从一位神秘的家族英雄开始。

我的老家在黄河岸边的大庆关，爷爷的祖祖辈辈一直生活在这里，我们整个家族也都生活在这里。这里曾经有一个郭姓大村。民国时期家族的一位英雄和爷爷是堂兄弟，他行侠仗义，武艺超群，和当时驰名陕西的渭北刀客英雄郭坚亲如兄弟，被时人称为“刀客王”。

郭坚起事，他暗中相助，但绝不加入政界、军界。直到郭坚遇难，他前去相救，结果被流弹所伤，后来不幸罹难。但他的故事被爷爷所知，爷爷时任地方军政人员，关心堂兄遗孤，亲手将堂兄遗孤送入军营，以报效国家。谁知后来黄河涨水，村子被淹，族人四处逃难，流落他乡。昔日黄河岸边著名的渡口大庆关也淹没在滔滔洪水中。

站在滔滔不息的黄河岸边，望着黄河岸边矗立的巍峨高大的鹳雀楼，看着如巨龙一样绵延在苍茫岁月中的中条山，忽然，一位英雄和他的战友的故事浮现在我的眼前。

一　英雄出发

1

带着特定的任务，他出发了，一个人，行走在山间小道上。

他是一名狙击手，一名令敌人闻风丧胆的神枪手。一杆步枪，数百发子弹，足够他驰骋沙场了。不，他的战场不是炮火连天、白刀子进去红刀子出来的沙场，而是敌人看不见的隐蔽杀场。说隐蔽杀场，也就是敌人难以干掉他，反倒因为隐蔽性强而往往成为敌人的坟墓。

山间风景如画。郁郁葱葱的草木散发着阵阵清香，高大的树木遮天蔽日，隐藏在丛林里的小鸟时不时发出清脆的鸣叫。假如不是战争，这样的徒步不亚于一次山林旅行。可是，日本鬼子不让中国人清静，硬是明火执仗闯进了这片美丽的土地，烧杀抢掠，无恶不作。

大片的国土沦失，日寇的铁骑到处横行霸道，践踏山河，蹂躏百姓。山河破碎，神州飘摇，黄河呜咽，湘江垂泪。东北、华北、华东、华南已经落入鬼子之手。下一步，听说鬼子就要渡过黄河攻取大西北了，绝不能让鬼子踏上关中这片土地，在鬼子到来之前，先要给他们一个下马威，让鬼子尝尝陕西冷娃的厉害。

陕西关中这片神奇的土地，在民国军阀混战时期就涌现出一批身手不凡、行侠仗义、好打抱不平的刀客。这群刀客常常来无影去无踪，平日里不显山露水，常常晚上神出鬼没，让那些为富不仁者以及贪官污吏胆战心惊。正因如此，关中刀客驰名关内外。然而，他们竟然神不知鬼不觉地消失了，给人留下诸多谜团。

在很多人不了解他的背景下，他是当年刀客王的儿子。父亲临终之际告诉了他关于自己的一些事情，这让他感到父亲的神秘和传奇。父亲在教会他轻功和飞刀绝技时，告诉他练武是为了健身强体，在国家危难之时就要保家卫国；但关于年轻时如何行侠仗义、杀富济贫的事情却只字未提。对父亲的故事，他也是道听途说，不能确定。关中刀客的神秘性可见一斑。

成为一名狙击手，他也是因了身手矫捷、百步穿杨的功夫。军营里，连长要训练出一批神枪手，特意让他们露出拿手的本领。他选定了两个项目，一是爬树，二是掷石子。说到爬树，那轻巧敏捷不亚于猿猴，他当场表演了一回，士兵们看得目瞪口呆。其实，他还会轻功，然而谨记父亲“不要显露”的教诲，更多的绝技没有显露出来，他要学会隐藏实力。掷石子只不过略露一二分功夫，但也无人能敌。百步之外的酒瓶，他一甩手就击碎了。这样的功夫，对他人而言只能望尘莫及，于他而言，只不过是雕虫小技。

连长是慧眼识英雄的好汉，当即把他选入狙击手队伍，进行伪装和射击训练。连长把他当作宝贝，一般作战都把他放在特殊的位置。在众多的狙击手里，他是佼佼者。连长分外惜才，常常和他分享一些重大军事活动。一些秘密，就连副连长都不知道。

在一次剿匪行动中，连长交给他秘密任务，让他从后山爬上去，从后面袭击敌机枪手和指挥官。他利用矫捷的身手爬上悬崖峭壁，选定有利地形，从后面袭击交战正酣的敌人。敌人猛烈的火力压制着队伍前进。看着战友不断伤亡，他红了眼，端上枪，压上子弹，瞄准敌机枪手，子弹呼啸而过，敌机枪手脑袋开花，应声倒下。接着，瞄准下一个正准备投弹的敌人，当即击中，敌人应声倒下。敌人有些慌乱，信心大失，队伍溃败。连长趁势发动进攻，土匪纷纷举手缴械。此战，连长为他记一等功。

如今，听说鬼子就要准备渡黄河进攻陕西，而且时不时打炮，摧毁黄河西岸农庄村舍，伤及无辜百姓。想到这些，他恨得咬牙切齿，决心教训教训这些猖狂的鬼子兵。正好连长奉上级命令，要求派出一批狙击手，袭击敌人，杀杀日寇锐气。听说执行任务，他跃跃欲试，摩拳擦掌，恨不得立马杀几个鬼子，给鬼子一点颜色看看。

2

出发时，他带上了足够的弹药、干粮、壶水。连长特意交代，最好能干掉几个鬼子军官，摧毁鬼子的炮兵，让他们不敢小瞧西北军。他点头称是，按说这对他来说是一个不小的任务，毕竟鬼子一路烧杀抢掠，骄横跋扈，不可一世。初次接触鬼子，一些士兵可能还有点胆怯，然而他不怕，上级就是想让他杀杀鬼子的狂气，为低落、怯战的士兵鼓鼓劲。正是大展身手的时候，他为担负如此重任而高兴。

此刻，他行走在山路上，想起连长的交代，心头的惬意忽然消失，脚步沉重起来。

潼关，自古天下雄关，有“鸡鸣听三省”之誉。谁承想河东之地竟大片沦丧，生灵涂炭，千里白骨。想起日寇隔三岔五，不是飞机轰炸，就是机枪扫射，威慑关中。他不由得怒从心头起，恶向胆边生。他握紧了手中的钢枪，扎紧了腰间的子弹袋。这数百发子弹要弹无虚发，送鬼子上西天。他心中这么想着，不由得加快了脚步。

行走间，忽然前面群鸟飞起，一阵惊叫，向远处逃去。“不好，有情况！”他感觉一定有敌情，猫下身子，轻手轻脚迅速向丛林深处藏去。

轻轻拨开草丛，趴在地上，贴耳倾听，听出是几个人的脚步声。他悄悄地拿起枪，压上了子弹，屏住呼吸，尽力不让身体抖动，以免让敌人发现。果然，脚步声越来越清晰，他能根据自己敏锐的感觉判断出敌人的位置和大致人数。

一个、两个、三个、四个、五个、六个……“不好，有十五六个”，简直是一个鬼子侦查小队。“距离自己有百步之远，怎么办？是射击还是再观察？”他手中的枪都握出了汗。

凭着丰富的经验，这么近的距离反而不是狙击手最佳的射击位置，狙击手擅长远射，而不是近射，近射岂不很快暴露了自己？敌众我寡，于己非常不利，他决定还是先稳住再说，不要打草惊蛇。

只听鬼子的脚步越来越近，周围的草木都被他们惊扰得晃动摇摆，草丛中的螳螂、知了个个都飞鸣而去。

“离自己也就十几步吧。”他反而不再紧张，做好了战斗的准备。他看了看周围的环境，目前正处在一个高坡上，向南是一个浅峡谷，北面是一个小山头，东面就是鬼子来的方向，附近可能就有鬼子的营地；西边是自己来的方向，离开家乡已经很远了，撤回去也不是很容易的事情。现在是深入敌营，不能有任何顾虑，唯有破釜沉舟才有生还的可能，他做好了最坏的打算，要和鬼子殊死一搏。

就在他全神贯注准备射击的时候，只听一个鬼子“叽里呱啦”地说了几句，他没听懂。另一个鬼子也“叽里呱啦”说了几句，他还是没听懂。听起来好像是鬼子在对话，两个人一问一答。其他的鬼子都静悄悄的，没有动静。忽然，他听到了一句汉语：“太君，前面就是牛头岭，此地险要，易守难攻，我们可以先占领此地，然后向西进攻，势如破竹。”一听就是汉奸翻译官的腔调，他恨不得一枪崩了他。

“吆西吆西！你的大大的忠诚！”只听鬼子军官用生硬的汉语夸赞

着这个汉奸翻译官。“看来鬼子侦查地形，不幸与我遭遇了。”他想好了，打一枪撤退的方向——南峡谷。

“看看鬼子的动静再说，反正打和撤的方案都有了。”他稳住了自己，手中的枪丝毫没有放松。对好的狙击手来说，在消灭敌人之前，先要保证自己的安全。他不愧是刀客王之后，有泰山崩于前而色不变的沉着、冷静。

谁也没有想到，鬼子“叽里呱啦”了一阵，却没有向前，突然调转脚步回去了。一队鬼子兵跺着脚整齐地走着，这和刚才鬼鬼祟祟的脚步完全不一样。看来，鬼子也是地形不熟，前来侦察虚实，回去时却心里踏实了。他松了一口气，握紧的枪松了下来。这时，他发现自己的前后汗衫都湿透了。也许是天热，也许是战情紧张。

“妈的，小鬼子，我要让你们有来无回。”他心里愤愤地说，“打掉他们的侦察兵，就打掉了他们的嚣张气焰。”他心里暗暗地想。

从地上爬起来，他伸了伸腰，顺手取过水壶喝了几口。然后取出一把子弹，一颗、两颗、三颗、四颗……他低头数着，仿佛数着消灭的敌人。

“十六，好，就用这十六发子弹，送他们上西天。”他擦了擦枪。仿佛心爱的老朋友、老伙计，这条枪，跟随他好多年了，能逃过这条枪的还没有几个人。他的枪下从没有冤杀过好人，跟土匪战，跟那些为非作歹的河南痞子兵战，他的心中充满了正义感与荣誉感。

“眼下，要消灭的就是强盗狗贼小日本，他们枪杀我同胞，奸淫我姐妹。神州大地，人神共怒。我要让你们尝尝中华男儿的厉害。”想毕，他把子弹一颗颗卡在左手腕的皮套上。他习惯了这样的战法，一打起来，压弹、取弹快而不乱。他常常打一枪换一个地方，行动迅速敏捷，敌人根本捕捉不到他的行踪。

准备好后，他持枪穿过密林向高坡上走去，他要盯住鬼子的行动，然后选择合适的时机给其致命性的打击。

3

鬼子兵趾高气扬地走着，肩上枪挑的膏药旗若隐若现。瞅准后，他悄悄地跟了上去。

“六十米，七十米……”他在心里默默地计算着距离。“再远些，再远些！”对狙击手来说，几百米的距离都能百发百中，更何况这么一点距离。他决定好了，像熟练的猎人发现了猎物，紧紧跟了上去。

东边是一个斜坡，处在三省交界之地。沟沟峁峁的地方，最适合打游击，难怪人们称这里是“山河表里”之地。他选定了一个坡头，迅速趴下，进入战斗状态。夏季旺盛的草木正好成为他的掩体。鬼子兵是乘坐小艇偷渡黄河而来，河对面隐隐约约能看到大批的鬼子车队，看来鬼子在调兵遣将，准备渡河进攻。

“要杀杀鬼子威风，挫挫其锐气。”连长的话在他的心头盘旋。“绝不能让这队鬼子侦察兵渡河而去，要让他们有来无回。”一个声音从他的耳旁响起。

“砰”的一声，他感觉用了很大的劲，一颗子弹带着愤怒的火焰呼啸而去，直奔那个肩挑膏药旗的鬼子兵脑袋。

没等其他鬼子兵反应过来，“砰”，第二枪又过去了，鬼子慌忙趴倒一片。好半天，鬼子兵都没敢抬头，他们还没弄清这枪声从哪里而来。因为开第二枪的时候，他已经迅速换了一个地方。鬼子看着身边脑袋开了花的两个士兵尸体，一下子傻了。这是他们进入中原以来从未遇到过的状况。溃败的国军士兵，几乎不堪一击，他们还没有受过如此侮辱。鬼子指挥官毕竟还是老练沉稳，他“叽里呱啦”地站起来，喊叫着，挥舞着指挥刀。

他瞄准了这个指挥官。扣动扳机之际，忽然那个汉奸翻译官向左推了一下日军指挥官，子弹带着呼啸之声击穿了这个狗汉奸的胸膛。他摇摇摆摆，手指着他射击的方向，像死猪一样倒了下去。

“砰”，这是第四枪，又一颗带着复仇火焰的子弹呼啸而去，冲在指挥官前面的一个鬼子兵倒下了。

鬼子被打蒙了，他们还没有遇上这么强大的对手。对手身手之矫捷，行动之迅速，反应之灵敏，如此神速，是他们前所未见的，简直是迅雷不及掩耳。鬼子兵毕竟训练有素，他们在指挥官的指挥下迅速呈扇形向他包围而来。

“擒贼先擒王。”他决定先干掉这个指挥官。日军迅速分散开来，他们明白敌人是一个人。当左边的鬼子朝他射击时，右边的鬼子就趁机向前冲；当右边的鬼子趴下射击时，左边的鬼子就迅速向前冲。就这样，狡猾的日军相互交替射击着、掩护着、冲锋着，他们不断在缩小与他的距离。

就像老练的猎手与狡猾的猎物之间的搏击游戏一样，越是这样，越能激发出他的斗志，他数数，已经干掉了四个，还剩下十二个，不急，一个一个敲。也许那个指挥官真不该来这里，他的枪已经紧紧地吃准了他。

“砰”，这颗子弹已经快速出膛，直奔那个“叽里呱啦”的鬼子指挥官面门。鬼子指挥官躲闪不及，面目开花，当即栽倒毙命。其他小鬼子一看，吓得趴在地上不敢起来。

忽然，他发现了一个奇怪的现象：剩下的鬼子虽然没有冲锋，但也没有后退；他们一个个在悄悄挪动着，寻找最好的掩体。他心想：这小鬼子还真是好心理素质，指挥官完蛋了，也不跑，这与以前的土匪和河南痞子兵相比就是不一样。

越是这样的敌人越不能轻视，他把第6颗子弹已经压了上去。忽然，前面两个鬼子兵像疯了一样“哇、哇、哇”喊着端着枪向他疯狂冲来。他们一左一右，好像故意麻痹他，让他分散注意力，岂不知他是沙场老将，一旦盯住一个，没一个能够逃得脱；其他的鬼子兵却像疯了一样向后跑。他有点分神，枪一挥，右边的鬼子应声倒地。左边的鬼子眼看着上来了，他就地一滚，躲到一个坑里。子弹已经压了上去，没等那个日军举枪，他的枪已经响了。鬼子被打了个四脚朝天。

四周静下来了，他爬出坑，鬼子没有上来。他感觉非常诡异，迅速跳出坑。这时，一颗炸弹飞了过来，正好炸在坑里。幸亏反应快，他急忙向高坡跑去，寻找制高点。

原来，那几个跑回去的小鬼子架起了小钢炮。炮弹携带着呼啸声一颗接着一颗飞舞而来。爆炸声此起彼伏，震得他耳朵发麻。他边跑边打，打炮的小鬼子一个一个毙命了。

剩下的 4 个小鬼子在炮弹的掩护下快退到了黄河边。绝不能让这些狡猾的鬼子回去，一定要彻底消灭他们，他迅速追了上去，像猛虎下山一样，身子一躺，仰面朝天，让身子跟随惯性向下滑。他边滑边打枪，又死了两个鬼子，剩下的两个已经到了小艇上，向对岸挥舞着军旗。对岸的鬼子看到了，迅速开着小艇过来了，而且还是大队人马。

不好，原来这两个逃跑的鬼子是在呼叫援兵。这些狡猾而又歹毒的鬼子兵，还真不好对付。他迅速调整了思路，抓住身边的一块岩石，挡住了下滑的身体。随即，他压上了第 15 颗子弹，单手一挥，摇旗的那个鬼子兵应声而倒。最后一个鬼子兵一看不好，正要跳河逃跑，被他快速的第 16 颗子弹干掉。松一口气，他急忙向后撤退。但是，大批的鬼子已经靠岸了。

4

鬼子边上岸边打枪，子弹贴着他的耳边呼啸而过。为了快速掩藏起来，便于射击，他行动迅速，如敏捷的猿猴腾挪闪跃，很快就爬上了山坡。到了山坡，他就地一跃，迅速进入战位，一颗子弹已经压上枪膛。

鬼子兵上岸后，一看他躲藏在山坡上，指挥官不敢大意，急忙喝令士兵趴下。因为从前面那十六个死尸上，指挥官看出他不是个等闲之辈。

鬼子指挥官吃定了要拿下他的意思，趴在地上，不断地用手示意，向后传递信号。看得出，鬼子还在不断增兵。这一艘小艇上过来有三十多人，河对面还有小艇正准备出发。

鬼子兵趴在地上，半天没有动静。战场上死一般地静，只有老鸹“呀呀呀”的惨叫与盘旋。他不敢大意，不断地变换位置。北面是一座山坡，居高临下，能将河对岸看得一清二楚，他决定向北山移动，不能让鬼子发现自己的位置。果然，在他向北山移动的时候，鬼子的炮弹就一颗接着一颗向他刚才埋伏的地方飞去。

炮弹带着啸声“轰”“轰”落在山坡上，山坡上的草木被炸得齐飞，尘土、碎石四处飞溅。美丽的山河再也不平静了。瞬间，硝烟弥漫，火焰燃烧，山河破碎。他边跑边骂：“小鬼子，来吧！爷爷今天让你吃不了兜着走。”

很快，他便进入北山，眼前地势开阔，树木丛生，百草丰茂。来不及细细打量，他就压上子弹，瞄准了正在发射小钢炮的鬼子兵。“砰、砰”连续两枪，鬼子炮手就栽倒在地，呜呼哀哉！

其他鬼子兵一看，就急忙冲锋，然后又迅速趴下。他们明白了自己的敌人是一名百发百中的狙击手。谁也不敢大意，不然脑袋很快就搬家了，只见鬼子指挥官趴在地上不断地用手示意着。

鬼子兵逐渐分散开来，一个个匍匐前进。他着急了，不能老是这样对峙着，得寻找机会干掉敌人。打一个少一个，同时也能震慑敌人，况且这样拖下去对自己不利，毕竟弹药、体力有限，不能和敌人耗下去，得诱惑敌人冲锋。

他站起来迅速跑到前面一块巨石旁。一个鬼子起立瞄准了他。正好，他反手一击，鬼子兵应声而倒。其他鬼子见了，也不敢起立，趴在地上，只是不断地向他射击。子弹呼啸着从他的头顶飞过。他被压制住，没有机会射击。这样不行，鬼子会借机冲上来。他把帽子摘下来，放在石头上，来了个金蝉脱壳。鬼子还以为他在，对着他的帽子不断射击。这时，他已经撤到了另一个安全的地方。

现在这个位置恰好是一个射击的绝妙点，鬼子趴在地上被他看得一清二楚。他稳了稳心神，取出一颗颗子弹。这些子弹正是鬼子的午餐。一颗子弹压上去，射出去，就有一个鬼子毙命。就这样，接连打掉了七八个鬼子，鬼子再也不敢匍匐前进了。他们清楚眼前的敌人简直就是一个吃人的魔鬼。

鬼子指挥官看着身边一个一个被敲掉的士兵，心里直发毛。再这样下去，难免一个个被对方干掉，他一边趴在地上“叽里呱啦”指挥士兵前进，一边挥手让几个士兵去搬救兵。而河对岸的小艇正在“突突”向前。虽然鬼子被一个个消灭，但是鬼子的后援部队却在不断开进。他不能就这样被鬼子缠住，得想法摆脱鬼子的纠缠。

他熟悉这里的地形。北山向下，就是山谷。谷大林深，草木丰茂，野果累累。天无绝人之路。到这里，鬼子就如同进入死亡谷一样。他打定主意，迅速干掉两个鬼子兵后，顺势一滚，直向山谷冲去。

半山腰，透过树木之间的空隙，看到鬼子指挥官已经站在了他刚才埋伏的位置。七八个鬼子聚在他的身边，听他“叽里呱啦”。看来，这是鬼子指挥官在布置任务，也许后面大批鬼子就要上来了。趁这个空隙，他连忙打了两枪，两个鬼子又见了阎王。其他的鬼子急忙闪开，躲到岩石的后面。

果然，鬼子援兵上来了，一上来，就对着山谷开炮。他刚才站立的地方已成了巨大的弹坑。大、小树木被炮弹“轰”倒，只听见树倒枝折的声音。到处是弥漫的硝烟、燃烧的火焰，山林的鸟儿、虫儿急速飞遁。他敏捷地回避着，不断地向山谷深处隐藏。

鬼子炮火之后，士兵就开始悄悄进攻。鬼子兵像鬼魅一样在树林间穿行，一个个小心翼翼，生怕吃了他的子弹。尽管鬼子兵小心翼翼，但仍时不时被他的冷枪击中，击中一个就是“呜哇”一声惨叫。山谷里充满了恐怖的气氛。乌鸦在“呀呀”惨叫。林子里时不时冒出“砰砰”的枪声。

鬼子尽管人多，但对地形不熟悉，被他打得晕头转向。丛林中，他如一个神出鬼没的幽灵，百发百中的枪法令鬼子毛骨悚然。鬼子被打得简直成了惊弓之鸟。究竟有多少鬼子兵丧命于此，他不知道，他每一出手，几乎弹无虚发，看看身上剩下的子弹，就知道鬼子被干掉了多少。

看着伤亡惨重的部下，鬼子指挥官停止了搜捕，这样下去会有多少士兵被干掉呢？快到黄昏时分，鬼子撤出了山谷。周围寂静了下来，他这时才喘了一口气。取出身上的干粮，胡乱吃了几口，喝了几口水，他想：鬼子不会就这么轻而易举撤回吧，要不然，鬼子就是另有对策。为了安全，他不敢逗留，急忙向山谷深处退去。

5

他的猜测没错，退回去的鬼子并没有善罢甘休。鬼子吃了那么大的亏，这是进入中国境内前所未有的状况。好家伙，对方就一个人，反而造成了 36 人的伤亡。鬼子们咽不下这口气，他们占便宜惯了，东北军、中央军、晋绥军，哪一个不是手下败将？

越是这样，越要消灭这个可恨的家伙，不然，西北军的嚣张气焰如何压下去？还怎么征服西北、包围大西南再进一步征服中国呢？河对岸的鬼子们临时召开了紧急会议，商量对策。鬼子军官纷纷指出，这是进入中国以来，遇到的最可怕的狙击手。这个家伙已经造成他方 36 人死亡。强攻不行，得智取。

鬼子指挥部向军部上报了歼灭中国狙击手的行动，希望军部派遣高手前来支援。鬼子的办事效率高，机械化程度也很高。很快，从太原调集来的特务高手就到了前线。看着眼前这 11 名特务高手，日军指挥官藤田一郎露出了狰狞的笑容。他要从这个中国狙击手开刀，彻底瓦解中国西北军的抵抗士气。

日军在猎杀中国狙击手之前，先对河西潼关城进行了猛烈炮轰，做出要攻打潼关、进攻关内的举动，同时也派出了十几架飞机进行投弹、扫射，以祭奠先前死亡的36名日军军官、士兵亡魂。日军的疯狂报复遭到了潼关军民的英勇反击。潼关守军也对日军进行了猛烈炮轰，同时中央军也从西安调来了美国的援中飞机，对对面日军进行了猛烈反击。鬼子在潼关几乎没有占到便宜。在这次进攻中，他们不仅被中国狙击手射杀了36名官兵，而且河东的炮兵阵地也损失惨重。

这一番较量让鬼子感到中国西北军还真是块难啃的骨头。他们渡黄河进攻关中，包抄大西南的计划只好暂时停止，但日军派出的猎杀中国狙击手的计划并没有停止。在日军看来，这个狙击手的存在，对他们迟早是个巨大的威胁，必须下功夫拔去这颗毒牙。

在日军对潼关城池进行猛烈轰炸时，鬼子特务们也纷纷出动了。鬼子打仗历来狡猾，惯于使用瞒天过海之术。这种障眼法对他来说，已司空见惯。听着远处的炮声、飞机的轰炸声，他明白鬼子又发起了新的一轮进攻。他感觉危险在不断向他靠近。他没有大意，也毫不惧怕，鬼子毕竟还没有明目张胆过河，无论是投掷炮弹，还是飞机轰炸，即使派遣特务兵前来袭扰，关内毕竟还在自己人手中。

天渐渐黑了下来。筋疲力尽的他计划先寻找个地方躲藏起来，休息一夜，再作打算。但是，潜意识里他始终感觉日军不会善罢甘休。从下午对潼关城的炮轰和飞机轰炸就可以看出，鬼子显然被打疼了，这明显是报复行为。当然，潼关城池的详细情况如何，他不得而知。但从剧烈的炮击声和飞机的轰鸣声里，他能感受到日军的疯狂与凶残，不知道在这样的狂轰乱炸里又有多少无辜人家蒙难。

哎！国破家亡，背井离乡，妻离子散，骨肉分离，这都是谁造成的？没有国，哪有家？覆巢之下，安有完卵？父亲临终告诫他的话又浮现在他的耳旁："国家兴亡，匹夫有责！习武之人，一定要担当起保家卫国的重任，这才是正道啊！”他在心里回应：“爹，您放心。孩儿一定杀东洋，保家卫国。”

他疲惫地靠在一棵大树旁，把枪斜挎在左肩，吃了几口干粮，不由得睡着了。一只快乐的小鸟落在他的肩头，“唧唧”叫了几声，悄悄地闭上了眼睛。

二　牛头岭

1

忽然，林子里枪声大作。慌乱中，他被枪声惊醒，急忙压上子弹，迅速向丛林深处隐藏。

幸亏是在这样的深山丛林里，否则，早被敌人发现了。他为自己的选择感到庆幸。适逢夏夜，繁星在夜空闪烁着，草虫在唧唧吟唱着。倘若在平时，这里恐怕是最美好的乘凉之地。然而此刻，他没有心思，也没有闲情逸致去赏玩眼前的景色，倾听这虫儿的鸣唱。

枪声是从东面方向发出的，时断时续，看来不是大规模军事行动，是一小股人马在交火。这是哪方人马呢？他要看个究竟。趴在草丛里，他一动也不动，枪口已经瞄准了草丛外。

只见两个黑影边打边向这边跑来，后面紧紧跟随着好几个人，边追赶边打枪。黑影越近，看得越清楚，分明是一男一女，只见男的紧身腰带装束，身材适中，手持驳壳枪，边射击边掩护。女的看不清楚面孔，只见身材苗条，行动敏捷，也手持驳壳枪，边射击边撤退。后面的几个人穷追不舍，他们边躲边打，很有章法。在搞不清敌我的情况下，他握紧枪始终没有扣动扳机。

当两个黑影从自己旁边慌慌张张地跑过去时，后面的人也紧紧地跟了上去。他不动声色，静静地看着眼前发生的一切。确定后面没人，他才悄悄地跟了上去。

山大林深，在丛林里夜战，再好的枪法也会出现偏差。双方看起来都是老把式，故缠斗得比较激烈，加之山谷林密草盛，便于隐藏，双方还不见伤亡。

但明显前面一男一女处于劣势，后面人多，穷追不舍。他要搞清楚这究竟是哪方人马。他在等待机会，看看双方的反应。他紧跟着后面的人，故意把身上的水壶朝前狠劲扔了一下。水壶打在前面那人身上，那人被击中，愤愤地骂了声："巴格！"然后回头看着他的同事，他的同事急忙向后瞧。

他藏在树后，晚上哪能瞧见呢？只听他们"叽叽咕咕"一阵，一句也听不懂。他明白了，后面这几个人是日本便衣。也许他们是朝他而来，但没想到遇上这一男一女两个中国人，结果干上了。敌我既然已经明了，在我们的地盘上，任何人都有杀日本鬼子的责任和义务。

他压上了仇恨的子弹，朝着穿便衣的鬼子开枪射去，只听见最后面的那个发出"啊"的一声，栽倒毙命。前面的鬼子听到声音后急忙隐藏，随后，朝着他的方向开枪。子弹在夜晚像流萤一样来来回回飞舞。他边打边跑，躲藏得很快。鬼子弃了前面的人，朝他追来。他发了狠，向南撤退。鬼子穷追不舍。

也许吸取了前面鬼子的教训，这些鬼子十分狡猾，边打边躲，身手十分敏捷。他发了狠，必须彻底消灭这一股顽敌。在边打边躲之际，忽然鬼子后面传来了枪声，而且枪声越来越多，原来是刚才的一男一女折返回来，并且带来了增援部队。

他精神大振，返身连击，最前面的鬼子倒下，后面的连忙躲闪，但也躲闪不及，他们的后面响起了枪声，又有一个鬼子倒下，是被后面的人马击中的。剩下的鬼子几乎要崩溃了，急忙向东逃跑。

这下他们合为一股力量追赶鬼子，群情振奋。他几乎和他们打了一个照面，他喊了声："兄弟，多谢！"只听对方回应："我们还要多谢英雄相救，鬼子是我们的共同敌人。"

"说得好！"他激昂地答道。

这下形势发生了逆转，我众敌寡。敌人如丧家之犬，灰灰溜溜狼狈极了。剩下的两个很快被众人乱枪打死。大家向前搜寻，看还有没有残敌。

林子里顿时安静了下来。夏虫"唧唧"的和鸣声不断地吹进耳膜。晚风轻轻地吹着，送来了花草的阵阵清香。夜鸟的"叽咕"声也不断从山谷里传来。倘若没有刚才激烈的厮杀，这夏夜的山谷真是诗情画意。

"多谢英雄相救，不是英雄把敌人引开，我们兄妹俩今夜恐怕难以脱身。"身材适中的那位男子彬彬有礼，向他道谢。

"晓梅，还不向英雄道谢。"

"多谢大哥救命之恩。"晓梅噘起嘴，闪着如星的眸子，甜甜地对他一笑。

晓梅的笑和明亮的眸子在诗情画意的夜晚显得非常迷人，也让他消除了一天的疲劳和紧张。他和气地说："兄弟，不必客气，打鬼子是我们义不容辞的责任。"

"看大哥身手不凡，非等闲之辈，不知大哥尊姓大名？在何处高就？

"兄弟高抬，在下朝邑人氏姓郭名飞，实乃一山野俗人，不曾高就。"在对方身份不明了的情况下，他还是选择隐瞒自己的真实身份。

"哦？"对方有点吃惊。

"不知兄弟尊姓大名？为何在此？"

"鄙人姓韩名诚也，这是小妹韩晓梅。河东蒲州人氏，日寇毁我们的家园，杀我们的亲人。我们无法生活，拉了一支人马抗日。"

"义士啊！当今国家蒙难，大片国土沦丧，保家卫国是每个中国人的责任。”

“是啊！感谢兄弟相救，我们真是相识恨晚。夜已深，可否到山寨一叙？”

“多谢兄弟相邀，承蒙厚爱，受之不得！”

他们惺惺相惜地望着对方，然后四只手紧紧地握在了一起。

晓梅和其他队员很快打扫了战场，然后大家一起向牛头岭走去。

2

牛头岭位于山谷西面，地形险要，易守难攻。但见山山相连，深谷弯曲，绵延纵横，到底有多深远，连当地人都说不上来。不熟悉此地形的人，一般难以走出，故当地人又称之为“迷魂谷”。

“迷魂谷”深沟险壑，山石崔嵬，流水淙淙，植被茂盛，故这里物产丰富，飞禽走兽众多，极利于人类生存。这里山民一般都很分散，山上山下三三两两，不是很多。据说多是河南、山西、陕西避难的人们临时而居。故这里称为三省交汇之地，也是国民政府“三不管”之地。

据说此地又与秦岭山脉相连，向西更是山大林深，云雾弥漫，深不可测。故这里又常常是匪患之地，无限的战略纵深，是打游击、占山为王的天然地盘。

韩诚兄妹从山西蒲州拉起抗日队伍，召集义士，打击鬼子，被鬼子追剿，逃到这里，只好占山为王。不过因为从没有做过伤害百姓的事情，故也没有受到官军重视。

对这股抗日武装，郭飞甚至从没听说过，他只是奉命在华州秦岭山区剿过土匪王麻子。王麻子被打死以后，大多数土匪或被打死或缴械投降，只有土匪二当家穿山甲以及残余势力逃到秦岭深山，苟延残喘。

不过，秦岭山区也有共产党游击队势力，但他们从不与百姓为敌，专打土豪劣绅，信仰共产主义。作为国民革命军，郭飞是杨虎城将军的部下。他们部队曾经剿过游击队，但往往成效不大。加之杨虎城将军对共产党有好感，所以虽然作为地方军，但未与共产党游击队结下仇怨。尤其是“西安事变”以后，共产党游击队已经成为合法武装组织，红军被改编为“八路军”，奔赴山西前线抗日，成为中华民族的柱梁。

杨虎城将军因为发动“西安事变”，被总统拘押，之后没有任何消息。所部十七路军也被重新整编。郭飞目前归于改编后的秦东第 1 军 1 师 1 团。他们部队负责秦东地区防务，把守陕西的东大门。从朝邑老家走进军营的他，曾目睹了日军对朝邑、平民、大荔、潼关、华阴、华县等地的狂轰乱炸。日机时不时就从河东过来，不是下上几个“蛋”，就是扔下满天飞的传单，以瓦解中国军民的斗志。虽然中华大地大片河山沦陷，但巍巍秦岭依然矗立。它是中华民族的龙脉。有它护佑，中华民族的脊梁是打不断的。大西北军高昂的士气就是证明。

“守土有责，守好陕西东大门。”“不做亡国奴，抗战到底。”“团结一切抗日力量，把日本鬼子从中国赶出去！”这是他们第 1 军发出的强烈声音。从潼关炮战就可以看出西北第 1 军的军威和坚强气概，从他的第一次出击到现在凯旋，都可以看出中国军人的威武气概。

3

回到牛头岭如同回到家里一样，郭飞对韩诚兄妹的爱国义举深为赞赏与佩服。他们的家乡——美丽的蒲州古城，位于他的家乡对面。中国虽然隔着一条宽阔的黄河，但朝邑古渡和蒲州古渡自古以来就是连接秦晋友好的桥梁。两岸交流的船只、婚丧嫁娶来往不断，就连郭飞的姑姑家也在河东。所以，对河东，郭飞并不陌生。

年少时，他曾与父亲在蒲州古城待过一年半载。美丽的蒲州，位于富庶的黄河岸边，物产丰富，人杰地灵。普救寺、蒲州古城、鹳雀楼，唐朝大铁牛等一系列历史文化遗迹，无一不向世人昭示着这一块土地曾经的辉煌与灿烂。高亢深远、声调铿锵的蒲州梆子戏曾经让他和父亲深深迷恋；著名的爱情圣地——普救寺，曾经令多少痴男怨女魂牵梦萦，流连忘返；美丽的莺莺塔，秀外慧中，充满神奇，在这里，他曾经许下美好的愿望，希望今生能遇上像崔莺莺那样一位美丽的姑娘，恩恩爱爱，白头到老；在这里，他也吟唱过《登鹳雀楼》，畅想过登临高大巍峨的鹳雀楼，虽然那种奢望不可能实现，但那壮丽的诗句依然让他心旌摇荡：

白日依山尽，黄河入海流。欲穷千里目，更上一层楼。

少年存大志的他多么希望有一天能重现这座巍峨的鹳雀楼，但现在国家正处于风雨飘摇之际，民族正处于生死存亡之际，这些美好的愿望恐怕都要在把日本鬼子赶出中国以后来实现吧。

回到山寨，郭飞与韩诚兄妹聊了许多，他们有共同的家园，有共同的理想。

韩诚兄妹这支队伍不大，有五六十人，多来自蒲州一带。他们的家园都被日本鬼子烧毁，亲人被鬼子残杀。因此，他们逃离出来组织起队伍，紧紧团结在韩诚兄妹周围，成为他们抗日的有力帮手。

说起蒲州韩家，那可是当地望族。韩诚祖父乃清朝武举，曾任运城总兵，据说文武双全，才冠晋东南。年轻时因为镇压捻军匪患有功，声名显赫。清朝灭亡，废除科举制度以后，韩诚的父亲改了门户，不再做官，从商经农，可谓富甲一方。虽不走仕途，但祖上的遗风不变，在他们家，兄妹俩依然习文弄武，琴棋书画样样精通。

韩诚的父亲因为在当地很有名望，在日军进攻蒲州城池时，曾经组织当地民团奋勇抗击。后来城池陷落，日军大肆屠杀抗日人士。韩诚的父母、两个哥哥以及众多亲人、乡亲都惨死在鬼子的屠刀下。在惨烈的战斗中，韩诚和妹妹晓梅带领民团剩余力量逃到了牛头岭，伺机打击鬼子，为父母亲人报仇雪恨。

昨天晚上与鬼子便衣的遭遇战是他们万万没有想到的。当时兄妹俩正从潼关城返回，经过牛头岭“迷魂谷”时，被身份不明的几个人盯上。看到这几个身份不明的人鬼鬼祟祟的，而且手上都提着家伙，紧紧地跟着他们不放，他们就怀疑是鬼子的便衣。经过试探，果不其然，鬼子中的一个说：“前面，花姑娘的干活。”他们就边打边走，在危急时刻，遇到英雄相救，才得以逃脱，并与山下接应的兄弟相遇。这时，他们才从后面循着枪声追来，顺利地消灭了鬼子。

郭飞证实了自己的判断，鬼子并没有善罢甘休，刚才消灭的这 5 个鬼子可能就是鬼子派来的杀手。不承想与韩诚兄妹相遇，客观上说，韩诚兄妹这一遭遇反而救了他。否则，他有可能在睡梦中成为鬼子的刀下鬼。论及这点，郭飞心里感激不尽，他再也没有隐瞒自己的身份，向韩诚兄妹坦承了自己的使命与经历。听完郭飞的叙述，韩诚兄妹更是对他敬佩有加，以礼相待。晓梅更是把郭飞视为自己的大哥，与郭飞切磋武艺、讨论射击技术。

在山上待了两日，郭飞与韩诚兄妹感情甚笃。郭飞脱掉有点破烂的衣服，换上了晓梅从潼关城给他哥哥买的衣服。经过一番梳洗打扮，郭飞恢复了往日英俊潇洒的风貌，再加上一身好功夫，更让晓梅倾心不已。有事没事，晓梅总黏在郭飞身边，两人简直要形影不离了。

4

晓梅兄妹的热情招待和相互救援已经让他感到对方可以成为同生死共患难的朋友。他们感到彼此间有说不完的话，讨论不完的问题。

然而，天下没有不散的宴席。到了归队的日子，郭飞必须返回去，否则，是违反军纪的。郭飞向韩诚兄妹说明了自己的心意，同时也真诚地希望韩诚兄妹率领队伍加入国军，报效国家。韩诚兄妹感激他的相助与好意，但鉴于目前的身份，还不便于直接前去，他们必须和兄弟们商量。郭飞没有勉强，只是表明回去一定会向连长报告他们的功劳。

韩诚兄妹看着即将离开他们的大哥，禁不住流下了眼泪。晓梅更是哭得“呜呜”不停，梨花带雨般，看得让人伤心。郭飞着实安慰了他们一番，让他们保重，不要儿女情长，以后他们会再次相见的。

临走之际，晓梅告诉哥哥她想和大哥独自待一会儿，她有话要对他说。韩诚看出晓梅对郭飞有爱慕之意，也有意相许。在韩诚迈出屋子后，晓梅就压抑不住内心的感情，一下扑到郭飞怀里，“呜呜”哭着，说不愿让他离开。

面对晓梅热烈的爱情，郭飞毕竟是血肉之躯，虽然是久经沙场的好汉，但毕竟自十五岁从军以来，虽经历十年兵营生活，但还没有接触过女人，尤其是像晓梅这样的漂亮女人。

晓梅温热的身子让他感到一阵眩晕。他忽然觉得天塌地陷，身子轻飘了起来。晓梅的哭，好像天上的云彩，携带着他飞舞；晓梅散发着芳香的浓发，让他如同到了花丛。他经受不住晓梅的热情，无法推脱，也无法控制。忽然，他少年时期登临莺莺塔的愿望似从天空飘来。晓梅，这不是少年梦中的莺莺吗？你看她，出身名门，既习文通武，又擅长琴棋书画，再加上这番梨花带雨、芙蓉脸面，怎能不让人动心？

郭飞何尝不想有个温暖的家啊！他自幼丧母，一直跟随父亲习武，跟随乡贤老先生学习诗文，虽说不上饱读诗书，但唐人边塞诗歌的那一番豪情委实让他动心。自黄河暴涨以后，亲人离散，家园被毁。父亲临终的谆谆教诲就是最后的遗产。为了生活，他被迫参军，跟随杨虎城将军征战十年之久。可是，到了现在，自己尚不能立身，何以成家呢？晓梅是个很好的姑娘，娶了她，就要对她负责，让她过上好日子。可自己现在无一官半职，过着脑袋在刀尖上滚的日子，能给她一个可靠的依托吗？不能，自己绝不能耽误晓梅。

他冷静下来，眼前的云彩散去，魂魄收回，仿佛从云层飘落，他坚实地站在大地上。他轻轻推开晓梅，告诉她自己现在还不能答应她，要等待合适的机会。听到他的诺言，晓梅停止了哭泣，从他的肩上抬起头，静静地望着他，然后说："你说的话可一定要算数，不要辜负了人家。"他坚定地点了点头。晓梅忽然愁容顿散，云开雨霁，美得仿佛雨后娇艳的玫瑰。

郭飞下山的时候，韩诚和晓梅一直送到了山口，直到他消失在人流中。

三　晋升

1

回到部队后，郭飞面见赏识他的孟连长。孟连长三十五六岁，脸膛黑红，身材适中，典型的北方汉子，华州人氏。对郭飞的勇略和胆识他了如指掌，此次派郭飞前去完成这一重大袭击任务，从国军情报部门通报来看，是非常出色的。当然这些情况郭飞还不知道。

当郭飞走进孟连长办公室时，孟连长赶忙让他坐下，然后给他斟上一杯茉莉清茶。孟连长笑盈盈地说：“贤弟辛苦，此役非常漂亮！这些战绩你可能都不知道吧！我们不仅杀了鬼子的威风，而且大大鼓舞了我军士气。贤弟功不可没。郭飞听令！”

“到！”

郭飞猛地从座位上站起，立正，然后恭恭敬敬地站着。

“军部嘉奖令！”

孟连长一字一顿朗声念道：“此次潼关袭击战，战绩辉煌。秦 1 师 1 团 1 营 1 连狙击手郭飞共斩杀日军军官、特务兵、士兵 41 人，大大打击了日军威风，杀了日军士气，大大鼓舞了我军士气，特此嘉奖！”

“委任状！”

孟连长接着念：“鉴于郭飞在本次袭击战中表现英勇，大大鼓舞了我军士气。特提拔郭飞担任 1 营特务连连长。秦东第一军军部。”

这飞来的喜讯一时让郭飞喜不自禁。后来，在和孟连长的谈话中，他才了解到此次军部的袭击计划使日军大为苦恼。据情报部门提供的消息看，日军为此还特别制订了刺杀他的专门计划，然而这些计划都一个个失败了。日军为此不敢觊觎关中，不敢渡过黄河。而潼关炮战日军也没有占到任何便宜。日军从此不敢小视西北军。孟连长由于用人得当，善于识才，军部特别提拔他担任 1 营营长。

郭飞和孟连长本来都是杨虎城将军部下，虽然能打善战，但很少得到提拔。本次潼关袭击战因为表现突出，他和孟连长都连升两级。这也体现了秦东第 1 军誓死保卫秦东大门的决心和毅力。后来，全军还特别下发了学习郭飞典型事例的文件。

郭飞由此驰名全军。“秦时明月汉时关，万里长征人未还。但使龙城飞将在，不教胡马度阴山。”做像飞将军李广那样的人才，是他少年从军的梦想。本次军部的嘉奖，更坚定了郭飞从军报国、英勇杀敌的热血梦想。当然郭飞没有忘记韩诚兄妹俩在迷魂谷相助以及牛头岭款待的事情。为此，孟营长要求郭飞改日相邀韩诚兄妹，以表达感激之情。

郭飞晋升特务连连长之后，搬进了军官办公室。正是人逢鸿运，神鬼都莫想阻拦。一日，郭飞收到孟营长转交的军部请柬。孟营长可是亲自登门送上来的，可见其重视程度。临走，孟营长还郑重其事地告诉他：“军长请你参加他的家宴，这可是许多人梦寐难求的事情啊！千万不要错过！”

真是喜从天降，军长家宴，这么大的面子，是他想都不敢想的啊！这次要拜见军长，不得不好好整理一下军姿。他让警卫员为自己收拾好一套崭新军装，备一匹好马，然后又让警卫员收拾好衣装，不要让军部人笑话。

一切收拾停当，他带着两名警卫员，三人骑了战马，威风凛凛向军部赶去。

2

到了军部，郭飞翻身下马，两名警卫员也跟着下了马。郭飞整了整军装，拿出请柬及军官证，交给门口宪兵。宪兵拿着证件仔细端详了一会儿，然后让另一名宪兵去警卫室打电话。

过了一会儿，一辆三轮摩托车风驰电掣地来到门口，车上走下了一个笔挺端直的人。郭飞一看，是上校军衔，立马立正行军礼。那位军官也回了个军礼，然后笑着握着他的手说："是大名鼎鼎的郭连长吗？久仰大名，潼关一役，让日寇闻风丧胆啊！"

郭飞连忙笑着回应："岂敢，岂敢，这都仰仗孙长官的威风。没有孙长官的魄力，鄙人哪能立下如此功劳呢？"

"我是军座身边副官，姓胡名湘，湖南人氏，跟随军座多年，深知军座爱才如命。孙军长听说你的才能，特此设下家宴，为英雄接风洗尘啊！"

"军座厚爱，真不敢当啊！郭某久处乡野，不知礼数，行止如有不当之处，还望胡上校指点一二。"

"郭连长客气了，以后就叫我胡副官。我们军座可没有那么多讲究。军座也是行伍出身，身经百战，尤其对像郭连长这样的大英雄，那可是惺惺相惜啊！"

说话间，胡副官让宪兵安排了两个警卫，让郭飞上车，然后驾驶着摩托车赶往孙军长家。

孙军长住在军部后面的一座小洋楼里。小洋楼是典型的欧式建筑，乳白色外表使整栋楼显得格外阔气。楼前假山花园，流水淙淙。四周绿树环绕，花儿清香，小鸟和鸣，一派祥和欢乐的气氛。胡副官在门口按了门铃，响起“叮铃、叮铃”清脆的和鸣声。

“来了！”只听到楼上一声清脆的回答。随后，下来一位身着白短袖白西裤的姑娘，身材高挑，动作麻利，十分干练。一头乌黑的头发如瀑布一样披在肩上，她笑容满面，一双大眼睛忽闪忽闪的，仿佛会说话一样。

“欢迎大英雄到来！”说话间，她一下就握住了郭飞的手。郭飞面对这位热情大方的美丽姑娘，一时不知说什么好。

胡副官急忙向他介绍：“这是军座千金孙玉茹小姐，是一位大名鼎鼎的记者。”

“孙小姐好！”郭飞急忙谦恭地问好。

“不客气，请到家里就座。”

孙小姐拉着郭飞径直走上二楼。胡副官急忙跟着。

“爸，贵客到了。”玉茹边走边喊，丝毫没有一点拘束。

到门口，玉茹拧了一下门把手，径直拉着郭飞走进客厅。胡副官在门口笔直地站着，没有进去。

“噢，是狙击手郭飞吗？”一个浑厚的声音问道。显然是孙军长，郭飞急忙立正，朗声答道：“是。”

孙军长慢慢悠悠从卧室走出来，叼着一根烟斗，吐了一口烟，然后说道：“是杀了 41 个鬼子吗？”

“报告军长，是！”

“好啊！杀出了威风，杀出了胆略！是个好男儿，我历来敬重这样的英雄。”

孙军长高大魁梧的身材，像座山一样。他浓眉大眼，方鼻阔口，声音像洪钟一样，很有大将风度。跟在他后面的是身着清雅旗袍仪态万方的中年妇人。

“妈，这就是大名鼎鼎的英雄郭飞上尉，杀得鬼子胆战心惊。”

“好啊！不仅功夫了得，人也长得潇洒英俊，堂堂一表人才。”听到军长夫人夸奖，郭飞挺了挺笔直的身子，这样更显得他英武矫健。

“王妈，上酒菜。”说话间，王妈急匆匆从厨房里走出，把酒菜一一摆好。

席间，孙军长和夫人不断给他夹菜，还询问了他的家庭情况。而玉茹呢？更是殷勤备至，不断地给郭飞倒酒、斟茶。郭飞感受到了从来没有的温暖。

从孙军长家里出来，郭飞竟然有点晕晕乎乎。军长以及全家对他的厚爱让他感激不尽。至于玉茹要跟随他到前方部队采访的事，他也不知道怎么就随口应了下来。

最后，胡副官驾驶着吉普车载着郭飞和玉茹回到了部队。两名警卫员骑着各自的马、牵着连长的马回到了军营。

3

玉茹跟着郭飞来到了军营，换上了一套女式夏装军服。一头乌发挽在了美式船檐帽里，精致利索的戎装更让玉茹焕发出女性特有的妩媚。

玉茹是军报记者，到了军营，对前线部队的一切充满了好奇。她脖子上挂着一部相机，东拍拍、西照照，觉得一切都很新鲜，也充满了向上的生气。

尤其对特务连，玉茹更是关注。出于对郭飞英雄事迹的钦佩，她总是千方百计走近郭飞，看他如何带兵训练，看他如何展示高超的武艺。有时，兴致上来，她还要郭飞手把手教她射击、格斗。对军长的千金，郭飞自然不敢怠慢，总是卖力地教，用心地陪练。

在对郭飞有了深入了解后，玉茹发现郭飞除了作战勇敢、射技高超外，还发现他竟然有飞檐走壁的轻功和飞刀穿杨的绝技。说到这些，郭飞讲述了自己父亲的零星故事。关中刀客那些行侠仗义、杀富济贫的故事听得玉茹目瞪口呆。

虽然玉茹听父亲说过关中刀客的故事，但总感觉虚无缥缈，没想到著名的刀客之后竟然就在眼前。这更让玉茹对郭飞仰慕不已。

在孟营长邀请下，郭飞决定把韩诚兄妹争取过来，让他们加入国军，不再在外漂泊。对上山邀请韩诚兄妹一事，玉茹也格外上心。她执意要和郭飞同去牛头岭。她要亲眼见识见识郭飞结识的患难朋友。郭飞总是推辞，不愿军长千金前去山野，生怕有个什么闪失。常言道：事不过三。一次推托可以，但是两次、三次，就见怪了。看着玉茹坚决要去的样子，郭飞不再为难。

一切收拾停当，郭飞和玉茹带着两名警卫员一同骑马前去牛头岭。到了山下，留下两名警卫员警戒，郭飞和玉茹上了山。

4

牛头岭在美丽的夏天更显得生机勃勃，郁郁葱葱。他们沿着迤逦的山道，慢慢前行，边走边观察。玉茹活泼可爱，见到这么美丽的山野风光，高兴得手舞足蹈，喊道："太美了，这牛头岭，简直是世外桃源。"结果，由于太高兴，一不小心，脚踩在了一颗石了上，疼得她"哎哟、哎哟"直叫。郭飞急忙过去搀扶，愠怒地说："不让你来，偏要来，这荒山野地有什么好看的。"玉茹却说："好得很呢！让我大开眼界。我脚崴了，你这个大英雄不说心疼，怎么还说风凉话呢？"

玉茹疼得直蹲下来，船檐帽也掉了下来，一头乌发披散在肩头。郭飞见了，赶紧捡起帽子，拍了拍土，递给玉茹，然后上前搀扶她。玉茹借着力站了起来，但疼痛感没有消失，只好在郭飞的搀扶下趔趄地走着。

郭飞紧紧地搀扶着她的右臂，玉茹浑身散发出的女性妩媚让他难以自禁。但他毕竟是血勇刚正之人，不作任何胡思乱想。他端端正正地走着，没想到玉茹尽向他身上靠，也许他身上的那种男子汉气息也让玉茹难以自禁。

玉茹毕竟是娇生惯养，一切都顺着自己的性子。忽然，玉茹说："这荒山野岭的，我们一男一女，相互挽着前行，让人见了，还以为我们是夫妻呢！"

郭飞有点脸红，不知说什么好。

玉茹说："那我嫁给你吧！"说罢，玉茹一把抱住了郭飞的脖子。郭飞惊得不知该怎么办才好。心想：这毕竟是军长千金，自己怎么高攀得起呢？他没敢说话。

玉茹坚决要他答应，倘若不答应，她就不走。不能说玉茹不漂亮，没有吸引力。也许像玉茹这样的金枝玉叶是许多人眼中的香饽饽呢？可是，自己一个下层军官，怎么能配得上呢？玉茹温软的身子紧紧贴着他，让他几乎要失去理智了。然而，他忽然想起了晓梅，像这样，自己怎么见晓梅呢？自己以前对晓梅的诺言呢？在玉茹和晓梅之间他只能选一个，他总不能落个攀高枝的陈世美的名声吧。虽然他和晓梅没有结婚，但他们的生死友谊以及患难之中的爱情那是千金万金换不来的。

"我不能辜负了晓梅，倘若我答应了玉茹，那将成为良心上永远的罪人。"他拿定主意，用力推开了玉茹。

"匈奴未灭，何以家为？"他心中忽然冒出这么一句，只能这样拒绝玉茹了。

"干什么的？"忽然，山上下来两个持枪队员，举起枪对着他们喊。

他急忙搭话："不要开枪，我们是来找韩诚兄妹的。我是韩诚的朋友郭飞。”

两个队员看了，说：“我们大哥没有国军朋友。上次是有一位朋友，但不是国军军官。”

郭飞说：“我就是，上次我穿的便服，没穿军装。这次穿军装来是特意邀请你们大哥叙旧的。”

郭飞说着脱下军帽，让他们看仔细。两个队员这才看清，放下手中的枪，然后领着他们上山进寨。看到这个情况，玉茹也不闹了，脚好像也不疼了，乖乖地跟着他们上山。

四　土匪偷袭

1

且说自韩诚兄妹在牛头岭送别郭飞后，第二天夜里，寨子就遭到了一股土匪的偷袭。

这股土匪就是被郭飞部队击溃的仙峪岭土匪王麻子的二当家穿山甲一伙。仙峪岭的土匪被国军剿灭后，残余势力在穿山甲的组织下继续流窜秦岭山区，烧杀抢掠，为害一方。没想到，穿山甲的势力在短短几年间竟然逐渐壮大起来，拥有了百十号人马，有了百十条枪。于是，穿山甲的胆子就越来越大。对牛头岭这块战略要地，穿山甲觊觎已久，很想把这块肥肉吃到嘴里。

穿山甲在偷袭之前，先投石问路，试探韩诚兄妹的软硬虚实。他派出了军师薛半仙前去游说。薛半仙四十开外，蓄着山羊胡，摇着羽毛扇，一副尖嘴猴腮的样子，仗着读了几本书，跟着穿山甲为非作歹，尽出坏主意。

薛半仙本是秦岭山中富户人家，但其父为富不仁，横行乡里，鱼肉百姓，在陕南游击队打土豪时，被列入了特大恶霸对象。游击队对其父进行了清算，为贫苦百姓出了口气。为此，薛半仙对游击队和老百姓恨之入骨。为了复仇，薛半仙就投靠了穿山甲一伙，凭借其诡计多端坐上了虎头岭军师宝座，深受穿山甲信赖。

穿山甲的势力在短短几年间发展起来，与薛半仙的贡献分不开。薛半仙为穿山甲出主意：要想在秦岭山区发展壮大，一要发展人马，二要武装自己，三要扩大地盘。开始他投奔穿山甲时，穿山甲剩余残匪只有七八个人，七八支枪。为了让这支土匪武装生存、壮大，他让穿山甲先占地盘。穿山甲本是莽夫，大字不识几个，凭借着蛮、狠、勇领了几个兄弟，但毫无野心，只不过是过着今朝有酒今朝醉的日子。薛半仙来了以后，为其尽心谋划。这让他感到如虎添翼。

虎头岭居于秦岭山区深处。这里山大林深，草木茂盛，自然资源十分丰富，且常是狼、豹、野猪、狐狸等出没之地。因此，虽自然资源丰富，但四周居民活动很少，百姓畏之，称为“虎头岭”。

其实，选择在虎头岭落脚，也是薛半仙的主意。薛半仙认为虎头岭虽然环境险恶，猛兽很多，但这里山高林深，资源丰富，生存条件较好。相对于人口稠密处，这里更为隐蔽安全，不易为国军、共产党游击队剿灭，即使被他们发现，这里也有很大的迂回之处。穿山甲一伙土匪同意他的看法，认为他的主意高明。

初到虎头岭之时，他们还真遇到了狼、豹、野猪等猛兽，然而他们有枪。这些猛兽终究斗不过他们，攻击他们反而成了他们的美餐。建立老巢后，这些猛兽收敛了许多，轻易不敢攻击他们，反而还要躲避他们的伤害。他们俨然成了虎头岭的“山大王”。有了地盘，又有丰富的资源，这些土匪不愁吃的。

站住脚后，他们还要发展。平时除了留下几个人守寨子以外，穿山甲、薛半仙都要搞些“绑票”之类的。山里山外大户人家、百姓等提起他们都胆战心惊。就这样，凭借着打家劫舍，有了钱、枪，穿山甲的势力竟然越来越大。

穿山甲势力壮大后，胃口越来越大。他们不光袭击陕南游击队，就连国军的一些战略物资也抢。由于正处于抗战时期，国军、游击队忙于应对日寇，因此也吃了这股土匪不少亏，但一直没有机会收拾他们。

不想，穿山甲、薛半仙又打起了牛头岭这支来自河东地区的抗日武装的主意。饱暖思淫欲，尤其是穿山甲听说牛头岭的二当家是一位美貌女子，就垂涎三尺，想把她抢到手。穿山甲的心思被薛半仙看透，薛半仙就怂恿穿山甲给自己搞个压寨夫人。穿山甲听薛半仙这么说，高兴得合不拢嘴，答应在事成之后奖赏他。

薛半仙就这样带着使命来到了牛头岭。他计划凭借自己的三寸不烂之舌说服韩诚兄妹，如他们不答应，就来硬的。薛半仙拿定了主意。

牛头岭韩诚兄妹听说虎头岭军师前来拜见，兄妹俩合计了一下，觉得不是什么好事。虎头岭恶名在外，他们岂能不知？然而在此之前，他们之间相安无事，可以说井水不犯河水。既然人家来了，毕竟是客，还是要招待一番的。

2

俗话说："不是冤家不碰头。"当天，恰好陕南游击队政委叶剑做客牛头岭，与韩诚兄妹共商抗日大计。听说虎头岭军师来访，叶剑就说"来者不善，善者不来"，希望韩诚兄妹提防薛半仙诡计，不要上当。韩诚兄妹点头称是，表明他们会作安排。

韩诚兄妹为了杀杀薛半仙威风，在沿途路上三步一岗，五步一哨。牛头岭队员不是手持长枪，就是举着明晃晃的大刀片子，让人看了毛骨悚然。薛半仙走着、瞧着，心里也十分紧张，毕竟他做贼心虚，干了不少坏事。像韩诚兄妹这样的抗日队伍也极有可能拿他开刀，但他心里有底，知道牛头岭既然让他来，就不会杀他。俗话说：“两军交战，不斩来使。”有了这样的盘算，薛半仙倒显得悠然自在、从容不迫。他一双贼眼边走边瞧，心里盘算着牛头岭的人马实力。

快到山寨时，传令兵就喊：“虎头岭薛军师到！”一声一声就传到了大寨。叶剑给韩诚兄妹讲了薛半仙父亲作为陕南恶霸遭游击队镇压一事，表明自己不适合会薛半仙，万一发生冲突，于山寨不好。韩诚兄妹也听说过陕南恶霸薛富贵被共产党游击队镇压一事，因此当下表示理解，让叶剑回避一下。

叶剑回避后，韩诚兄妹就在议事厅接见了薛半仙。薛半仙呷了一口茶，清了清嗓子说：“久闻韩寨主大名，如雷贯耳，今日相见，果然仪表堂堂。况且二当家也是巾帼不让须眉，真乃当今花木兰也。”薛半仙一肚子的坏主意，但在这里却人模狗样说上一些中听的话。真是黄鼠狼给鸡拜年——没安好心。

韩诚倒是实在，快言快语：“薛军师远道而来，必是有事相商，不会无事不登三宝殿！”

薛半仙清了清嗓子：“也是，当今日寇侵占我大片河山。全国抗战，地不分南北，人不分老幼，我们当人人有责。”

晓梅见不得薛半仙虚情假意拐弯子说些冠冕堂皇的话，就直言不讳地说：“既然薛军师言之凿凿，大谈抗战人人有责之事，可曾为抗战做过什么事情？为何在后方抢劫抗战物资，残杀百姓呢？”

薛半仙被揭了短，脸上青一阵红一阵，但又不好发作，只好解释：“这是虎头岭一些小喽啰干的事情，大当家把他们都收拾了。”

“既然收拾了，为何不归还抗日物资，向国军谢罪呢？”晓梅当然清楚这是薛半仙在为他们狡辩。

薛半仙只好说：“国军见了我们恨不得收拾，我们哪敢上门谢罪呢？我们也想改邪归正，今天我到这里来，就是要和你们商量商量抗日的大事呢！”

韩诚见话说到这里，就问：“薛军师有何高见？请谈谈。”

薛半仙见引到自己想说的话题上，就兴奋地说：“我们虎头岭想与牛头岭联合起来建立一支抗日队伍。如何？”

“那好啊！”韩诚高兴地说，“不知军师如何联合，有何高见？”

薛半仙清了清嗓子说：“我们虎头岭当今兵马强壮，欲图东进中条山，打击日本鬼子。但牛头岭是必经之地。希望我们联合起来，把牛头岭作为抗日前哨根据地。”

“哦，听军师之言，虎头岭队伍要驻扎在牛头岭了。”晓梅说道。

“正是，既然我们联合抗日，就应该彼此支持。虎头岭远离抗日前线，行动不便，把大部队拉过来，我们成立一个联合大队，不是更好吗？”

“那谁来指挥这支队伍？”晓梅直截了当地问道。

“当然是你们大当家了，我们大当家做个二把手就行。”薛半仙说的都是假话，目的是趁机收拾了韩诚，然后让穿山甲做牛头岭寨主，晓梅吗？自然就是压寨夫人。

“依虎头岭作风，万寨主（穿山甲）甘心居下吗？”晓梅冷冷地讽刺道，“恐怕是黄鼠狼给鸡拜年——没安好心吧！”晓梅说完，拔出手枪“啪”一声放在桌子上。

“不要误会，不要误会。我们有心联合抗日，却被你们误会，你们把我们看成什么人了？”薛半仙装作愤愤不平的样子。

“晓梅，不要胡来，对客人客气点。”韩诚摆了摆手，让晓梅坐下，不要发火。

“这事我们要从长计议，先生不要急，容我们想想。联合抗日是好事，但虎头岭目前名声不太好，恐怕对我们牛头岭有所影响。我想这样，先让虎头岭归还抗战物资，交出破坏抗战的凶手，我们再联合。”

一听韩诚说这话，薛半仙气不打一处来。但为了不让韩诚兄妹看出自己的诡计，他还是假意答应，表示回去会和万寨主（穿山甲）商量。

送走薛半仙之后，叶剑就从议事厅后出来。躲在后面，他听完了他们的一番谈话。叶剑谈了自己的看法，这个薛半仙说得好，但真能如韩诚说的那样做吗？韩诚兄妹一致认为恐怕难以做到，要是能做到，早就做了，何必拖到今天。

“对，”叶剑说道，“既然薛半仙做不到，那么他们到牛头岭是来干什么？很显然，他们是投石问路，打探牛头岭的虚实，然后拿下牛头岭。这可能才是他们的真正目的。”

“哼！算计上我们牛头岭了，这个可恨的狗头军师。”晓梅愤愤然说道。

“兵来将挡，水来土掩。我们做好准备，防止虎头岭偷袭。”韩诚说道。以防万一，叶剑表示游击队也可以帮助牛头岭做防范。

3

陕南游击队是一支英勇善战的革命队伍。他们一直活跃在秦岭山区，发动群众，依靠群众，打土豪，杀劣绅，发展革命根据地，团结穷苦大众，为革命发展打下了坚实的基础。

政委叶剑是老革命，江西人，曾经参加过南昌起义，是一位意志坚定、革命经验丰富的指挥员。他的脸庞瘦削刚毅，对革命充满了信心。他浓眉下一双炯炯有神的眼睛，闪烁着高超的智慧。他身材适中，雷厉风行，是一位经历过战火考验的钢铁战士。

与韩诚兄妹相识，是在一次渡河作战偷袭河东日军弹药库的战斗中。抗战爆发以来，牛头岭与陕南游击队的作战对象一直是鬼子。这是他们结为朋友的基础。当然，假如没有抗战，他们也不会相逢。也许韩诚兄妹还在他们蒲州老家习文弄武，陕南游击队还在打土豪，杀劣绅，对付国军的围剿。

现在情况不同了，韩诚兄妹有家不能回，国共开始了第二次合作，所以大家的共同敌人就是日本鬼子。

那一次偷袭战他们不期而遇。正因为有了游击队的支持，他们才能顺利逃脱鬼子的追捕。当时韩诚兄妹的队伍在深夜袭击了鬼子的弹药库，撤退之时鬼子的大部队追了上来。他们撤到黄河边，大家搬运完武器弹药，船只就要出发时，鬼子的炮弹打了过来。他们一边还击，一边划船。就在他们船只快到岸边时，鬼子的汽艇追了过来。面对敌众我寡的形势，大家有点着急。

这时，河岸的一座小山头忽然响起了密集的枪声。子弹、手榴弹像雨点一样密集地向鬼子汽艇打去。鬼子没想到半路上杀出个程咬金，慌忙撤退。这时，韩诚兄妹才得以顺利将武器弹药搬上河岸。当鬼子撤退之际，游击队在政委叶剑的率领下发起了冲锋，在河岸口，他们相遇。

韩诚兄妹十分感谢游击队的救援。政委叶剑也早已听说牛头岭这支抗日武装，故他们相识，更是惺惺相惜。这才有了韩诚兄妹邀请叶政委上山做客同商抗日大计之事。叶政委也有意收拢这支抗日武装，故答应帮助牛头岭防范虎头岭。

有了游击队协防，韩诚兄妹信心大增。面对虎头岭薛半仙的神秘来访，他们加紧做好了防备。

薛半仙回去以后，就把牛头岭上的一番打探一五一十地报告给穿山甲。穿山甲听完后大怒，骂道：“奶奶的，让我们向国军交还抗战物资，还要处理我们的弟兄。这样的话都说得出来，这不是藐视我们吗？老虎不发威，还以为是病猫！小小一个牛头岭，看我不踏平你们。”穿山甲气得青筋暴起，两眼冒出凶光。

“大当家，牛头岭我看了，人马不过五六十，而且手头家伙不过是些长枪、大刀，没有多大的实力。不行的话，我们明天晚上就端了它，杀了韩诚，让他那个如花似玉的妹妹给您做压寨夫人。”薛半仙诡秘地说道。

提起韩晓梅，穿山甲来了兴致，刚才的怒气顿消。“好，一不做，二不休，明天晚上集合兄弟们带上重家伙，给我铲平牛头岭，可千万给我记住，不要伤了韩晓梅，我还要她做压寨夫人呢！”

薛半仙谄笑道：“真是英雄惜美人啊！”

穿山甲哈哈大笑，说道：“事成之后，我要重重赏你。”

狡猾的薛半仙万万没想到牛头岭上还有一支劲旅在暗中帮助韩诚兄妹。

就在韩诚兄妹做好布防后，游击队也及时赶到，他们在牛头岭后山埋伏下来。

是夜，乌云密布，四周黑乎乎的，尤其是在秦岭山区这样的夜晚，着实令人恐怖。到了晚上，时不时传来狼的长嚎声，夹杂着豹子的吼声。各种夜鸟“唧唧咕咕”地叫着。猫头鹰发出鬼一样的惨叫，让人听了毛骨悚然。

就在这样的夜晚，穿山甲带着一百多号人鬼鬼祟祟来到了牛头岭。为了切断韩诚兄妹的退路，薛半仙使了个诡计，让穿山甲带一拨人马从前山进，自己带一拨人马从后山进，想前后夹击，把韩诚兄妹的队伍全部歼灭。

殊不知，韩诚兄妹在叶政委的帮助下在前山和后山都做了埋伏。夜很深了，他们已经埋伏了很长时间，但还是不见穿山甲他们上来。叶政委跟随韩诚兄妹把守前山，马队长带领游击队在后山。他们约定，不论哪儿先动手，都不要慌乱，把守好各自的关隘。

前山和后山的战士都静悄悄地等着，仿佛猎人在等待猎物的出现。穿山甲和薛半仙也鬼得很，他们让属下休息了一个大白天，就一心等待这个美好夜晚的到来。他们计划神不知鬼不觉一举拿下牛头岭。

凌晨之前，他们绝不动手。他们要等牛头岭上的人们睡熟，好一个个杀掉。当然，为了让穿山甲、薛半仙他们上当，牛头岭山寨依然和往常一样没有熄灯。半山腰山路和山寨依然有灯光闪烁。穿山甲和薛半仙来到牛头岭以后，看到山上闪烁的灯光和哨兵的身影，大喜，感觉他们并没有任何准备。

他们掐定时间，零时一过，就发起攻击。像这样的埋伏还真需要耐心，狡猾的敌人真不容易上钩。估摸时间到了，穿山甲一挥手，前山的土匪就提着家伙悄悄向前，他们行动敏捷，像鬼一样迅速冲进山寨。

快到寨门时，突然发现刚才的哨兵不见了，大寨里空无一人。穿山甲一看，慌了，喊了声："上当了，快撤！"

"哪里走！"叶政委喊了声"打"，埋伏在山寨两边的机枪、步枪就开火了。

寂静的山林瞬间热闹起来，子弹像流萤一样来来往往。顿时，枪声、手榴弹的爆炸声响成了一片。

穿山甲带了五六十号人慌忙迎击，边打边撤，但是，由于中了埋伏，死伤不少。当前山打起来后，从后山偷袭的薛半仙一看不好，急忙想从后山冲锋救援，结果被马队长带领的游击队打了埋伏。这下，穿山甲和薛半仙都惨了。

穿山甲和薛半仙边打边撤，手下亲信尽力为这两个主子保命，才让他们逃出了牛头岭。进入山谷以后，韩诚和叶政委、马队长让队伍停止追击，并留下了部队警戒，以防穿山甲、薛半仙再次偷袭。其他队员及时打扫战场，发现前山、后山共扔下五六十具土匪尸体。而自己方面仅有零星伤亡。

这次伏击战大获全胜，虽然没有全歼穿山甲、薛半仙等土匪，但也大大杀了其威风。韩诚兄妹对叶政委、马队长等游击队感激不尽。经过这次战斗，他们结下了更深厚的友谊。

五　准备

1

郭飞和玉茹到了山寨后，整了整军装。传令兵喊：“客人到！”韩诚兄妹正和叶政委议事，一听“客人到”，就急忙出来迎接。

韩诚兄妹一看，这不是郭大哥吗？怎么做了军官了？身边还有一位美女侍卫相随。晓梅高兴地走上前去，拉着郭飞的手说：“大哥，一路辛苦了。”

“这位美女是谁？”晓梅瞧着身着戎装、一脸妩媚的玉茹笑着问。玉茹望着气质高雅脱俗、仪态大方的晓梅，调皮地说：“报告二当家，我是军报记者孙玉茹，请指示。”晓梅笑着拉着她的手说：“果然气质不凡，妩媚动人，巾帼不让须眉啊！”玉茹也笑着说：“我看二当家才是真正的巾帼不让须眉。在这荒山野岭驻扎，岂不委屈姐姐？何不下山跟随我们一同打击日本鬼子？”

韩诚插话道：“来，大家里面坐！里面说话。”叶政委正坐在堂上，因为是客人，没有出来迎接。

待大家坐好后，韩诚就给郭飞介绍："这是老家的一位远亲，姓唐名凯，做点山货生意。"叶剑曾告诉韩诚兄妹不管何人都不要告诉自己的真实身份。因此，韩诚谨记这点，没有点明叶剑真正身份。他又指着郭飞说："这是我们的郭大哥，曾经是我们的救命恩人，现在晋升为国军上尉连长了。"

叶剑站起来，有力地握着郭飞的手，说道："久仰大英雄，如雷贯耳，听大当家说过，让鬼子闻风丧胆啊！"郭飞也握着叶剑的手说："唐兄过奖了，杀鬼子是军人的本分！尽一点职责而已。"握着叶剑有力的大手，望着他坚毅的脸庞，炯炯有神的眼睛，郭飞感到此人不像一般的生意人，倒像一位久经沙场的军人。

郭飞就说："凭我感觉，唐兄好像不是一般的生意人。"叶剑答道："哪里，哪里，兄弟一生闯荡江湖，不过一凡夫俗子罢了。"韩诚让手下人沏茶。叶剑坐了一会儿，适时退了出去。

这下郭飞和韩诚说话就更自由了。郭飞表明了此次上山的来意，希望韩诚下山加入国军，同时也带来了孟营长的嘉奖令和请柬书。韩诚兄妹看看了嘉奖令和请柬书，表达了对郭飞和孟营长的谢意，并且表示择日他们一定前去赴宴。

说话间，玉茹的脚又疼了起来。听说玉茹脚崴受伤，晓梅忙让小兰带玉茹到房间上药。韩诚兄妹趁机带郭飞到议事厅外说话。韩诚知道晓梅的心事，找了个借口走开。

山寨外，剩下了郭飞和晓梅。晓梅望着一身戎装的郭飞，一副更加英武潇洒的样子，就讥诮地说："大哥现在春风得意，又有美人相陪，我们真高攀不上啊。"

"晓梅，怎能这样说话？自分别以后，我可是时时刻刻惦记着你们呢。这不，我是特奉命前来迎接你们下山的。"晓梅有点吃醋地说："那你身边那位楚楚动人的记者是谁？为何带她上山？"

郭飞看出晓梅话里有话，有点醋意，就把结识玉茹的前前后后说了出来。然后，他充满爱恋地望着晓梅，走近晓梅，双手抓住她的肩头，表明了对晓梅的爱意。

看着郭飞赤诚的眼神，晓梅不由得热泪盈眶。她一头扑进郭飞怀里，抽泣着说："只要大哥不嫌弃我们兄妹，我们兄妹一定跟着大哥，永不分离。"

郭飞听了晓梅的表白，也感动得说不出话来，把晓梅紧紧地搂在怀里，嘴里喃喃地说："好，永不分离。"

玉茹半天没见郭飞，就不顾脚疼，跑到寨外，恰巧碰见了郭飞和晓梅紧紧地搂在一起。玉茹生气地喊："好啊，把人家撇下，自己去会美人了。"

看着玉茹生气的样子，郭飞急忙放开晓梅，整了整军装，劝慰玉茹道："不瞒孙小姐，我和晓梅可是生死之恋，晓梅于我有恩，我对晓梅有情。我们是有约定的。"

"好啊！怪我这个不速之客打扰了二位，你们继续，我下山去了。"玉茹任性地甩了下臂膀，生气地转身就走。

郭飞一时急得不知怎么办才好，追玉茹吧，害怕晓梅生气；不追吧，又害怕军长千金有个什么闪失，回去不好交代。

晓梅看着郭飞左右为难的样子，通情达理地说："去吧，不要让军长千金有什么闪失，不然，以后该怎么向军长交代。"望着晓梅善解人意的脸庞，郭飞感动得不知说什么才好。

他快步走上前，紧紧地搂了下晓梅，然后很快追了上去。

2

穿山甲、薛半仙偷鸡不成蚀把米，偷袭牛头岭没有成功，反而被打得落荒而逃，还扔下了五六十具弟兄尸体。好梦成为水中月镜中花，倘若不是弟兄们拼死突围，说不定连自己的性命都丢在山上了。穿山甲越想越气，感觉这口气实在是咽不下去。思前想后，穿山甲就有些怪罪薛半仙，毕竟这件事是薛半仙谋划的。

看着穿山甲对自己爱理不理的样子，薛半仙看出穿山甲有怪罪自己的心思。薛半仙就对这件事做了反思。奇怪的是牛头岭就五六十条枪，怎么在那天晚上感觉就有一百多人呢？事后，薛半仙还让探子打听了相关情况。当知道这件事坏就坏在陕南游击队叶政委、马队长插了一杠子后，薛半仙更是对游击队恨之入骨。事后，他把这件事失败的原因归结于陕南游击队的插手。穿山甲听了以后，也咬牙切齿，骂骂咧咧，恨不得立马消灭了游击队，因为游击队坏了自己的好事。

薛半仙劝说穿山甲："'君子报仇，十年不晚'。这些游击队迟早是国军的敌人。我们暂且忍着，会有人收拾他们的。目前看似抗日战线统一，但国共两党打了十年，冤仇已深，只是迫于目前形势，暂时联合，或迟或早他们会干起来的。"而后薛半仙又说道："我有一表兄，现任秦东第1军1师师长，姓秦名一鸣，不妨先让我到他那边走动走动，好为我们以后寻个出路。"

听说薛半仙还有个当师长的表兄，穿山甲来了兴致。穿山甲虽说是一介莽夫，斗大字不识几个，但毕竟闯荡江湖多年，见多识广。他明白这样长期占山为王不是个事，得给自己寻找个出路；否则，等到国军腾出手来，或迟或早都要剿灭他们。穿山甲听了薛半仙的想法，就说："好！你到你表兄那儿去，给咱们活动活动，赔赔礼，道道歉，最好让他们不计前嫌，同时你也带上五万大洋的银票，算是对以前事情的补偿。"

看到穿山甲拿出实际行动支持自己的意见，薛半仙巴不得现在就去。等到收拾好一切，薛半仙就化装成山货生意人，带了一个亲信，从虎头岭出发了。

到了华阴1师师部，薛半仙就打通关节，联系上了师长秦一鸣。秦师长看了薛半仙的信，明白了薛半仙的来意，就让卫兵带他进来。薛半仙见了表兄，就表兄长表兄短地叫着，然后诉说自己的遭遇。

薛半仙说跟着穿山甲实在也是没有办法，共产党游击队杀了自己的父亲，收缴了财产，无法生活，这才出来跟着穿山甲，为父亲报仇雪恨。

秦一鸣点了点头，表示理解表弟的心情。因为在他看来，共产党游击队和自己也有仇恨。在抗战前的围剿战中，游击队还袭击了自己的老家。他的父亲虽然没有被杀，但也被游击队列入劣绅范围，抄了部分财产，还被游街、批斗。想起这些，秦一鸣就一股怨恨泛上心头，但目前毕竟是国共合作，秦一鸣还是压住了自己的火气。

薛半仙看自己的话对表兄有所触动，就继续说："从目前来看，国共两党联合抗战，但小日本毕竟胃口有限，这天下迟早是国、共的。到时候，小日本被消灭之时，就是国、共开战之日。"

说到这儿，秦一鸣点了点头，说道："也是，上面一直秘密要求我们防共、限共，不能让共产党坐大。表弟此次前来，有何高见？"

薛半仙看到表兄没有提起虎头岭袭击国军抗战物资一事，而是对防共、限共感兴趣，就继续说道："近日共产党游击队在牛头岭一带活动频繁。看来还要收编牛头岭这支抗日武装，你们不得不防啊！"

"哦，你所说属实？"秦一鸣对这件事情非常感兴趣，就想进一步证实。薛半仙就把自己在牛头岭遭遇游击队伏击一事前前后后倒了出来。

"看来牛头岭已经被共产党赤化了，我们还计划收编这支抗日武装呢！没想到共产党先下手了。"

"你说的这些情况对我们很重要，你们给我看着牛头岭，必要时袭击，也算是将功折罪。"

"好！我们虎头岭一定为国军效劳，将功折罪。"说完，薛半仙拿出五万大洋的银票，递给表兄说："小小心意，不成敬意。这算是我们对国军的补偿了。"

看到银票，秦一鸣两眼放光，半推半就还是收下了。事后，秦一鸣答应收编虎头岭这支土匪队伍，但给他们下达的任务是从今以后少干些打家劫舍、伤害老百姓的事情，更不能袭扰国军，至于共产党游击队吗？你们看着办。

这不就是给自己将来转正提了一个条件吗？薛半仙是聪明人，再不需要表兄把话说得太明白了。否则，表兄还落得个消极抗战、积极反共的名声。

3

韩诚兄妹即将按约赴宴，忽然收到郭飞派人送来急件：赴宴一事暂时推后，因近日鬼子大肆进攻中条山，上级命令1师开拔中条山，支援前线中央军。

中条山，这座位于山西南部的龙脉之山，西起晋南永济与陕西潼关隔河相望；东迄豫北济源、孟县同太行山相连；北靠素有山西粮仓美誉的运城盆地，南濒一泻千里的滚滚黄河。境内沟壑纵横，山峦起伏，关隘重叠，矿藏丰富。中条山，与太行、吕梁、太岳三山互为犄角，战略地位十分重要。

抗战全面爆发后，随着山西各主要关隘相继失守，中条山的战略地位愈加重要。对中方来说，占之，即可以此为根据地，瞰制豫北、晋南，屏蔽洛阳、潼关；进能扰乱敌后，牵制日军兵力；退可凭险据守，积极防御，配合整个抗日战场。就日方而言，得之，即占据了北固、南侵、西进的重要“桥头堡”，既可渡河南下，侵夺中原，又可西进夺取大西北，包抄大西南，向北可与其占领地相连接，解除心腹之患，改善华北占领区的治安状况。所以，中条山地区被视为抗日战争时期“关系国家安危之要地”。

驻守这里的是国民党的中央军，在战区上属于以卫立煌为司令的第一战区。奉命守卫陕西东大门的秦东第1军孙军长当时即组建三十一军团渡黄河，布防于山西南部中条山。日军侵占山西后，为了固华北、抑洛阳、窥西安，自1938年以来曾多次围攻中条山，但均未得逞。中条山被日军视为中国战区的“盲肠”。

“这次秦东1师出战，看来战事激烈。”看过郭飞急件后，韩诚沉重地说。

“那怎么办？”晓梅急切地问。

“我们和叶政委商量一下。”韩诚沉稳地说道。

“好，毕竟叶政委经验丰富，主意也多。”晓梅补充道。

自秦东1师接到出战命令后，郭飞特务连随部队出发，孟营长下达的命令是：特务连负责击杀鬼子特种兵，破坏弹药库，伺机袭击敌指挥部以及重炮阵地等。

韩诚兄妹把1师出战的紧急情报报告叶政委后，叶政委和马队长当即决定：游击队和牛头岭抗日武装不适于与敌人正面作战，目前只能配合秦东1师打好袭击战，任务就是切断敌人的运输线，埋地雷，伏击鬼子的辎重部队等。韩诚兄妹一致认为其作战方案可行，因为打游击也是他们的拿手好戏。

作战方案决定好以后，游击队就与牛头岭武装分头准备。

4

永济，这座濒临黄河的美丽小城，如同散落于人间的天堂。她位于巍巍中条山下，坐落于运城盆地西南端，如同一颗耀眼的明珠闪耀着熠熠夺目的光芒。

太原会战后，日军凭借机械化部队迅速南下，先后攻城略地，势如破竹，除了沿途遭到国军小股部队、共产党游击队攻击外，所行几无阻碍，迅速拿下了临汾、长治、运城盆地，占据了各中心城市，而被击溃的晋绥军、八路军、中央军则纷纷被压缩到吕梁山、太行山、中条山等山区地带，生存状况比较艰难。

为了保存抗战实力，避敌锋芒，在第一战区总司令卫立煌的指挥下，中央军奉高层命令迅速集结撤退到中条山上。中条山成为黄河以北唯一一支国军正规军抗衡日寇的屏障。日寇为了绞杀这支军队，打开进入中原、西北的门户，然后南下、西进，图谋洛阳、西安，先后对中条山发起多次进攻，但都被国军顽强击退。国军一度收复了夏县、平陆、永济等美丽小城。

为了巩固华北战果，华北方面军司令官多田骏命令藤田一郎又发动了一次进攻。与前面的攻击程度相比，这次攻击更加强烈。日军先后派出数十架战机频繁投弹，在坦克、装甲车、迫击炮的掩护下，日寇节节前进，再一次把丢失的平原城市夺了回来，就这样运城盆地夏县、平陆、永济等又被日军夺了过去，而缺乏机械化作战部队的国军队伍则又被压缩到中条山上，其中也包括支援前线的秦东 1 师。

中条山，正因为其地形高峻险拔，易守难攻，不便于机械化部队作战，故日军多次进攻都被顽强的国军击退。中条山再一次发挥了其龙脉作用，与巍巍秦岭隔河相望，成为庇护中华民族的钢铁长城。

当然，与一个二十世纪三十年代迅速膨胀起来的工业强国较量，军人能直接感受到落后贫弱之国的苦痛。郭飞所在的西北军虽然人数不少，训练有素，士气高昂，但装备落后，士兵们的装备多是大刀、长短枪、轻重机枪。这样的装备，对付国内共产党游击队以及秦岭穿山甲等土匪部队，还算绰绰有余，然而与武装到牙齿的日本鬼子相比，那就是“小巫见大巫”了。当然，中条山上二十多万中央军的装备也好不到哪里去。

一个工业落后的农业大国军队与一个迅速膨胀起来的工业强国军队

较量，除了凭借人数、地理上的优势外，就再也没有其他优势可言。在平原作战，这样的部队与机械化的日军武装相逢，几乎只能成为敌人炮弹下的“钢铁丸子”。

历时 2 个月的太原会战就是一个证明，这是抗战初期华北战场上规模最大、战斗最激烈、持续时间最长的一次会战。据统计，日军参战总兵力约合 4 个半师团共 14 万人，伤亡不到 3 万人；而中国军队参战总兵力 6 个集团军计 52 个师（旅）共 28 万余人，伤亡达 10 万人。

这是不敢想象的一个数字，多么令人悲伤。中国军人，就这样成批成批地牺牲在城池上、战壕里、疆场上。毕竟，这不是冷兵器时代，不是一个靠人数决定战争胜负的时代。

郭飞想到了李华的《吊古战场文》：“浩浩乎，平沙无垠，敻不见人。河水萦带，群山纠纷。黯兮惨悴，风悲日曛。蓬断草枯，凛若霜晨。鸟飞不下，兽铤亡群。”还有杜甫的“国破山河在，城春草木深。感时花溅泪，恨别鸟惊心。烽火连三月，家书抵万金。白头搔更短，浑欲不胜簪。”古代诗人悲时感怀的诗句不断地涌上心头。这是一个多么令人悲伤令人愤恨的时代啊！

山河破碎，家破人亡，白骨露于野，千里无鸡鸣啊！想起这些，越激发了他从军报国的斗志，少年时期的他，受过良好的爱国教育。老师那“青海长云暗雪山，孤城遥望玉门关。黄沙百战穿金甲，不破楼兰终不还”的教诲还在耳旁回旋，东汉名将“伏波将军”马援的话还在心头激荡：“好男儿当为国远征，以马革裹尸还葬！”

“不杀鬼子，誓不为人！”他黑红的脸膛青筋暴起，眼睛喷出怒火，眉骨更加分明，瘦削的脸仿佛铁铸一般。

5

当然，郭飞清楚目前凭借个人以及特务连的力量是微乎其微的，与日本鬼子先进的武器相比，国军只能以血肉之躯相拼。看到一批又一批国军士兵被鬼子的飞机、迫击炮炮弹炸得血肉横飞，尸首分离，他悲痛万分；看到亲爱的战友倒在鬼子的坦克、装甲车形成的“钢铁洪流”之中，他痛不欲生；看到不畏生死的战友冒着生命危险与鬼子坦克同归于尽的惨状，他悲痛欲绝。

紧随郭飞的军长千金玉茹硬是软磨硬缠跟到了中条山。郭飞三番五次地劝阻玉茹，说服不了。郭飞把这个情况报告给了孟营长，孟营长也对玉茹进行了劝诫，还是说服不了。孟营长只好报告给了陈团长，陈团长对玉茹进行了命令式的阻止，然而玉茹拿出手枪要自杀吓坏了陈团长；陈团长只好报告秦师长，秦师长又报告给孙军长。孙军长倒是军人气概，告诉他们“天要下雨，娘要嫁人”，随她去吧，再说作为一名军报记者，也应该到前线去锻炼锻炼。

孙军长的大将气度倒让秦师长、陈团长、孟营长、郭飞等人感到惊诧，他们不得不接受这个事实。但是，秦师长下达了一定要保护好孙军长千金的命令，不能出一星半点的差错；否则，他们谁也无法向军长交代。鉴于这个情况，陈团长、孟营长告诫郭飞带好队伍，埋伏于中条山各个关隘，保存实力，相机狙击。“千万不要冲锋，这是命令。”当然，对特务连而言，他们作为一支特种部队自有他们的长处。陈团长、孟营长除了让特务连有保护好军长千金的意思外，他们还明白这支队伍的重要性和关键性，好钢要用在刀刃上，不到关键时刻，是不会让他们冲锋的。

郭飞恨不得插上翅膀飞到前线与鬼子决一死战，然而团长、营长有命令下达，怎敢僭越？更何况还有欣赏他的孙军长的宝贝女儿在身边，自己怎么能不听号令呢？他一方面愧疚于心，另一方面又抱怨着玉茹。

玉茹看着郭飞恼怒的情绪，知道郭飞很不乐意。她只好生气地说："好吧，你不理我，生我的气，我都知道。这是我的错，与你没关系，我走。我到前线去。"说完，玉茹戴好军帽，挂好自己的相机，拿起一把手枪别在腰上，做出要走的样子。

看到玉茹真的生气要走，郭飞急忙拦住，说："你这不是难为我吗？让我怎么向军长、师长、团长、营长交代？"说完，他横跨一步，挡在玉茹的前面。玉茹说："让我死在战场，也比看你生气强！"说完，想一把推开郭飞，怎奈郭飞像钉在地上一样，纹丝不动，双手去推，然而郭飞还是纹丝不动。玉茹急了，说："你欺负人，难道要软禁我？"郭飞冷冷地说："你的一切行动必须服从命令，否则，我无法向军长交代。"

玉茹一下拔出手枪，指着郭飞说："郭连长，我命令你，让开！否则，我开枪了。"郭飞指着自己的胸膛说："你以为我怕死吗？像我这样的命，倘若怕死不知要死多少回了。我也是堂堂七尺男儿，我何尝不想杀敌，战死疆场？可是，我能吗？死是一件很轻松的事情，如是那样，岂不枉费了军长、团长、营长对我的器重。古人云'士为知己者死，女为悦己者容'。我能有今天，离不开他们的栽培。要死，不是现在，得等我完成自己的任务再说。况且军长戎马一生，我必须把他的宝贝女儿安全送回他的身边。这是我的责任。"

玉茹听了郭飞这一番慷慨激昂的话，忽然感动得眼泪流了下来，然后失声痛哭。郭飞一看玉茹哭了，哭得梨花带雨，委屈得不得了，手足无措，况且他见不得女人哭，女人一哭，他心就软，从小失去母亲的他很少得到女人的关怀，所以他也最见不得欺负女人的男人。而今，自己岂不成了这样的人？他连忙拿出手帕，让玉茹拭泪，玉茹一看郭飞关心自己的样子，一下子扑到他的怀里"呜呜"哭个不停。

看到玉茹的哭，郭飞一下子想到了晓梅的哭。女人的泪水真是软化英雄男儿的锐利武器。等玉茹耍尽性子，郭飞百般安慰才让她的情绪稳定下来。

6

韩诚兄妹回到山寨后，就合计袭击鬼子计划以及山寨安全情况。作为一支河东抗日武装，鬼子与他们有血海深仇，不把鬼子赶出家园，他们誓不罢休。

他们的根据地——牛头岭毕竟离黄河渡口很近，离老家蒲州也没多远。从中条山上猛烈的敌我交战，隆隆的炮声以及密集的枪声中就可以想象战事的激烈程度。

“不知郭飞大哥部队情况如何。”晓梅担心地说。看着妹妹晓梅美丽而焦虑的神情，韩诚明白妹妹的心思，她也许不仅在关心郭飞的部队，更在关心郭飞的安全。女人一旦爱上一个人，就会把自己的身心交给对方。爱情就是这么一个怪物，它可以让女人变得更加美丽，也可以让女人变得更加勇敢。

“前方探子报告鬼子已经占领了永济县城，国军在鬼子飞机、坦克、装甲车逼迫下已经撤离县城。据说伤亡不小，余部已经全部进入中条山防守。至于郭飞情况，不得而知。”

“那我们怎么办？”

“眼下之计，我们只能袭击鬼子渡口，打破鬼子对中条山的封锁。随后，我们伺机潜入蒲州老城，袭扰鬼子后方。”

“对！”晓梅斩钉截铁地说。明亮的眸子闪动着，充满信心地望着哥哥。

陕南游击队政委叶剑回去后和马队长商量了敌情，并给根据地群众发放了一些缴获的武器。叶剑认为中条山战事吃紧，游击队应该协助国军搞一些敌后破坏，袭扰敌人的运输线，打破敌人对中条山的封锁，同时要发展抗日队伍，吸收一些进步势力为我所用。

对虎头岭穿山甲、薛半仙这股土匪势力，叶剑认为不得不防：一是薛半仙父亲曾遭游击队镇压，对游击队怀有刻骨仇恨，上山以后，前前后后袭扰游击队的事情没少干；二是陕南游击队帮助韩诚兄妹把虎头岭土匪势力打得屁滚尿流，落花流水，此仇虎头岭不可能不报。

“我们不能掉以轻心，得留一手防着这股土匪。”叶剑紧锁着眉头，深谋远虑地说道。

“是啊！虎头岭这股恶势力，不会善罢甘休的。倘若我们全部出动，虎头岭就会窥视我们的根据地，到根据地烧杀抢掠，以发泄仇恨。”

“所以，我们要把根据地的群众武装起来，并且留下一些骨干力量，与顽匪作斗争。我们也要提醒牛头岭做好防备工作，这股抗日武装毕竟还是可以争取过来的。”叶剑政委果断地说。

“好，我安排下根据地的有关事宜。你前去牛头岭与韩诚他们联系。随后，我们商量下一步袭敌计划。”

“好！就这么定了！”叶剑握着马队长的手高兴地说。

叶剑到了牛头岭后，韩诚兄妹高兴地接待了他。叶剑把自己和马队长的意见告诉了他们两人。韩诚兄妹一致认为叶剑政委考虑得周全，幸亏他们及时提醒；不然，他们可能要吃亏的。对如何袭击鬼子，破坏鬼子封锁线，他们达成了共识。他们决定把两支队伍联合起来，派出一部分力量袭扰鬼子，留下一部分力量对付穿山甲。决定好之后，他们就安排马队长防守牛头岭这个要地，其余人随叶政委深入敌后。

牛头岭抗日武装和叶政委游击队出山之后，消息就传到了虎头岭薛半仙和穿山甲耳朵里。薛半仙认为这是个可乘之机。

“真是老天有眼，给了我们一个报仇雪恨的机会。”薛半仙鬼鬼祟祟地对穿山甲说道。

“哈哈，我们这次前去，端了他们老巢，看他们如何安身！我们要让韩诚兄妹求着我们。看她韩晓梅不从我？”穿山甲奸笑道。

“也是，老虎下山一张皮，端了他们的老窝，他们的日子就是兔子的尾巴长不了了。”

“然后嘛……”薛半仙欲言又止，话到嘴边又收了回去。

“然后怎么？”穿山甲问道。

“然后……”还没等薛半仙说出口，穿山甲就急不可待地说：“然后我们抢了韩晓梅，逼她做压寨夫人，要不然，把他们全部‘突突突’。”穿山甲做出一个打枪的手势。

“高，高，还是大当家高！不过，我还有一个考虑，倘若不消灭游击队，我们也难以安宁啊！”薛半仙这句话一下子提醒了穿山甲。

穿山甲刚才还一直做着他的黄粱美梦呢！经薛半仙一说，打了个激灵。因为那晚的偷袭，穿山甲也确实被游击队打怕了。

“亏得军师提醒我，我还真忘了这个游击队。奶奶的，等到拿下牛头岭，我们再去游击队根据地烧杀一番，看他们还敢跟我们对着干吗？”

“对，消灭游击队，就是消灭共产势力，国军会感谢我们的，到时候我们再去投靠国军，就有功劳了。”薛半仙捋了一下山羊胡，露出狡诈的笑容。

说干就干，穿山甲一边让探子再去探清牛头岭虚实，一边就把行动命令传达下去，让土匪们做好战斗准备。

要说穿山甲这股土匪真是坏透了，什么正事都没干过，净干些伤天害理，亲者痛、仇者快的事情。这岂不是在间接帮助日本鬼子吗？幸亏游击队和牛头岭已经有了防备。薛半仙和穿山甲这次又失算了。

六　捷报传来

1

鬼子把国军逼进中条山后，就暂时停止了大规模攻击，但对中条山上这二十六万国军他们还放不下心。毕竟这横陈中原、西北门户的中条山竟然让他们无可奈何。当然，不是鬼子没有办法，鬼子们南下的战线开始拉长，兵力一时半刻还是不足，要想彻底吃掉这二十六万大军，胃口还不行。

鬼子华北司令官多田骏就分别在中条山东线、东北线、北线、西线不断地派飞机轰炸，并且在每条战线上布置了一个师团来对付中国军队。可别小看鬼子一个师团的力量，论起火力配备要强过中国军队一个集团军的力量。

国军在这四条战线上各分布了多个集团军以对付鬼子，在西线，也就是郭飞所在的部队，多是以陕西冷娃为主的西北军，负责防务的是第四集团军孙司令（孙军长，后来提拔）麾下的赵军长。日军为了打击中条山守军士气，不断派飞机轰炸，散发宣传单，企图瓦解中国军队士气。然而，中条山守军在卫立煌总司令的指挥下，坚决地持续不断地对日军进行了还击。

看着日军飞机耀武扬威不断飞到中条山“下蛋”，郭飞就非常生气，他举起手中的枪，对特务连秘密传令：看到飞机过来“下蛋”，就给我瞄准了打，营长说了要把我们用在刀刃上，我看我们就要发挥我们的特长，该出手时就出手，毫不客气，杀杀敌机的威风，让他们再也不敢到中条山上拉屎拉尿。

命令下达以后，大家都憋足了劲，要在关键时候露一手。这天中午，天瓦蓝瓦蓝的，白云在长空飘浮，小鸟在空中歌唱，山上的树木郁郁葱葱，充满了无限生机。假如没有战争，这么美好的自然风光，该是多么诗情画意啊！

时值五月夏季，天已经热了起来，从山上望去，到处一片葱绿，远处的莺莺塔若隐若现。面对美景，郭飞突然吟了一句“鹳雀楼尽千里目，中条山望万川秀”。诗句如泉水一样自然流出。

玉茹听了，赞赏道：“好诗！郭连长难得如此雅兴。”

郭飞若有所思地说：“只可惜了大好山河沦为倭寇之手。我辈作为军人，不能主宰山河，真是我们的耻辱。‘青海长云暗雪山，孤城遥望玉门关。黄沙百战穿金甲，不破楼兰终不还。’你可知这是谁的诗句？”

“谁能不知道这个啊？真把人看扁了。”玉茹噘了噘嘴，杏眼扫了一下，望着郭飞坚毅的脸。

“这不是‘七绝圣手——诗家夫子王江宁’的句子吗？”

郭飞听出玉茹有点愠怒，急忙回头，抱拳说道：“岂敢，岂敢，司令千金，果然是将门才女，学识不凡啊！在下佩服！”

忽然，一阵蜂鸣声传来，郭飞急忙喊道：“卧倒！”随即把正在发愣的玉茹按在地下。紧接着，空中就飞下来无数的彩单，原来是鬼子的宣传单。

“他妈的，让人虚惊一场！”郭飞愤愤地骂道。

“小鬼子整天就搞些这些玩意，软一套硬一套，真是无所不用其极啊！”玉茹嘲讽地说。

“是啊！小鬼子软硬兼施，不是封官许愿，就是金钱美女。我们可不吃他们这一套。”

“他们这是在利用人性的弱点，玩心理战。我们可不要大意。”玉茹补充道。

“是啊，胆敢有临阵脱逃的，我可饶不了他们。”郭飞举起了手中的枪。

这时，又一阵蜂鸣声由远渐近，郭飞说：“这恐怕是投弹机来了，小心，赶快卧倒！”说完，他就一个侧滚，仰面朝天，端起机枪对着飞机“哒哒哒”“哒哒哒”“哒哒哒”一连打了几梭子。只见刚才耀武扬威的飞机尾部忽然冒出了一股黑烟，摇摇晃晃地栽倒在山下。“轰”的一声，飞机发出了巨大的爆炸声，消失在一片火光里。

“打中了！”“打中了！”“打中了！”埋伏在周围的官兵们发出高兴的呼喊。玉茹更是高兴得不得了，不由自主地赞道：“但使龙城飞将在，不教胡马度阴山。”

“大家埋伏好，继续做好战斗准备。鬼子是不会善罢甘休的，他们会很快报复的。”郭飞提醒大家道。玉茹也拔出了手枪，躺在地上，做好了射击的准备。

果然不出郭飞所料，鬼子在一架战机被击中后，很快派出了 5 架战机疯狂报复。“大家小心，瞄准了打！”郭飞下达了命令。在敌机到来之际，一百多条枪一齐猛烈开火。

敌机投下的炸弹很快打破了刚才的宁静，炮弹炸得尘土飞扬，接着，就是一连串的机枪扫射。子弹在地面飘飞，打得战士们抬不起头来。

郭飞在打完几梭子子弹后，紧紧地按着玉茹，生怕玉茹有什么闪失，对不起营长、团长、司令。敌机投弹扫射就是一阵旋风，很快过去了。战士们抬起头，只见两架战机尾部冒着黑烟晃晃悠悠栽倒在山下，和上次那架一样，发出巨大的爆炸声，消失在一片火光里。

“太好了！”“太好了！”“太好了！”战士们高兴地喊起来，玉茹也情不自禁地跳了起来，完全忘记了刚才的紧张。

“大家清点战场，看看有没有弟兄受伤。”郭飞下达命令后，很快就清点人数，发现敌机炸死了 5 名战士，另外还有 16 人负伤。郭飞赶快命令抢救伤员。对牺牲的战友，大家脱帽致哀，鸣枪致意。鬼子一连损失了 3 架战机，再也不敢像以前那样大摇大摆耀武扬威地横行了。

此次成功狙击，成为“六六战役”的一个小插曲，玉茹作为战地记者亲眼目睹了这一切。

在“六六战役”取得胜利之后，她用飞扬的文采报道了这一振奋人心的消息。面对这一喜人消息，孙司令不由得称赞，即兴写下《满江红·中条山抗日》：

立马中条，长风起，渊渊代鼓。怒眥裂，岛夷小丑，潢池耀武。锦绣江山被蹂践，炎黄胄裔遭荼苦。莫逡巡，迈步赴沙场，保疆土。

金瓯缺，只手补。新旧恨，从头数。挽狂澜，作个中流砥柱。剿绝天骄申正义，扫除僭逆清妖蛊。跻升平，大汉运方隆，时当午。

“六六战役”的失败，令鬼子司令官多田骏十分恼火，他狠狠地教训了中条山指挥官藤田一郎，认为他简直无能透顶，给皇军带来耻辱。同时，多田骏召开了华北地区高级军官会议。在会议上，多田骏传达了司令部对他们行动的不满。司令部愤恨地称中条山是他们侵华的“盲肠”，他们认为拿不下中条山，帝国就是得了“盲肠炎”，影响了支那整个战局。

国民党第一战区司令长官卫立煌，也受到了国民政府军事委员会最高长官蒋委员长的嘉奖。中条山也被称为“东方的马其诺防线”。孙司令麾下的第四集团军也被称为中条山的“铁柱子”。为此，还有音乐家曾谱曲赞美道："中条山，高又高，它是我们的齐格菲，它是我们的马其诺……"

郭飞特务连的成功狙击与"六六战役"的胜利好像是一颗冉冉升起的启明星，照亮了第四集团军。它让人们看到了中条山还有这么一支善于作战的陕西冷娃。它不仅振奋了人心，而且更加让全国人民看到了抗日胜利的希望。

郭飞因此而晋升，担任特务营营长，与孟营长平起平坐。

2

蒲州，这座位于黄河岸边、中条山下的美丽古城，仿佛一颗明珠镶嵌在蒲坂大地上。普救寺，这座充满梵音、幽静的千年古刹，演绎出了悱恻动人的爱情故事。高耸的莺莺塔仿佛见证了当年的一切，它似乎在默默地诉说着一曲地老天荒的爱情戏剧。

距离黄河不远的地方，就是当年的鹳雀楼遗址。在这座巍峨的楼上，王之涣吟诵的千古绝唱"白日依山尽"的余音还在回响，"黄河入海流"的胜景依然存在，遗憾的是"欲穷千里目，更上一上楼"的意境已不在，然而它所散发出的哲理之光却照亮了每一个凭吊之人。

连接秦晋渡口的黄河大铁牛，伴随着历史的时光，它们都已经不复存在，淹没在滔滔奔流的黄河浪涛声里。当然，还有昔日繁华的蒲州城遗址，昔日的蒲州城，竟然是李唐王朝的京畿之地。

据说这里的繁华离不开一位天生丽质的人。这位丽人就是名传千古的四大美人之一杨贵妃。距离蒲州不远的韩阳独头村就有她的故居。杨贵妃曾经被唐明皇宠爱，当时的大诗人李白还为她写下了"云想衣裳花想容，春风拂槛露华浓。若非群玉山头见，会向瑶台月下逢"的妙句；号称"诗圣"的杜甫留下了"三月三日天气新，长安水边多丽人。态浓意远淑且真，肌理细腻骨肉匀”的笔墨。被人们广为传诵的《长恨歌》，则记存白居易“回眸一笑百媚生，六宫粉黛无颜色”的生动描摹。贵妃之荣之幸，竟然赢得了那么多文人墨客的吟咏感叹，后世不知还有多少丹青妙手争相为之绘影图形。

想起这些，韩诚就怒向胆边生，恨从心头起。尤其是可恨的鬼子残杀了亲人以及父老乡亲，这样的血海深仇能不报吗？现在好了，他们不仅有了自己的地盘，自己的武装，而且还有能打善战、多谋善断的陕南游击队叶政委的全力支持。

他们在进入风陵渡和蒲州城之前就已经摸清了鬼子的情况，鬼子在风陵渡驻扎一个小队，大约 70 人，在蒲州城驻扎一个中队兵力，大约 200 人。兵法讲“知己知彼，百战不殆”。

“风陵渡是蒲州城鬼子派出的一个小队，蒲州城是鬼子的临时大本营。鬼子的车马粮草、武器弹药等都存放在蒲州城这个大本营里。”韩诚说道。

“好！侦查得不错。我们应该想办法把鬼子引出来，然后进行伏击，这叫围点打援。”叶政委沉思着说。

“行，这个办法好。”韩诚一拳砸在石板上。

“我们最好在晚上行动，神不知鬼不觉，打他们一个措手不及。”叶政委低声说道。

“是啊！鬼子的火力比我们强得多。我们只能利用夜战，夺取渡口，然后伺机伏击。”晓梅说道。

韩诚思索了一下，感觉主意不错，又一拳砸在石板上，“好，就这么办。”

风陵渡，自古以来就是通往秦晋豫的咽喉要道，向来为兵家必争之地。在古代，魏与秦的古战场就在这里，东汉时曹操讨伐韩遂、马超，西魏的宇文泰破高欢等著名战争，都发生在这里。

处于黄河东转拐角的风陵渡，是秦晋豫三省的交通要塞，跨华北、西北、华中三大地区之界，而且是黄河最大的渡口。千百年来，风陵渡作为黄河的要津，不知多少人通过这里，走入大西北、大中原。

“一水分南北，中原气自全。云山连晋壤，烟树入秦川。”金人赵子贞在《题风陵渡》中写道。如今，这个著名渡口竟然被鬼子一个小队把持，成为通往中条山的一个最大障碍。除掉这个咽喉之疾，也就贯通了中条山与秦地的联系。

叶剑与韩诚兄妹拿定主意后，就开始商量具体的打法。叶政委提出让自己带领游击队从正面进攻，吸引鬼子火力。韩诚兄妹乘船从侧翼绕过去，渡过河岸从背后夹击，打鬼子一个措手不及。韩诚兄妹认为可行，便准备好 5 条渡船，每条船上 8 名队员，各配备一条轻机枪。是夜，大家都配足了手榴弹与子弹，只等游击队这边打起来。

凌晨一点后，等到对岸鬼子进入了梦乡。叶政委一声令下，游击队的神枪手就先打掉了鬼子的探照灯，随后一发炮弹打中了鬼子的岗哨。巨大的爆炸声和密集的枪声一下子惊醒了睡梦中的鬼子兵。鬼子小队长急忙吹起哨子迅速组织反扑。游击队员趁着黑夜和慌乱中的鬼子应战，居高临下发起了猛攻。

鬼子小队长一看游击队的火力很猛，急忙呼唤蒲州的鬼子支援。蒲州的鬼子接到电话，迅速组织两个小队前去支援。鬼子出动两辆汽车、两辆装甲车，急忙赶往风陵渡。

韩诚兄妹听到游击队打起来后，急忙抢渡。黄河水流到此处水势平缓，浪涛不急。渡韩诚兄妹的都是潼关当地的老渔夫，他们一听韩诚兄妹要过河打鬼子，乐不可支。鬼子被游击队火力吸引后，在黑夜与游击队仓促交战，哪里还会想到韩诚兄妹从背后插上一刀。

当鬼子与游击队正处于胶着状态时，鬼子的背后忽然传来了手榴弹的爆炸声，紧接着就是机枪、步枪的密集扫射。鬼子被打蒙了，慌乱之际，游击队冲了上来。鬼子小队长率领残余鬼子仓皇逃窜，又被韩诚兄妹碰到。经过一阵猛烈的攻击，鬼子小队长和残余鬼子“叽里呱啦”被打死在地。

游击队冲上来后很快和韩诚兄妹会合，大家迅速打扫了战场，急忙在风陵渡附近埋伏下来。

是夜，风陵渡密集的枪声和爆炸声也惊醒了风陵渡附近驻扎的国军。这支部队听到枪声后，迅速进入了战斗状态。当国军营长发现游击队已经消灭了鬼子并且进入了河东，就下令部队迅速占领风陵渡，并且做好了火力配备。

叶政委对韩诚兄妹说："这下又有好仗打了。倘若鬼子援兵前来，必定要夺渡口，等到和国军打起来，我们就从后面袭击，再打鬼子一个措手不及。"韩诚兄妹认为是好计。

果然，前来支援的鬼子兵在装甲车的掩护下向风陵渡的国军发起了进攻，鬼子仗着"铁疙瘩"，猛打猛冲，势不可当。

在这紧要关头，游击队和韩诚兄妹在背后发起了进攻。手榴弹、机枪、步枪齐发、齐射，鬼子一下被打乱了阵脚。国军趁势发起了冲锋，鬼子两辆装甲车先后被炸。鬼子小队长一看不妙，组织残余鬼子负隅顽抗。俗话说:"好汉难敌四只手"，况且这是鬼子的救援部队，失去了"铁疙瘩"这个屏障，鬼子也就没有任何优势可言。

一百多名游击队员和韩诚兄妹的武装再加上三百多名国军的前后进攻，人多枪多，鬼子很快就吃不消，半个多小时，鬼子两个小队一百多人就被全部歼灭。游击队、韩诚兄妹、国军这三支部队打了一个联合抗战的漂亮仗。

当晓梅听到郭飞已经担任了国军营长的消息时，既高兴也担忧，高兴的是郭飞终于有了好消息，担忧的是他们何时能够再相逢呢?

3

鬼子在丢掉风陵渡之后，派去蒲州的援军不仅没有挽回渡口，反而被击溃歼灭。鬼子哪里吃过这么大的亏，消息传到藤田一郎那里，藤田一郎就“哇哇”大叫，发誓要夺回渡口，消灭八路军游击队，消灭风陵渡国军。

鬼子一边调兵遣将伺机反扑，一边加快向蒲州城增兵，加强布防。风陵渡大捷的消息很快就传到第四集团军孙司令的耳朵里，孙司令一边向第一战区司令部汇报战果，一边让玉茹发布风陵渡大捷的消息。

当风陵渡捷报传到第一战区卫立煌司令员那儿时，卫立煌司令员高度赞赏了八路军游击队所发挥的重要作用，也赞赏了韩诚兄妹的抗日武装，同时对驻守风陵渡的张营长能够及时捕捉战机、主动出击的行动给予高度赞扬。

叶政委率领的陕南游击队也因此而名声大噪。他本人不仅受到八路军司令部的表扬，而且也受到了第一战区司令部的嘉奖。本次大捷，虽然看似仅仅消灭了鬼子一个中队的兵力，但在政治和军事上意义非同小可。一方面，它成功地击溃了国民党内部反共势力散布的“八路军游而不击”的谎言；另一方面，它也提供了“避实击虚”“围点打援”的成功范例，使得部队以极小的伤亡代价赢得了战役的完全胜利。更重要的是本次大捷大大提高了八路军的威信，激发了秦晋豫一带百姓抗日的热情。报名参加抗日的人员越来越多。八路军总部决定扩大抗日武装，在晋西南成立一支抗日民团，叶政委因为指挥才能突出，被任命为民团团长兼政委，马队长被任命为副团长，韩诚兄妹分别被任命为营长、副营长。

对于抗日民团的成立，八路军总部也向第一战区作了请示。因了风陵渡大捷以及出于保护百姓抗日的积极性，根据晋西南敌我形势发展，第一战区卫立煌司令员果断给予大力支持。他不仅向高层汇报了成立抗日民团的必要性，而且从军备物资上给予了一定的帮助。正因为卫立煌总司令的积极支持，为国民党内部反共势力留下了口实，为后来中条山战役大溃败埋下了伏笔。

换上了崭新的军服，韩诚兄妹乐不可支。这支一直游离于国共两党的抗日武装今天终于成了一支正规军队。

“何时能够打到老家蒲州，消灭那里的鬼子，为父母亲以及乡亲们报仇？”晓梅望着叶政委说。

叶政委望着韩诚兄妹期待的表情，坚定地说：“一定会的，一定会的。只是现在还不能莽撞行动，一是部队刚刚扩编，还需一定的休整、训练；二是鬼子肯定加强了蒲州的军事力量，我们这样前去无疑是羊入虎口。”

“那我们怎么办？”韩诚着急地问。

“我们现在只有把部队拉到中条山上，进行休整、训练，然后再伺机杀敌。中条山作为黄河以北屏障，山势北陡南缓，下瞰平原，南濒黄河。境内沟壑纵横，山峦起伏，关隘重叠，战略纵深极为深广。况西与潼关相望，可与西北军孙司令部队联络，东迄豫北同太行山八路军部队相连，易守难攻，乃战略要地。日军先后发动多次进攻，都未能拿下。我们倘居于中条山，便可进可退，相机杀敌。岂不更好？”

听着叶政委侃侃而谈的一番高论，韩诚兄妹心服口服，决定跟随叶政委上山。

风陵渡渡口被国军控制后，秦 2 师即扩大战果，在孔师长的指挥下，相继为中条山守军运输了大量军用物资，彻底打破了日军围困中条山守军的梦想。作为中条山后方的黄河南岸，也为中条山守军运输了大量战略物资。中条山，成为真正的东方马其诺防线。

叶政委率领的抗日民团上山以后，受到了孔师长热烈欢迎。孔师长感谢叶政委与 2 师张营长夺回了风陵渡，而且消灭了鬼子一个中队，一方面大大鼓舞了黄河沿岸的抗日士气；另一方面打破了鬼子从风陵渡对中条山的封锁，使得抗战物资能够顺利进入前线，有力地支持了抗日部队。

然而孔师长与抗日民团叶政委的接触却传到了反共的秦师长耳朵里。秦师长就把这个消息报告给了赵军长，请赵军长引起重视。当时，国民党高层已经下达了“防共、限共”的密令。至于卫立煌总司令还默认八路军抗日民团的建制，甚至为民团提供军事物资帮助等事情，也引起了重庆方面的不满。鉴于卫立煌将军在中条山的卓越战绩，重庆方面还是给了他面子，没有过分追究。但是，对于八路军的活动却开始了严密的监视和限制。

4

虎头岭穿山甲和薛半仙合计后，决定在游击队和韩诚兄妹出山后进行一次袭击。他们决定兵分两路：一路由穿山甲带领部分兄弟前去牛头岭，攻占这个秦晋要塞；一路由薛半仙带领部分兄弟前去游击队根据地进行扫荡，以报杀父之仇，然后彻底端了游击队的老窝。最后，他们合兵一处，带着功劳投奔秦师长。

这次攻打牛头岭和游击队根据地，他们吸取上次教训，分别派出探子侦查详细情况。当确定牛头岭和游击队大部队已经出山，只留下少部分人马看守山寨和在根据地活动后，他们便沾沾自喜，跃跃欲试，认为到口的肥肉来了。

殊不知，这次游击队根据地的队员和群众已经做好了各种防范。马队长叮咛留守游击队的宋组长，在队伍出行后，要严密监视进入根据地的一切可疑之人，做好战斗和撤离群众的准备。

宋组长是一位老革命，做事向来谨慎认真，一丝不苟。他告诉留守的十几名队员，一定要做好严密防范，切勿大意。队员们都纷纷表示一定会做好相关工作，同时各人通知了自己负责的相关群众，详细规划了转移的路线。

在游击队哨兵发现虎头岭派出的探子活动后，马上报告了宋组长。宋组长当即决定转移群众，一方面先把老人妇女孩子藏在山洞，另一方面把能作战的青壮年武装起来，保卫根据地，防止敌人烧杀抢掠。一切安排好后，宋组长就带领十几名队员以及武装起来的十几名民兵把守在进入根据地的要道上。

穿山甲和薛半仙在摸清牛头岭和游击队根据地兵力情况后，认为他们不堪一击。据探子报告：牛头岭就是十来名队员；根据地呢，也不过这些人数。于是，他们各带了六十多名土匪兵分两路气势汹汹地杀来。

在叶政委和韩诚兄妹出山之前，叶政委就告诉马队长一定要守好牛头岭，因为这里是通往秦晋的要塞，必须重兵把守，以防虎头岭穿山甲偷袭。马队长表示一定会守住并彻底打败穿山甲这股土匪。

马队长带了一百多名游击队员再加上牛头岭武装二十多人，兵力合起来就相当于穿山甲和薛半仙两路人马。而目前就穿山甲和薛半仙兵分两路来看，牛头岭的武装力量对付穿山甲绰绰有余。

兵法讲“兵不厌诈”，像叶政委和马队长这样的老革命岂不懂得这个道理？探子们之所以探到这样的情况，全是他们卖的关子。仅牛头岭武装就已经给穿山甲布下了天罗地网，专等他来钻。

薛半仙岂不懂这个道理？当然知道。他毕竟是读过几本兵书的，尤其是《孙子兵法》，不知翻了多少遍。薛半仙自从上次吃了叶政委的亏以后，知道叶政委鬼得很，不好对付。这次探子报的情况，虚虚实实，真真假假，怎敢相信？所以，薛半仙留了一手。

他明白牛头岭乃秦晋要塞，估摸叶政委一定会留重兵把守，而根据地恐怕则是一方空城。这些游击队，打仗鬼得很，能打则打，打不赢则跑。所以他选择了攻击游击队根据地这个价值不大的地方，实际上也是为他保命留条后路。

生命谁不爱惜？对于每个人而言，生命只有一次。“留得青山在，不怕没柴烧。”况且跟着穿山甲有什么前途，事做好了，给你一个笑脸；做不好了，还要看他的脸色。与其这样，不如投奔表兄，也是一个好前途，薛半仙想着想着脸上就露出了狞笑。

比起薛半仙，穿山甲要呆多了。他始终以为薛半仙是自己的智囊，加之薛半仙父亲被共产党游击队所杀，所以他坚信薛半仙恨共产党。此次薛半仙出击游击队根据地，报的正是杀父之仇，他焉能不全力支持？但是，对薛半仙的小九九他却全然不知。

兵法曰：“运筹于帷幄之中，决胜于千里之外。”不论小仗也好，大仗也罢，战前的决策常常是取胜的关键。穿山甲的这次谋划和薛半仙的这次投机取巧便奠定了他们的命运。果不其然，穿山甲的这次夜晚偷袭就没有像先前那样幸运。他们刚进入山寨，就被游击队和山寨弟兄严严实实地包围起来。

这次马队长吸取了上次作战的教训，把各种因素都考虑在内，待穿山甲进入埋伏圈后，就一声“打”，轻、重机枪，步枪全力开火，手榴弹密集投向穿山甲匪群。穿山甲始料不及，以为志在必得，谁知却被包了饺子，败走麦城。

以逸待劳、准备充分的游击队和牛头岭兄弟凭借地势之优，再加上火力充足，信心满满，把穿山甲围得像铁桶一样。穿山甲左冲右突，突不出去，身边的兄弟死了一大片。穿山甲大喊：“薛半仙，你误我也。”话声刚落，就被马队长一枪干掉，被打得脑袋开了花。其余土匪死的死，伤的伤，倒下了一大片。

歼完穿山甲这股土匪后，马队长迅速集合队伍向根据地赶。谁知薛半仙这次鬼得很，当他和众土匪听见虎头岭那边响起了密集的枪声，就知道这下穿山甲完蛋了。

他急忙说：“弟兄们，我们这次又中了游击队的埋伏，向牛头岭赶已经来不及了，如果再深入游击队根据地，恐怕又有埋伏。弟兄们不如回了山寨，投奔国军吧。”

众土匪向来知道薛半仙计谋多，说：“就依军师所言，只要给兄弟们一条活路就行。”

“好吧！兄弟们只要信得过我薛某，我保证不会亏待弟兄们。”说完，手一挥，一伙土匪灰溜溜返回虎头岭。

5

在玉茹发出风陵渡大捷的消息后，郭飞便知道这都是韩诚兄妹和叶政委的功劳。当他得知叶政委和韩诚兄妹带着抗日民团上了中条山，便决定前去拜访。对韩诚兄妹归入抗日民团这件事，郭飞心里还有点遗憾，责怪自己大意了。当初，如不是战事吃紧，韩诚兄妹这支抗日武装一定会归入国军系列的，到那时，和自己心爱的人并肩战斗，岂不更好？

当然，他也是一个很开通的人，对共产党八路军、游击队的印象也很好，觉得他们抗日热情很高，善于团结抗日武装，做好民族统一战线，是抗击日本侵略者的好帮手。尤其作为曾经的西北军，他和陈团长、孟营长都对共产党游击队有好感，觉得他们是一群爱国爱民的正义之师。“西安事变”的和平解决，更离不开中共的协助，这使得国共再次联合起来，对付民族共同的敌人——穷凶极恶的日本鬼子。

听到郭飞决定前去拜访韩诚兄妹，玉茹便要随他前去。玉茹既然要去，他怎么能阻挡得了呢？他知道玉茹的脾气，是一个说风就是雨的女人，泼辣干练，毫不拖泥带水，与其阻挡，倒不如痛痛快快让她去。

“这个叶政委，想必也是个大英雄，在风陵渡不仅打了个胜仗，还激发了民众的抗日热情。这不，八路军的抗日民团都成立起来了。”玉茹赞赏道。

“是啊！我们能够获得一定的物资保障，离不开抗日民团的功劳，要不是他们联合作战帮助我们拿下渡口，至少我们还要被鬼子围困呢？”郭飞爽朗地补充道，语气里充满了钦敬与感激之情。

“像叶政委这样的英雄，我还真想拜见拜见呢！不知道他长什么样？”玉茹钦佩地说。

“还不是两个肩膀扛一个脑袋，难道还是三头六臂不成？”郭飞开玩笑说道。

“是啊！你们应该惺惺相惜，你还真应该拜访拜访他呢！”玉茹仰起头，抛给郭飞一个媚眼，噘着嘴说道。郭飞神情肃然，不为所动，一副不解风情的样子。

七　摩擦

1

叶政委率领的抗日民团进入中条山以后，受到了秦 2 师孔师长的热情欢迎。由于卫立煌将军坚持抗日民族统一战线，并始终与坚守太行山的八路军保持密切联系，坚持配合作战原则，因此，中条山与太行山形成了“犄角”之势，成为黄河以北一道坚固的屏障，有力地牵制了华北大量日军，阻止了日军南下和西进的意图。

日军在中条山遭到数次阻击后，南下中原和西进潼关的战略意图一时半刻难以实现，加之南线战场拉得很长，华北占领区为了加紧巩固后方，加强了对后方八路军游击队的扫荡。因此，中条山一带日军的进攻之势便缓和了下来。

当中条山敌我矛盾缓和下来时，重庆方面对卫立煌将军的行为就感到不满，觉得卫立煌将军对“防共、限共”的指示执行不力，使得中条山八路军活跃异常。重庆方面便给第一战区师级以上干部再次秘密传达了“防共、限共”的指示，并且指出，在必要的情势下，要解除八路军的武装。重庆高层下达的秘密命令在中条山一些反共意识比较强烈的师级干部眼里就成了令箭，其中秦1师师长秦一鸣，就是一个反共急先锋。他巴不得能够抓到一些共党分子，好到上峰那儿邀功请赏。当薛半仙带着虎头岭一帮土匪弟兄投奔他时，薛半仙就被委以重任，成了秦一鸣的反共先锋官。

“表弟，好好干，为党国立功赎罪的机会来了，重庆方面秘密下达了‘防共、限共’的指示，但凡发现有共党活动的情况，你可要及时报告我。我们将采取非常手段，给予打击瓦解。”秦一鸣恶狠狠地说道。

“好啊！真是喜从天来，我们终于可以借此报仇了。表兄放心，共党可与我有不共戴天之仇。为表兄做事，效犬马之劳；为党国做事，赴汤蹈火，在所不辞。”薛半仙感恩戴德地连连说道。

“嗯，这就好！表弟可以就任师部参谋一职，专门负责‘防共、限共’一事，如发现共军活动，可以采取非常措施。”秦一鸣给薛半仙布置道。

“感谢表兄如此器重信任，愚弟一定肝脑涂地。”薛半仙下决心道。

“表弟既然有这样的决心，那我就放心了。”秦一鸣奸笑道。薛半仙呢？于是整天就像一条狗一样，带着一帮特务分子凭着敏锐的嗅觉神出鬼没，专门收集打听侦探国军军官与八路军活动的亲密分子。当薛半仙得知韩诚兄妹和叶政委带领抗日民团在中条山西线休整、训练时，他就把这一重要消息报告了表哥秦一鸣。

“表兄，现在共党新组建的抗日民团在中条山西线休整、训练，这对我们来说，真是天赐良机，我们可以趁机消灭他们，以绝后患。”

“好！我命令你带领两个团前去解决抗日民团，要么让他们解散，要么就地解决。”秦一鸣凶狠地说。

“属下明白，我这就去办。”薛半仙感觉立功的机会来了，高兴地说道。

当夕阳斜照晚山的时候，薛半仙悄悄带领秦1师两个团突然包围了正在训练的抗日民团。“把枪都放下，请你们长官前来说话！”薛半仙阴阳怪气地对正在训练的抗日民团士兵喊道。叶政委和韩诚闻讯匆匆赶到。咦！怪了，怎么是老对头薛半仙？而且还身着国军军官服装。

“你们是哪一部分的？”叶政委问道。

“你没瞧见我们的军装？这还要问吗？告诉你们，我们是奉上峰命令前来执行任务的。要么你们赶快解散，要么死路一条，看着选择？”薛半仙扭头摸着山羊胡须，一副小人得志的样子。

“哦，真是不明白。难道我们抗日有错吗？蒋委员长都发表了联合声明，承认我们的合法地位，难道你们是揣着明白装糊涂？”叶政委据理力争道。

“嘿嘿，彼一时，此一时。这是我们接到的最新命令。”薛半仙狡猾地辩解道。

正当抗日民团处于危急时刻，郭飞悄悄通知了秦 2 师孔师长。孔师长得到消息后，亲自带领部队赶到现场，来了一个反包围。

“薛参谋，请迅速带走队伍，不要做亲者痛、仇者快的事情。现在是国共联合抗日之际，谁敢破坏抗日大局，就地正法！”孔师长威严的声音震得脚下的大地都在发抖。

“我们是奉上峰命令，执行任务！”薛半仙还不死心，狡辩道。

“我们也是奉上峰命令，执行任务！”孔师长毫不客气地命令道。

薛半仙理屈词穷，眼看形势不好，只好带着队伍灰溜溜走了。回去后，他把孔师长从中阻挠以及发表的相关言论，都一五一十地报告给了表哥秦一鸣。秦一鸣听完后，把情况反映给赵军长以及孙司令，请求他们严办孔师长。

殊不知，孙司令和赵军长原先都是杨虎城将军的部下，他们一向对共产党有好感，尤其对积极抗日的八路军更是钦佩不已。所以，对于秦一鸣反映的问题，他们只是轻描淡写地告诉他不要破坏抗日战线，要维护民族国家大局，要保护抗日力量。

秦一鸣原想邀功请赏的目的不仅没有实现，反而被司令、军长教训了一番，就感到心里不是滋味。毕竟，他心里还是不服，他觉得司令、军长都没有按照重庆方面的秘密指示来办。于是，他便直接加紧了与重庆方面的联系。重庆方面收到他汇报的情况后，嘉奖了他，并且对他委以重任，让他监视第四集团军一切军官方面的行动，必要时可以采取措施。

秦一鸣忽然感觉自己有了生杀予夺的大权。

2

秦1师2团、3团在薛半仙带领下的那次秘密行动被秦2师挫败的消息纸里包不住火。很快，1师全体将官士兵都知道了秦师长和薛半仙的反共行为。秦师长和薛半仙也给全师将官士兵下达了严禁亲共行为，如有违反，一定军法从事。

作为秦1师1团1营营长的郭飞，对全师的规定岂能不知？然而这次他却非得违反这条军规不可。因为明知心爱的人就在抗日民团，自己却畏缩不前，还是男人吗？再说，难道自己与八路军抗日民团相爱的人相见也是错吗？郭飞想来想去想不通这个问题，觉得自己走得正、行得端，身正不怕影子斜，就是龙潭虎穴也要闯一闯，更何况还是去见自己相爱的人呢？

为了避免不必要的麻烦，郭飞决定还是秘密去见，他把自己的意思说给玉茹。玉茹当即表示赞同。于是，在一个风清月白的晚上，郭飞和玉茹趁着大家晚休，悄悄地从营房出去，直奔抗日民团地点。翻过一座山后，就到了八路军抗日民团地盘，哨兵喝住了他们。他们友好地介绍了自己身份，并说明来意。随后，哨兵把他们带到了叶政委和韩诚兄妹面前。

韩诚兄妹一看，这不是郭大哥吗？晓梅惊喜地走上前，端详着郭飞。郭飞也仔细地端详着晓梅。俩人猛然相见，又惊又喜，一时竟不知说什么才好。

玉茹打趣道："'留恋处，兰舟催发。执手相看泪眼，竟无语凝噎。此去经年，应是良辰好景虚设。便纵有千种风情，更与何人说？'写的应该就是这种场景吧。"郭飞和晓梅不好意思得脸红了。

"大家快坐，一路辛苦了。"叶政委招呼道。

"风陵渡大捷，久仰叶政委和韩营长兄妹大名！今日相见，大家好像都挺熟的呀！"玉茹说完就情不自禁地笑了起来。

"是哝！大家都是熟人。"叶政委爽快地说，"我们这是第二次见面吧，上一次是在牛头岭，我是做山货生意的客人。"叶政委用幽默的江西话说道。

"哦！怪不得我上次就感到唐兄非同寻常！看来是'真人不露相，露相不真人啊。'"郭飞急忙上前一步，握着叶政委的手惊喜地说道。

"这位打鬼子的英雄就是做山货生意的表兄，他现在可是抗日民团的团长兼政委——我们的领路人。"晓梅自豪地说道。

"你们一路翻山越岭，很是辛苦，不知屁股后面可有尾巴？"韩诚忧心忡忡地说道。

玉茹开心地说："尾巴早就让我们剪断了。既然我们敢来，哪有怕的道理呢？更何况，我们的大营长还要会他的小妹呢！"说完，玉茹笑了，然后假装嫉妒地瞅了晓梅一眼。

晓梅嗔怪道："瞧这位国军美女，有没有一点正经的？"说完，就做出一副怪罪玉茹的样子。而玉茹却毫不在乎，摆出一副调皮的样子。

月亮升起来，凉凉的风吹着。大家聚在一起谈了分手后的有关情形。郭飞表达了对叶政委和韩诚兄妹出山相助的感激之情。叶政委也反映了秦一鸣和薛半仙的反动行为，提醒郭飞和玉茹这次行动要倍加注意。郭飞和玉茹也表达了对叶政委和韩诚兄妹提醒的感激之情。

临走，郭飞紧紧地握了一下晓梅的手，然后两人深深地拥抱在一起。对于相爱的人而言，言语不需要多少，一个眼神，一次握手，一个拥抱就足够了。“心有灵犀一点通”，在短暂的相逢里，尤其在国破家亡的危亡时刻，他们顾不上那么多的卿卿我我，他们也没有那么多的缠缠绵绵，也许像他们这样的军人，随时都要投入和穷凶极恶的反动势力的斗争中。在这样的夜晚，他们为能有这样一次相逢而感到知足。

当郭飞和玉茹的身影消失在夜色里时，晓梅望着他们远去的身影，脸上写满了无限的爱恋和担忧。

3

郭飞回到营地后，很快就被薛半仙带领的一伙特务抓了起来，而玉茹也被秦师长软禁起来，因为她毕竟是司令的千金。狡猾的秦师长想拿郭飞和玉茹通共的这次事件树立自己的威信，杀灭亲共势力的威风。薛半仙向秦师长提供了他们昨夜与八路军抗日民团秘密接头的所有证据。

原来就在郭飞与玉茹小心翼翼离开军营后，他们以为神不知鬼不觉没人知道，谁知却被诡计多端的薛半仙盯了梢。薛半仙带领一伙特务跟着他们一直到了抗日民团地盘，然后悄悄地埋伏下来。他们用相机偷偷拍下了郭飞和玉茹进入抗日民团营地的活动，以及郭飞和晓梅握手拥抱道别的场景。

开始郭飞还咬着牙不承认，可是当秦师长把所有证据摆在他的面前时，他不得不承认自己的行为，他表示一人做事一人当，不要连累玉茹。

秦师长嘿嘿发出两声奸笑：“没这么容易，一旦通共，就是司令的女儿也不能饶恕。你可知道，这是上峰的命令。念在你以前的军功上，我也不给你用刑。说说你后面还有谁人指使，那晚你们都谈了些什么？”

“谈什么，就谈些抗日杀敌的事情，还谈些什么？”郭飞义愤填膺地说。

"看来你是不见棺材不落泪，哼！薛参谋，给我好好审问，要给我审出个子丑寅卯来。"说完，秦师长拔出手枪"啪"地砸在桌子上，然后气愤地离开了审讯室。

秦师长离开审讯室后，就剩下薛半仙和两个特务。薛半仙狞笑着问："郭飞，你可认得我？"

郭飞双手双脚被捆住，难受地坐在地上，他抬起头，望着薛半仙那阴阳怪气的脸说道："你烧成灰我都认得，你不就是打劫国军抗战物资的虎头岭狗头军师薛半仙吗？怎么现在摇身一变成了国军参谋了？"

薛半仙嘿嘿笑道："兄弟，三十年河东，三十年河西。你也有今天这个下场，说，快说，你们都和共党女八路谈了些什么？倘若不说的话，嘿嘿，瞧我手中的鞭子，它可没长眼睛啊！"

郭飞望着薛半仙小人得志的猖狂样子，哈哈一笑，说道："我已经什么都说了，难道你们还要我编造不成？"

薛半仙狞笑道："对，就是要你编造，把你后面的指使人供出来。倘若你供出来，我可以饶你不死。"薛半仙故意压低了声音神秘地说道。

面对这个无耻小人，郭飞不知该怎么对他说，只好无奈地骂道："欲加之罪，何患无辞！薛半仙，你这个无耻小人，汉奸走狗，不上前线打鬼子，却专门干些歪门邪道的事情，残害抗日人士。"

薛半仙被骂了个满脸通红，他不由得挥起了手中的鞭子，向郭飞狠狠地打去。在薛半仙不断挥舞的皮鞭下，郭飞发出了一声又一声的惨叫。此刻，他的身上、脸上被皮鞭打出了一道道血痕。在惨叫声中，他昏了过去。

当他醒来时，发现自己躺在军营医院里，哭得如泪人儿的玉茹守在他的身边。玉茹一边让护士轻轻给他上药，一边给他喂糖水。他喝了点就又昏迷过去。在睡眼蒙眬里，他似乎看见了晓梅，又似乎看见了玉茹，他流出感激的泪水。

原来郭飞和玉茹被抓后，孟营长、陈团长急忙向秦师长求情，要求放了他俩，毕竟他们都是国军精英，不能因为这件事情就治他们死罪。况且玉茹还是司令千金，倘若司令知道，岂不怪罪下来。

谁知蛮横的秦师长却拿出了重庆方面发来的密令："委座命令，对于一切通共人士，无论官阶大小，一律相机行事，格杀勿论。"

看到秦师长把鸡毛当令箭的样子，陈团长、孟营长急了，真害怕这个利令智昏的秦师长干出杀人的勾当。作为西北军人，他们身上本身就流淌着一种西北男儿嫉恶如仇的血性。看着这个破坏抗战大局的狗师长，陈团长向孟营长使了一个眼色。孟营长便知趣地和陈团长退了出来。

回到营地，陈团长对孟营长说："一不做二不休，趁着今夜，集合全团，给我绑了师长，看他放不放人。然后，迅速通知司令，让司令救人。"

"好，就这么干！不能让他们瞒着司令，然后阴谋得逞。"孟营长这个刚强的西北汉子露出坚定的神情。这两位西北军老部下的汉子，在关键时刻还是有着杨虎城将军的血性，他们要用自己的行动呼唤正义。

4

是夜，天刚刚擦黑，陈团长就率领全团人马迅速包围了秦师长驻地，他们迅速解决了抵抗卫兵，薛半仙也被打死在地，像死猪一样躺在地上。秦师长慌慌张张不知发生了什么事情，一看是陈团长、孟营长二人，就厉声喝道："放下武器，难道你们反了委员长不成？"

"我们是忠于孙司令的西北军人，我们眼里只有抗日军人，没有专门破坏抗战的狗师长。兄弟们，给我把秦一鸣抓起来。"陈团长下令道。

几名战士迅速冲上去把秦一鸣摁倒在地，然后来了个五花大绑。"现在也让你尝尝被绑的滋味。"孟营长愤愤地说道。

秦一鸣挣扎道："我瞎了眼，没有听薛参谋的话。要是我狠些，你们早就被我拿下了。我何至于此。"原来当陈团长和孟营长在为郭飞、玉茹求情时，薛半仙就跟秦一鸣叽咕了几句。薛半仙的意思是这两个家伙靠不住，说不定会像杨虎城搞出兵变呢！秦一鸣认为他们不敢，他们毕竟受过自己的提拔。当然，陈团长和孟营长包括郭飞的提拔的确在秦一鸣那儿都没有受到阻拦，但他们都是靠着自己的战功上去的啊！他们每个人都有一腔爱国热血，岂会像薛半仙那样的狗东西摇尾乞怜，蝇营狗苟。

陈团长义正词严地说道："在我们革命军人眼里，没有私恩，只有公恩。倘若你枪口对外，我们一致拥护；但是你现在枪口向内，干起了亲者痛、仇者快的事情，那么，对不起，我们坚决不答应。"

"绑了，交给司令。"陈团长下令道。

孙司令听说了 1 师发生的事情后，急忙命令赵军长前去处理，并向卫立煌司令员汇报了秦一鸣破坏抗战大局的罪行。卫立煌司令员听到这个消息后，立马下令：在抗战危急时刻，秦一鸣不顾抗战大局，私设公堂，不问青红皂白，滥用私刑，罪有应得。

孙司令立即传达了卫立煌司令员的命令，派赵军长革去秦一鸣师长职务，并提拔陈团长担任 1 师师长。陈师长上任后，除去了秦一鸣的两个亲信团长，并提拔孟营长、郭飞担任了他们的职务。

5

全国像中条山上出现的如秦师长类的"反共"摩擦事件时有发生，在抗战初期尚不严重，到了相持阶段就时有发生。

这种现象的存在，主要是重庆国民党当局始终玩两面派手段，明里坚持抗日民族统一战线政策，暗里却秘密下达"防共、限共"政策，害怕共产党八路军、新四军坐大。同时，重庆方面对于整编的各路杂牌军也不放心，一方面对他们委以高官重任，让他们死命效力；另一方面又在其中安插亲信，拉拢吸收其中分化分子，为我所用。

对重庆当局玩政治上的两面派把戏，国民党中一些高级将领何尝不知？如卫立煌司令员，虽然他是蒋委员长的嫡系将官，但他有自己的主见，不是那种“唯命是从”的哈巴狗。

作为一线将官，他始终能够从维护抗战大局出发，淡化这种政治上摆不到桌面的小伎俩。也许处于抗日一线，他能够看到维护抗日民族统一战线所发挥的积极作用，能够看到在穷凶极恶的日本鬼子面前中华民族所面临的最大危机。因此，无论是共产党八路军还是各路杂牌军，他都一视同仁。在武器弹药物资支持方面，他都能像对待中央军那样对待这些部队。在战役部署安排上，他也能一视同仁做好协同作战。这样，他在第一战区赢得了很好的威信，受到了各方抗日部队的坚强拥护。

正因为这样，中条山、太行山成为抗日前线的坚强堡垒。平息秦师长“反共”摩擦事件，这使得中条山抗日民族统一战线政策得到了加强和巩固。

尤其是第四集团军的大部分将官，大都是从“西安事变”中走出来的。这支原杨虎城将军的部下、从陕西走出来的满怀抗日热情的“陕西冷娃”部队，对破坏抗战分子深恶痛绝。因此，秦一鸣的做法不得人心，严重违背和伤害了来之不易的抗日民族统一战线。而把鸡毛当令箭的秦一鸣，也许利令智昏，以为得到了重庆方面的嘉奖和委任就可以无法无天，肆意妄为，岂不知古语云：“将在外，君命有所不受。”

秦一鸣被革职拿下后，笼罩在中条山西线上空的阴霾消失殆尽。

为了促进团结和交流，西线国军加强了与抗日民团的合作。刚上任的陈师长邀请抗日民团叶政委前来为部队作抗日民族统一战线工作，以消除秦一鸣的“反共”流毒。为了加强抗日民团的军事训练，叶政委邀请郭飞前来抗日民团担任军事教官。

叶政委到了秦1师后，受到了陈明智师长的热烈欢迎。叶政委在1师大会上发表了热情洋溢的讲话，阐明了抗日民族统一战线工作的重要意义。

他激情满怀，慷慨激昂地说道："兄弟们，朋友们，同胞们，当前，我们中华民族最穷凶极恶的敌人——日本鬼子已经占领了我东北、华北、华东、华南大片领土，中华民族正处于亡国灭种的危急时刻。在这个危急时刻，我们所有的抗日爱国力量只有坚强地团结起来，才能拧成一股劲，形成一个铁拳，有力地砸在日本鬼子的头上。倘若我们枪口不能一致对外，而是对内搞摩擦，对外搞妥协，同胞之间相互残杀，这种令亲者痛、仇者快的事情岂不正中了日本鬼子的下怀？这样做，你们答应不答应？"

"我们不答应，我们不答应，团结起来，一致对外，坚决消灭日本鬼子！"会场下，秦1师的全体将官群情激昂、义愤填膺地喊道。

等到叶政委动员完毕，陈师长对1师将士们说道："共产党抗日民团是我们的友军，与我们并肩作战取得了辉煌战绩。我们要学习他们善于发动民众、调动民众的抗日热情，与百姓紧密团结起来，做好抗日民族统一战线工作，坚决地狠狠地消灭日本鬼子。"

陈师长的讲话刚落地，下面的将士们就喊道："团结起来，坚决消灭日本鬼子！团结起来，坚决消灭日本鬼子！"

看到1师群情激昂的样子，玉茹也受到了强烈感染。带着对叶政委崇拜的心情，她走近了叶政委。

"请问叶政委对当前抗战形势有何高见？"玉茹带着记者式的工作习惯向叶政委询问。

叶政委坚毅地说道："当前抗日形势进入相持阶段，鬼子由于战线拉得太长，一时半刻难以南下中原、西进潼关。但是，当前的抗战形势也是非常紧迫的，鬼子在进入相持阶段以后，一边采取分化瓦解手段拉拢消极抗战力量，一边又在散布流言离间国共合作力量，以达到他们分而治之的目的。"

玉茹信服地点了点头，因为在中条山上时常能看到日军飞机散发这样的传单。

“当然，在重庆国民党方面，他们明里支持抗日民族统一战线政策，暗里却在积极‘防共、限共’，秦一鸣师长的所作所为就是证明。幸亏卫立煌司令员还算开明。”

“也是，我就因为上次和你们秘密接触还被秦师长软禁起来，郭团长还差点被薛半仙整死。幸亏陈师长及时出手，解救了我们。不然，谁知道这个秦一鸣、薛半仙还会干出什么事情？！”玉茹气愤地说道。

“你们的事情后来我们也知道了，晓梅听到郭团长被抓被打，几乎要昏死过去。她是一位重情重义的好姑娘，当时我们也做好了营救的准备。”叶政委继续说道，“秦一鸣恐怕想拿你们开刀，杀一儆百。因为毕竟他有重庆的密令。然而他的做法不得人心，包括重庆的做法也不得人心。所以除去秦一鸣师长职务，量他重庆方面也不能说什么！毕竟目前还是国共合作时期，对破坏抗日民族统一战线的敌对分子，人人得而诛之。”

“是啊！叶政委真是高见，卫立煌司令员及时处理好这件事情后，重庆方面也没有任何表态，看来他们的小伎俩也是摆不到桌面上的。”

“重庆方面这是在玩政治两面派，他们当然不敢明里支持‘反共’势力，不然就成了全国人民的罪人，输掉了舆论。目前，卫立煌司令员的做法既维护了抗战全局、赢得了人心，也为重庆方面维护了面子，自然重庆方面不会把他怎样。”

“是啊，一切问题经您一分析就豁然开朗。太令人佩服了。”玉茹高兴地说道。她静静地望着这位充满智慧和战略眼光的叶政委，心里充满了钦佩之情。

“当然，重庆方面也不会善罢甘休，目前是用人之际，所以他们还没有对卫将军下手。一旦有机会，他们就可能要收拾这股‘亲共’力量。”

“哦？问题有这么严重吗？”玉茹疑惑地问道。

“是的，重庆方面的反动本质是不会改变的，一旦日寇进攻的步子慢下来，他们就会反攻，从内部进行思想整顿。”

“那么，贵党对将来抗战总趋势有何预测？抗战什么时候能够胜利呢？……”玉茹喋喋不休地提问。

对玉茹提出的各类问题，叶政委都耐心地一一做了回答。叶政委建议玉茹读毛泽东的《论持久战》。带着浓烈的兴趣，玉茹坚持要叶政委送她一本。叶政委望着这位可爱的司令千金，一时对她充满了无限好感，当场答应送她一本。

“太好了！”玉茹高兴得几乎要跳了起来。

6

为加强中条山西线作战统一部署，经第一战区司令员卫立煌与八路军总部协调，西线抗日民团决定接受第四集团军领导。当然，对这样的决定，八路军总部也是从抗战大局出发，充分体现出了维护抗日民族统一战线的决心和意志。这样的整合，减少了来自重庆方面对卫立煌司令的指责，而抗日民团武器弹药等也落到了实处。由于第四集团军有着光荣的爱国传统，叶政委也乐于和这些西北军共事。

领导归领导，但抗日民团的防地始终没变。为了训练这支“新军”，郭飞应叶政委邀请来到了抗日民团进行军事训练指导。郭飞来到后，立即受到了抗日民团将士们的热烈欢迎。

叶政委向战士们介绍了郭飞团长的英雄事迹，同时还介绍了随同他前来的司令千金孙玉茹。郭飞抗战的英雄故事迅速在热血青年中间产生了强烈的反响，战士们纷纷表示要向他学习，奋勇杀敌，报效国家。对副营长韩晓梅与郭飞的爱情故事，大家也略有知晓，关于他们的故事也在战士们之间流传。

当大家都知道郭飞与晓梅的关系后，他们也干脆不回避了，训练休息之余，他们俩就沿着小河诉说别离后的思念。

“当知道你被抓后的消息时，我是多么难受。当我苏醒过来时，我就要带着队伍冲过去。可是，我还是被叶政委死死地拦住了。叶政委告诉我要冷静对待，不然抗日民团会落一个破坏抗日统一战线的罪名。没想到后来陈团长果断处理，解救了你和玉茹；否则，恐怕真是凶多吉少。那样，我们还会有相逢的机会吗？”晓梅说着就流下泪来，呜呜地哭着。

看着晓梅哭得梨花带雨的样子，郭飞爱怜地抚摸着她的双肩，劝她不要哭了，并说：“这不，我不是好好地站在你的面前吗？瞧我经历了多少场战斗，几乎九死一生，然而在关键时刻，总有贵人相助。看来我的气数还未尽，不然，阎王爷早就决定收拾我了。”郭飞幽默地调侃道。

听着郭飞调侃的语气，晓梅“扑哧”一笑，心疼地说：“瞧你，人家心里很难受，你还有工夫调侃。”说完，晓梅用拳头轻轻砸了郭飞一下。然后，他们就相拥在一起，彼此感受着对方的温柔。

“晓梅，你知道吗？当我碰见你的时候，我的心头似乎飘过一丝云彩，洁白而又轻盈。顺着这朵云彩，我似乎回到了十多年前。那时，我登上莺莺塔，许下一个美丽的愿望：找到一位像崔莺莺一样的姑娘。没想到那个美丽的姑娘就是你。”

“难道你愿意做那位白面书生张君瑞吗？”晓梅感动地说。

“不，我才不做张君瑞那样的书生，我要做像白马将军杜确那样的武将，不能让人欺负你们。如今，你美丽的家园被鬼子霸占，亲人被鬼子残杀，这个仇岂能不报？择日我们商量攻打永济县城和收复蒲州古城的计划，好吗？”

“好啊！一言为定。”晓梅听了郭飞这句话，一下子来了勇气。她擦干眼泪，捡起地上一块石头，狠狠地向远方的流水打去。

“不把鬼子赶出蒲州誓不为人。”

“瞧，这下才像花木兰，刚才还一副崔莺莺的样子呢！”

“去你的。”晓梅做出要打郭飞的样子，郭飞急忙避开。于是，他们追着笑着沿着小河向前跑去。

玉茹到了抗日民团，感到一切都很新鲜。瞧，这里的官兵都能打成一片，战士们练大刀的练大刀，练射击的练射击，练投掷的练投掷，一切都充满了生机。玉茹把自己感到新鲜的镜头一一拍摄了下来。尤其对叶政委提到的《论持久战》一书，玉茹更是充满了好奇。

她找到叶政委，讨要那本书。叶政委索性从一位战士手里要了一本。看到这本书，玉茹就很好奇，急不可待地打开就读。当她读到精彩段落时，抑制不住内心的激动，高兴地说：“真是好书，令人醍醐灌顶啊！难怪八路军有这样的号召力。我们真应该向你们学习，团结民众，发动民众，坚持到底把日本鬼子赶出中国。”

“抗战是全民族的事情，我们只要积极发动民众，组织民众，武装民众，那么，军民团结如一人，试看天下谁能敌？”听着叶政委慷慨激昂的语调，气势如虹的言语，玉茹感到眼前一亮，仿佛看到了抗战胜利的曙光。玉茹虽然在父亲身边长大，可是还从没有听过这样的言语。她虽然待在军营，可是从没有看到像共产党领导的军队这样生机勃勃的民主气象。她忽然觉得这支部队充满了神奇的魅力，包括像叶政委这样的共产党英雄竟是这样亲切和蔼。玉茹决定报道她看到的一切、听到的一切。

玉茹把自己的想法告诉郭飞后，郭飞调侃：“看来你快要被共产党赤化了。”

“赤化了就赤化了，共产党有什么不好？我看他们都做些爱国爱民的事情。大家都是打鬼子的，为什么他们能那么深得民心呢？民众都向他们靠拢呢？”玉茹生气地说，接着又嫉妒地说道：“你能和晓梅断了关系吗？瞧你那样子，简直要被人家迷住了。”

郭飞被玉茹将了一军，一时无话可说。看着郭飞的窘态，玉茹说：“我还很欣赏叶政委那样的大英雄呢！”

郭飞有点吃醋地说：“你是不是被叶政委迷住了？”

“迷不迷住，与你有何关系？可惜落花有意，流水无情。你枉费了我的一片情义。”玉茹生气地说。

郭飞感觉自己有点对不起玉茹，玉茹的确对他有一片痴情，在自己被薛半仙打得半死的时候，是玉茹在无微不至地照顾着自己。可如今自己与晓梅如胶似漆，难怪玉茹生气。郭飞坦诚地走到玉茹面前，请求玉茹原谅自己，是自己对不起她，希望她能够理解。至于玉茹的一片痴情，他表示一定会铭记在心，没齿不忘。至于如何报答玉茹，他发誓肝脑涂地，在所不辞。

八　日伪集团

1

日军利用机械化优势军事装备将晋绥军、八路军、中央军挤出平原后，除了在军事上加大对这三股抗日武装的围困、围剿外，在政治上也采取了“以华制华”的策略。

为了巩固占领区，他们一边对占领区的抗日武装进行残酷的镇压，一边积极成立“日伪政权”，利用恫吓威胁、金钱、美女、俸禄等手段吸收那些劣绅、奸商、地痞流氓人物充当日伪政权首脑。在日军的软硬兼施、威逼利诱下，全国各地沦陷区都相继成立了日伪政权。他们一边粉饰美化侵略行为，一边充当日伪集团走狗，镇压民众反抗。

人性往往在最关键时刻暴露出其本性，正是古人所言：疾风知劲草，板荡识诚臣。韩诚父亲在关键时刻能够保持民族大义，维护民族尊严，显示出传统士大夫爱国爱民的高尚气节。这在日军占领古蒲州城所表现出的英勇气概上就可以看出来，此正谓“富贵不能淫，贫贱不能移，威武不能屈”之大丈夫精神也。而与韩诚父亲相形见绌的另一个永济人物黄仁和，则是一个彻头彻尾的汉奸卖国贼。

黄仁和是在日军拿下赵伊城后第一个举着太阳旗站到街道迎接鬼子进城的劣绅。黄仁和长得肥头大耳的，胖墩墩的身体，一副脑满肠肥的相貌。可笑的是他的眼睛，细眯细眯的，经常发出微弱的光，像老鼠眼一样，让人看不出是睁着还是闭着。黄仁和不仅相貌丑陋，肚子里还装了不少坏水。

他的父亲最先凭借贩盐起家，后来利滚利渐渐形成气候。有了钱，他的父亲就黑白道通吃，渐渐垄断了运城一带的盐市，成为一方大富。有了钱，有了势，黄仁和的父亲开始置办家产，娶姨太太，雇养打手看家护院，成为地方一霸。

后来，黄仁和继承祖业，延续祖风，过着和他父亲一样威风八面的生活。黄仁和的父亲咽气时告诉他一句金言："何为英雄？时势造英雄也。何为俊杰？识时务者为俊杰也。"黄仁和牢牢记住了父亲打天下的话。临走，他父亲还告诉他要给黄家多留些种。黄仁和的父亲虽然一生闯荡江湖，纳妾不少，但就黄仁和一个独苗，这是他父亲最大的遗憾。

黄仁和在为其父风风光光办完后事后，就接管了黄家所有家业。黄仁和果然不负父望，把家业、商铺打理得井井有条，其财富名望不逊色于其父。从多年的经营中，黄仁和学会了父亲黑白通吃的本领，上结权贵，下欺百姓，见风使舵，八面玲珑。对黄仁和而言，脑袋里只有一个"利"字，哪里还有"义"呢？

以前呢？晋绥军来，他孝敬晋绥军；中央军来，他孝敬中央军；现在日本人来，同样，他孝敬日本人。父亲的话让他体会得更深：什么是时势，什么是俊杰，不过是见人当人，见鬼当鬼，就灵活变通而已。想想，一个唯利是图的家伙还能有什么气节？什么家国情怀？在那胖墩墩的躯壳里，满是个人欲望、个人利益，这样的人在日本人到来时不摇尾乞怜才怪呢！

黄仁和更高的一招还在于让长子黄平赴日留学，让次子进入黄埔军校学习，加入中央军，而让三子加入了晋绥军。这次鬼子进城，黄平就是日军少将伊藤雄文的翻译官。想想，黄仁和为何在这三股势力之间能够稳如泰山，稳坐荆州呢？还不是因为他那一肚子的鬼主意。晋绥军来了，他让三儿子通融；中央军来了，他让二儿子通融；而现在呢，日本人来了，他让大儿子通融。

黄仁和还真是高，把父亲的话算是彻底理解透了。日军进入赵伊城后，黄仁和就屁颠屁颠为日军提供粮饷，为日军指挥官伊藤雄文设宴压惊，热情款待，真是把中国人的脸丢尽了。

日军指挥官伊藤雄文自然也不亏待黄仁和父子，投桃报李。在“中日亲善”大会上，伊藤雄文大赞黄仁和父子的亲日行为，并当场颁发荣誉勋章，同时任命黄仁和为赵伊新政权首脑。而其他的汉奸走狗则纷纷祝贺黄仁和父子高升，为永济带来和平，为中日亲善做出贡献。

黄仁和晋升赵伊城伪政权首脑后，就积极组建伪军、警备队，任命了一些亲信走狗为其效力，并且在赵伊大肆搜捕抗日分子，其行为简直比日本鬼子还可憎。在巩固好治安后，黄仁和继续扩大战果，纷纷在永济各镇设立伪政权。比如蒲州古城，黄仁和干脆让其外甥担任地方治安会长。黄仁和狗仗人势，一时好不得意。

2

驻守赵伊城的日军少将伊藤雄文乃日本近代政治家、明治九元老之一的伊藤博文之后。他有着高贵的血统，毕业于日本东京帝国大学的他野心勃勃，血气方刚，斗志如虹。如同他的祖父一样，他深深地感受到侵华战争给日本带来的好处。自祖父发动中日甲午战争以来，日本国从此一飞冲天，一鸣惊人。巨额的战争赔款为日本带来了大量的好处。而他们的家族也成了日本最受尊敬的家族。

伊藤雄文带着征服者胜利的姿态踏进了黄仁和的家。黄仁和弯腰笑眯眯地站在门口迎接他。而紧跟在伊藤雄文身边的黄仁和的儿子黄平则鞍前马后为伊藤雄文带路。伊藤雄文来到黄家大院以后，看到这座位于永济赵伊城中心最阔气最宽大古色古香的院子后，嘴里发出了“啧啧”不断的赞赏声。

伊藤雄文其实是个中国通。作为伊藤后人，他们有着共同的狼性，似乎带有其祖父遗风，伊藤同样把战争的罪恶加在了这个善良的东方邻国之上。伊藤雄文到了黄家大院之后，环视一周，只见楼台亭榭，典雅怡人；假山林立，奇石罗列，流水淙淙，花香怡人。伊藤禁不住吟出一句：森森花木醉千芳，落落大院藏贵人。

黄仁和听后，连称：“好诗，好诗。”一边不断地鞠躬，一边伸出大拇指说道：“尤其是最后一句‘藏贵人’，可谓妙绝！看来将军阁下深知中国文化啊！”

伊藤雄文受到表扬，气焰更加嚣张。他取下挎着的长长的日本军刀，拄在地上，故意挺直了腰杆，然后傲慢地说：“黄先生可知伊藤博文？”

黄仁和谦卑地弯腰答道：“鄙人不才，略知一二。不知伊藤博文与阁下是什么关系？”

黄平连忙补充道：“父亲，伊藤博文是将军祖上，是日本国最受尊敬的人啊！”

“哦！我真是孤陋寡闻。该打，该打！”黄仁和急忙做出要打自己的奴才相。

伊藤雄文用手拦住，说道：“先生不必客气，不知者无罪。我们伊藤家族可是贵国的朋友，自我们祖上伊藤博文开启日本现代工业以来，传播西方文明，贵国前来学习，长进收获的不少啊！就像阁下少爷，不也是来我们帝国大学学习的吗？”说完，伊藤看了黄平一眼。

黄平不好意思地鞠了一下躬。黄仁和急忙谦和地说道：“是啊！久闻大日本帝国威名，所以我才让犬子前去学习，犬子这不已能为阁下效劳了吗？”

看着黄仁和父子谦恭的样子，伊藤雄文眼里流过一丝满足，他得意扬扬地笑着说：“阁下少爷与我同班，军事成绩不错啊！中国文化又很了得，是我的最佳参谋。”说完，伊藤雄文拍了一下黄平的肩头，表示赞赏。

黄平又不好意思地鞠了鞠躬。伊藤雄文指着黄家气派的楼阁亭台说道：“很好的，中国的建筑风格，古色古香，我很喜欢。”

看到伊藤雄文非常喜欢，黄仁和急忙说道：“平儿，请带将军阁下上楼。”

黄仁和父子在前，伊藤雄文和两名日军宪兵跟在其后。他们边走边聊。看着伊藤雄文非常喜欢中国建筑文化的样子，黄平像优秀的导游一样喋喋不休地讲黄家大院的建筑结构，院落布局以及穿廊的斗拱、额枋、雀替等处的木刻，柱础石、墙基石等石刻装饰以及各院落内的楹联匾额，砖雕、木雕、石雕的各种象征、隐喻、谐音意义等。

黄平渊博的知识以及娓娓道来的语气赢得了伊藤雄文的深深迷恋。

看着满目雕梁画栋，楼台亭榭，伊藤雄文不禁思绪飘飞，不禁说道：“中国是一个古老的国家，也是一个儒、道、佛思想浓厚的国家。中国曾经有很多优秀的文化流传到日本，为我们所效仿学习。可惜，自近代以来，这个古老的国家犹如一轮落日，江河日下，老大不堪，军阀混战，民不聊生。而反观我们日本国，岂不正像一轮光芒四射的朝日，蒸蒸日上。我们正要建立一个大东亚共荣圈，给古老的中国输入现代文明的气息。黄先生以为如何啊？”

伊藤雄文的这一番豪言壮语，黄仁和哪敢反对，只是满脸堆笑，说道：“是啊，中日亲善，建立大东亚共荣圈，也是我们国家之福啊！”

听着黄仁和唯唯诺诺的回答，伊藤雄文进一步挑衅地说道：“黄先生以为我们日本国能征服贵国吗？”

黄仁和哪里敢说“不能”，只是一味地说道：“阁下不是已经站在我们的土地上了吗？”

听着黄仁和谄媚的言语，伊藤雄文得意地用日语对两个宪兵“叽叽咕咕”了一番。三个日本鬼子得意扬扬地“哈哈哈”大笑起来。这笑声带着嘲讽，带着蔑视，带着羞辱，飘荡在美丽的黄家大院。

听着鬼子毫不掩饰的嘲笑声，黄仁和父子感到刀扎一般的难受。就算再卖国，人还有点羞耻心吧。但对黄仁和父子而言，这点羞辱根本不会激起他们的反抗，因为他们牢牢惦记着自己的家产、利益。

3

当日本鬼子占领蒲州这座小镇后，在黄仁和的领导下，古镇也成立了日伪政权——蒲州镇治安维持会，而会长正是黄仁和的外甥曾万头。

曾万头不是黄仁和的亲外甥，不过是黄仁和堂妹的儿子。黄仁和是独苗，因此，堂妹也算是自己的至亲了。堂妹嫁到了蒲州，在镇上开了一间铺子，专卖布匹衣服首饰之类。曾万头可不是个省油的灯，从小就不喜欢上学，闹学堂，打先生，成年后更是凭借一身蛮力，在蒲州古镇寻衅滋事，欺男霸女，刁蛮成性，方圆十里都很有名。自而立之年后，曾万头娶了朝邑县一枝花，老实了许多。

但曾万头念念不忘的还是韩诚兄妹，尤其是韩晓梅。韩家当时是蒲州的大户，在运城一带很有名望。韩诚父亲虽然没有继承父辈衣钵在仕途打拼，但在商界却做得风生水起，生意红火兴隆，远近有名，故成为当地首富。

常言道：树大招风。韩家的财富不仅引起人们的羡妒，而且也引起了响马的注意。亏得韩诚兄妹一手好拳脚、好枪法，加之韩诚父亲担任地方民团首领，故远近响马很难得手。曾万头打过晓梅的主意，曾经在蒲州街道调戏晓梅，但被晓梅和韩诚一顿拳脚打得再也不敢横生妄想。

得不到蒲州城一枝花——韩晓梅的芳心，曾万头很恼火，下定决心遇不上像晓梅一样的漂亮媳妇，今生坚决不娶。曾万头母亲为此很着急，只好请求堂兄黄仁和帮忙。黄仁和神通广大，社会交际面广，像一只八脚章鱼一样，远远近近都有人脉，也就答应为外甥操心这件事情。

谁知黄仁和给说了很多姑娘，曾万头都看不上，气得曾万头的母亲大骂其“癞蛤蟆想吃天鹅肉”，也不撒泡尿照照自己。骂归骂，但这个不省事的儿子就是一根筋，自己还得操心。

幸好，那一年曾万头家的店铺来了一位非常漂亮的姑娘，姑娘随同母亲前来挑选衣服首饰，然后到普救寺烧香请愿。曾母相中姑娘后，就告诉曾万头来瞧瞧。这一瞧，曾万头竟然相中了。曾万头左看右看觉得姑娘竟然和韩晓梅一样，都有一种难以形容的风韵，令人难忘。

曾万头在婚姻上吃了强硬的亏，这下变得温柔了。他偷偷告诉母亲自己看上了。母亲听后大喜，有意和姑娘母亲拉家常。从谈话中得知姑娘是河西朝邑县人，而且是朝邑一枝花。后来曾万头托舅舅黄仁和花了很大代价终于实现了自己的愿望。

曾万头在日本鬼子来临时，全家细软一卷逃到舅父黄仁和家里避难。而蒲州韩家则遭到屠戮，韩诚兄妹上山落草避难。为此，曾万头还着实高兴了一阵子，好像日本鬼子为自己出了气。在舅父担任永济县城首脑后，曾万头否极泰来，当上了蒲州治安维持会会长，可谓风光一时。

韩诚家因为亲人死的死，逃的逃，就只剩下了一座空院落。而这座空院落，竟然也被曾万头看上了。曾万头修葺修葺，就让这座宽大的院落重新焕发出昔日的荣光。随后，曾万头在门口挂上了“蒲州城治安维持会”的牌子，为自己侵夺韩家财产找了一个借口。

这下曾万头心里得到一种满足：自己虽然没有娶到韩晓梅，但却得了韩家的院子；再说，自己身边的媳妇不也拥有韩晓梅一样的风韵吗？这些，韩诚兄妹都不知道。

曾万头自做上了治安维持会会长后，就带着一些狗腿子汉奸提枪搜捕反日人士，以及为日军征集粮草税收等。除此之外，曾万头就是维持蒲州城的秩序，管理那些赌场、妓院等。

曾万头深知蒲州城鬼子小队长龟田太君的癖好，就经常寻些漂亮烟花女子供其娱乐。在这些烟花女子里面，有一个名叫“赛贵妃”的女子是曾万头的相好，曾万头金屋藏娇，舍不得让她为鬼子服务，结果被龟田太君察觉。龟田太君劈头盖脸呵斥了曾万头一顿，甚至愤怒地要拔出军刀砍曾万头。

曾万头这才意识到自己还不是蒲州城的老大，真正的老大是这些鬼子。曾万头最后只好求救舅舅黄仁和，黄仁和再向伊藤雄文求救。

伊藤雄文听后大怒，劈头盖脸训斥了龟田太君一顿，让龟田太君收敛收敛，不要因为一位烟花女子影响了中日亲善大局，更不要影响了部队的战斗力。龟田太君被伊藤雄文训斥后，再也不敢提“赛贵妃”的事了。

4

龟田太君被伊藤雄文训斥了一顿后，安静了许多，对曾万头也友好了许多，不仅不提“赛贵妃”的事，而且两人的关系比以前也好多了。曾万头出于感激之情，决定前去永济赵伊城看望舅舅。

曾万头带了两名伪警察，提着各种土特产到了黄家大院。黄家大院门口的两名伪军认识曾万头，见了面就给曾万头敬礼，曾万头也脱帽回了个礼。两名伪警察把礼品交给门口站岗的伪军后，就恭恭敬敬站在门外等候。而曾万头被里面的伪军搜查后，这才进了大院。

看着熟悉的黄家大院，曾万头心里忽然多了些紧张。看着三步一岗、五步一哨的卫兵，曾万头似乎感到舅舅陌生起来。以前来舅舅这里，多是仆从、丫鬟，谈笑风生的生意人，而今却是荷枪实弹的卫兵，能不让人感到森严吗？

自担任永济日伪政权首脑后，黄仁和抓捕残杀抗日人士，为鬼子卖命，自然落下了汉奸的骂名。也许是“做贼心虚”的缘故，黄仁和常常梦见自己被人割了脑袋，半夜起来就会惊出一身冷汗，吓得他的姨太太也哆哆嗦嗦。为了预防不测，黄仁和加强了警卫，抽调一个排的精兵强将保卫自己。

瞧这阵势，曾万头心里也起了鬼，也许是作恶多端吧，曾万头心里忽然感到一阵悚然，不由得想到了自己的安全。

曾万头跟着警卫长上了楼。警卫长让他在门口稍等。警卫长进去以后，恰好伊藤雄文和黄仁和父子在悄悄谈话。警卫长在黄仁和耳边叽咕了几句。黄仁和让他出去稍等，然后对伊藤说明外甥来意。伊藤点头默许。这样，曾万头才进了内屋。

见了舅舅，曾万头恭恭敬敬问了舅舅好，然后又恭恭敬敬给伊藤鞠了一个躬。伊藤笑眯眯地问他：“可是蒲州曾会长？”

曾万头讨好地弯了一下腰，恭敬地说：“是的，将军阁下！”曾万头虽然不认识伊藤，但看到伊藤军装和少将军衔，就知道其身份不寻常。

黄仁和为了外甥的事请伊藤帮忙时，说过外甥的好话。因此，伊藤在黄仁和说到外甥来访时就估摸到了。

“表弟，这位是日军独立混成旅伊藤雄文将军阁下。”黄平介绍道。曾万头立马立正敬了一个军礼。

“这位是我表弟，蒲州治安维持会会长。”黄平对伊藤说道。

伊藤笑眯眯地说：“曾会长，对皇军的忠诚！”然后伸出一个大拇指。

“谢谢伊藤将军夸奖！”曾万头鞠了一个躬。

“这次‘赛贵妃’一事多亏伊藤将军帮忙，还不赶快谢谢将军。”黄仁和对外甥说道。

“多谢伊藤将军，以后有什么吩咐定当肝脑涂地，在所不辞！”曾万头恭恭敬敬地说道。

“吆西，你的对皇军的大大的忠诚！自古英雄爱美人嘛！‘赛贵妃’恐怕不是一般的漂亮吧？”伊藤雄文调侃道。

“中国有句话叫‘情人眼里出西施’，‘赛贵妃’也不过是夸张而已！”曾万头解释道。

“莫非怕我抢了不成？我倒想见识见识这个‘赛贵妃’。”伊藤雄文笑着说。

“将军阁下要见‘赛贵妃’，那是她的福气，小的这就去准备。”曾万头谦恭地说。

“不必了，听说普救寺很有名气。我倒想瞻仰瞻仰，顺便见识一下这个‘赛贵妃’。”伊藤雄文说道。

“那好，欢迎将军阁下前来蒲州。小的一定鞍前马后服务周到。”曾万头眉飞色舞地说道。

“那好，多烦曾会长费心，改日我们一定前来，顺便检查一下蒲州防务情况。”伊藤雄文郑重其事地说道。

“好的，请将军放心，我们一定尽心尽力做好蒲州防务，保证万无一失。”曾万头信心满满地说道。

临走，黄仁和把外甥送到大院门口，附在外甥耳边低语几句，曾万头点头会意。

曾万头回到蒲州后，就一边安排手下做好安全防务检查，一边派人把“赛贵妃”接到普救寺。

5

当伊藤雄文在黄平等人的陪同下来到蒲州时，驻扎蒲州的日伪军在龟田太君和曾万头的带领下组织部分民众举行了热烈的欢迎仪式。伊藤雄文看着欢迎的人群、整洁的街道和良好的秩序，对龟田太君和曾万头进行了嘉奖，称赞他们为中日亲善做出了努力。随后，伊藤雄文在黄平、曾万头等人的陪同下来到了久负盛名的普救寺。

普救寺坐落在高高的山塬上，未至庙门，便闻梵音袅袅，徐徐传来。伊藤雄文伫立良久，沐浴着佛教文化的熏陶。伊藤雄文让黄平讲解普救寺历史。他们边走边谈，拾级而上，走入院内，但见殿宇楼阁，廊榭佛塔，依塬托势，逐级升高，给人以雄浑庄严，挺拔俊逸之感。伊藤雄文面对佛塔感慨地说："雄哉！普救寺；美哉！普救寺。普救寺，果然名不虚传。"

就在伊藤雄文游兴正浓，大发中国文化精深曼妙之时，只听身后忽然传来："美则美矣，但可恨，不该来之人却来了。"众人纳闷：何人如此大胆？

大家转身望去，但见一女子恍若天仙，秀发高挽，眉蹙云烟，丰神绰约，款款走来。众人看得发呆，疑是贵妃、莺莺再世。

曾万头急忙献媚讨好伊藤雄文，小声说道："此人正是'赛贵妃'。小的特意为将军阁下安排的。"

"吆西，你的大大的忠诚。在如此清雅幽居、良辰美景之地，你能让众位大饱眼福，欣赏'赛贵妃'的神姿。你的功劳大大的。"

伊藤纳闷，就质问"赛贵妃"："何为不该来之人，什么事情可恨？"身旁荷枪实弹的日军宪兵用枪阻止住"赛贵妃"，不准她再向前迈步。

"何为不该来之人，将军岂不是聪明装糊涂？普救寺很美，欢迎爱好和平的人们来往，但倘若拿着枪炮到此，恐怕就应该滚出去吧！"

"赛贵妃"玉容含恨，言语犀利，气势咄咄逼人。众人谁也没有想到"赛贵妃"一个柔弱女子竟然大胆地说出这么一番话，就连曾万头也没有想到。曾万头之所以能赢得"赛贵妃"，是因为曾万头曾经在妓院教训了欺负"赛贵妃"的一帮地痞，从此曾万头成为"赛贵妃"的相好。

"大胆，怎能对皇军如此说话？"曾万头上前做出要打"赛贵妃"的手势，但被伊藤雄文拉住。曾万头和黄仁和本来想讨好伊藤雄文，来此之前，特意交代“赛贵妃”收拾靓丽，注意言行，在此等候，给贵客一个惊喜，却没有料到“赛贵妃”出场后说出这样的话。

曾万头和众人看着场面有点尴尬，面面相觑，不知如何是好。谁知伊藤雄文却说道：“痛快！痛快！我倒喜欢这样直爽的人。‘赛贵妃’人美心直，确是少见的女中豪杰。倘若你们中国多是像‘赛贵妃’这样的人，岂能国土沦丧？”

听着伊藤雄文的一番话，黄平和曾万头等汉奸都羞愧得无言以对。原来“赛贵妃”曾是韩阳镇独头村杨贵妃故里人，家道殷实，自幼饱读诗书，知书达礼。日本鬼子来了以后，烧杀抢掠，父母都惨死在鬼子屠刀之下，而自己在逃难途中又被一帮地痞卖到妓院，遭受羞辱。此等遭遇，岂能不恨？

伊藤雄文其实是一个怜香惜玉之人，更是一个敬慕英雄之人。其实像黄仁和父子、曾万头等奴颜媚骨的怂样，他骨子里是瞧不起他们的。对日本军人而言，他们不过是在征服中国过程中可以利用的工具而已。而对像“赛贵妃”这样有骨气的人，他反而充满了敬意。

“给我带走，我倒喜欢这样的女子。”伊藤雄文命令道。两个日军宪兵架着“赛贵妃”要离开普救寺。

“放开我，我想回家！可你们这群禽兽却毁了我的家，杀害了我的父母。我要跟你们拼了。”“赛贵妃”花容失色，痛声哭泣，泪如雨下，声音悲惨，令人伤心。

伊藤雄文望着宪兵带着“赛贵妃”离去，喃喃自语道：“简直一个李香君，气义耀千古，羞杀须眉汉。”

九　侦查

1

庙会，是镶嵌在中国大地上的一颗民间文化珍珠，也是埋在老百姓心头的一种文化宗教情结。每逢这个节日，老百姓都要赶集，烧香拜佛，祈祷家人平平安安。几千年流传下来的民俗活动，即使在战争时期也不会影响它正常进行。

这不，又到了蒲州古城一年一度的庙会时节。这颗镶嵌在黄河两岸、三省交界的历史文化名城自然吸引了不少周边的百姓、杂耍艺人、商人等。这个时节，汇集到蒲州古城进行物资、文化交流的群众依然像往常一样络绎不绝。

其实，不管哪个当政集团，谁都不会漠视这种民间娱乐文化活动，作为日伪政权，自然也不例外。他们一边在军事上镇压抗日力量，一边在文化上宣传“中日亲善”政策，妄图从肉体、精神上彻底摧毁中国人民的反抗意志，为他们建立所谓的“大东亚共荣圈”的殖民思想铺平道路。

驻守蒲州城的日伪政权也不放过这个宣传机会，他们一边营造庙会气氛，一边散发传单，宣传“中日亲善”的政策，试图从政治上收买民心。

在中条山来来往往的山民也把这样的传单带到了山上。处于休整、训练时期的韩诚兄妹看到这个消息，便产生了下山回家打探消息的想法，以便于为下一步消灭蒲州守敌做好准备。他们把自己的想法汇报给了叶政委，叶政委也有打蒲州古城的想法，随即一拍即合，让他们先去蒲州探探守敌虚实。为了安全起见，叶政委暗中安排了不少便衣战士保护他们。

韩诚兄妹俩乔装打扮成山里一对淳朴农家夫妇，着粗布破烂衣服，戴破旧头巾。为进一步掩人耳目，他们还给自己脸上抹上黑烟样的东西，这样看起来灰不溜秋，毫无可观之处。

韩诚挑着装着山药、黄芪等药材的旧竹笼。晓梅挎着破旧的篮子，篮子里装了些山里的鹌鹑蛋等野味。他们来到蒲州农贸市场，只见蒲州城依然人来人往，熙熙攘攘，十分热闹。

街道两旁，商铺林立。小商小贩高声吆喝叫卖着，不少贫穷的山民也在沿街叫卖自家的一些农产品。韩诚兄妹混入人群中，几乎和他们一模一样，丝毫看不出来有什么特别之处。跟着拥挤的人流，韩诚兄妹一边走，一边偷偷打量着家乡古城的变化。离开家乡这么久，在他们看来，家乡依然是那个家乡，城池依然是那个城池，街道依然是那个街道，人流依然是那个人流。

听，普救寺的钟声依然雄浑庄重；看，莺莺塔的香烛依然余烟袅袅。来来往往虔诚的香客依然络绎不绝，给人感觉不同的只是街道的旗帜、标语变了，到处飘扬着日本国血红的太阳旗，既像一张张狂舞的狗头膏药，又像血红的鲜血流淌在中国大地。

沿途到处张贴着“中日亲善”“大东亚共荣圈万岁”“武运长久”等醒目标语。人群中时不时闪现出一些日伪军整齐的巡逻小分队，也有搂着烟花女子的日本军官坐在人力车上招摇。

街道还和以前一样，赌馆、烟馆、酒馆、饭馆、旅馆、妓馆比比皆是。那些卖春的烟花女子烫着头发涂着血红的口红，穿着露着大腿的旗袍依然站在大红灯笼的门口招摇拉客。她们有的手持香帕，微笑地向行人招手；有的手持香烟倚门而立，高傲地吐着烟圈，斜睨着来来往往的男子。那些雕栏玉砌般的楼房里，时不时传出靡靡之音。

“商女不知亡国恨，隔江犹唱后庭花。”韩诚叹息地对晓梅低声地说道。

“不知家里什么情况？”晓梅低声回应哥哥。

“也许早让这些王八蛋占了吧！”韩诚愤愤地说道。

“让开……让开，让开……让开，大日本皇军驾到！”循着声音看去，原来是一群穿着黑制服的伪警察在曾万头带领下为皇军开路。

这群黑狗子的后面紧跟着一队穿着黄皮的日本鬼子，他们挺着“三八”大盖，踩着大头皮靴，骄横狂妄地弄出“咚咚，咚咚”的响声，不可一世地走来。其后，一辆日式小轿式军车跟在后面，在人群中缓缓驶过。

韩诚和晓梅都偷偷地瞧了瞧，发现车里坐着一位穿黄呢子的高级军官，后座是一位汉奸翻译和一位美貌的女子，女子身边是一位宪兵。

“看什么看！”韩诚定睛的那一刻，被轿车后面的鬼子队长发现了。只见鬼子队长面目狰狞，对着韩诚，就打了一个大巴掌。韩诚根本没有料到这一巴掌，只顾注意轿车里的人了，虽是一瞬，但被警惕的鬼子队长发现了。

韩诚觉得眼冒金星，口里咸咸的，一道鲜血从嘴角流出。看哥哥被鬼子打了，晓梅急了，就要论理，韩诚急忙拉住了晓梅。

“有道是‘君子报仇，十年不晚。’吃这点小亏算什么，俺的爹娘亲人们都被他们杀害了。‘留得青山在，不怕没柴烧。’‘小不忍则乱大谋。’”韩诚心里愤愤地想着，紧紧地拽着晓梅的手没有放松，低头用手拭着鲜血，狠狠地瞪着晓梅。他害怕晓梅感情用事，误了大事。晓梅痛楚地忍着，看着哥哥的眼神明白了他的意思。

“八嘎呀路，闪开，闪开……”鬼子队长边走边吼。后面跟着的鬼子一脚踢翻了韩诚搁下的竹笼。笼里的山药、黄芪等洒了一地。周围的群众也都急忙慌乱地向街两边躲闪。看着慌乱的人群和蹲在地上手忙脚乱地捡拾山药、黄芪的韩诚兄妹，鬼子兵发出了令人狂妄的“哈哈”大笑声。这声音如箭一样穿透韩诚痛苦的心，让韩诚不由得握紧了拳头。

“总有一天，我要你们血债血还。”韩诚愤愤地低声说道。

2

“我们走，继续完成我们的侦查任务。”韩诚挑起担子，担起山药，对晓梅低声说道。

“嗯！”晓梅低声应道，点了点头，挎起篮子跟在哥哥的身后。

“你看到了吗？刚才驶过的那辆轿车，里面人物身份不同寻常，肯定是个大官。瞧那前呼后拥的阵势，八九不离十是条大鱼。”

“嗯，这对我们肯定是个重要的消息。”

“如果能够干掉这个人物，对鬼子肯定是个沉重的打击。”

“嗯，得想想办法。找个机会干掉他。”

“我们走着看，会有机会的。”

“好，好，好！”只听前面人群里发出一阵阵叫好声，紧接着掌声四起，口哨音不绝。如果没有鬼子兵和鬼子太阳旗，人们一时会忘记国破家亡。

韩诚和晓梅闻声看去，原来发出叫好声的地方正在表演耍大刀。只见那位耍大刀的壮汉浓眉大眼，方鼻阔口，一脸络腮胡须，红脸黑发，虎背熊腰，仿佛关云长再世。尤其臂下的一把青龙偃月刀，被他舞得虎虎生威，密不透风。

人群里又爆发出阵阵叫好声。

舞完之后，壮汉后边忽然冒出一位年轻英俊的小伙子，腰束红巾，手持红缨长枪，站定向观众作揖，然后挥起长枪就向壮汉刺去。只见银光闪闪，如蛟龙出海，长蛇飞舞。人们不禁为壮汉捏了一把汗。

哪知壮汉行动敏捷，反应迅速，如猿猴一样轻轻躲过这迅雷不及掩耳之一击，然后转身用大刀轻轻一拨，把年轻小伙的红缨长枪拨开。年轻小伙不依不饶，一招未得，又出一招。于是，大刀和长枪胶在一起，惹得观众连声叫好。

两人斗毕，向观众作揖打拱。“在下山东人氏，流落江湖，与兄弟杂耍卖艺，混口饭吃，还望各位父老乡亲给个赏钱。”壮汉亮开嗓子，声如洪钟。

语音刚落，人群里就有人纷纷投币。一文，两文……年轻小伙不断地喊着：“谢谢各位父老乡亲，谢谢各位父老乡亲。”

“慢着，我要看看你的功夫是真功夫还是假功夫？总不能在这里欺骗各位观众吧。”人群里忽然冒出这么一声。

众人看去，原来是曾万头手下的一个混混王二。王二这天正好巡逻值班，带着两个弟兄赶上了这个场子。看着壮汉和年轻小伙风光得不得了，王二就有些不服气：“妈的，山东人氏，在我们蒲州摆场子，出风头。不收拾你，你还真不知道马王爷有三只眼。”

说着，说着，王二就凑了上来，解下腰间皮带，把盒子枪交给身边两个弟兄，一把抢过壮汉手中的大刀，然后抡了抡，张狂地向观众说道：“什么鸟玩意儿？我还以为是真刀真枪呢！原来是个冒牌货。”说完，哈哈大笑。

年轻小伙急忙上前赔礼道歉：“这位大哥，我们都是杂耍艺人，走江湖，混口饭吃，还望大哥高抬贵手，放我们兄弟一把。”

“哼，谁是你大哥，应该叫大爷！要放过你们，留下买路钱。”王二一把抓住年轻小伙衣领，使劲向前拉，年轻小伙脸涨得通红。

壮汉见此，也急忙上前赔礼：“好汉住手，我们兄弟都是江湖之人，有什么得罪的地方，还望见谅。”随后抓住王二右手，使了使劲。王二大喊起来：“哎哟哟，疼死我了！”

“你们两位站着干吗，难道是吃白食的吗？”

一听王二训话，一高一矮两伪警察掏出盒子枪吼道：“大胆刁民，竟然欺负到太岁头上了！看我不崩了你！”说着，大个子警察就举起了枪。

壮汉看着事情有些升级，害怕闹大了不好脱身，就松手放了王二。哪知王二得了势，拿起手中大刀，竟然向年轻小伙砍去。

“咣当”一声，手起刀落，震得王二双手虎口发麻。众人喊好！两颗山药蛋子滚到王二面前。

高个子警察看势头不好，朝空开了一枪，吓得观众一哄而散。听到枪声，很快，一对鬼子巡逻兵吹着哨子，风驰电掣地向这里跑来。

“鬼子过来了，事情不妙。”韩诚兄妹丢了竹笼和篮子，趁乱拉了壮汉兄弟就跑。

蒲州街道小巷很多，韩诚兄妹熟悉地形，几个拐弯，就和壮汉兄弟俩脱离了危险。

壮汉兄弟俩感恩不尽：“敢知二位好汉大名？在下没齿不忘。”

韩诚说道：“兄弟不必客气，在下姓韩，蒲州人氏，只因父母被鬼子杀害，流落在外，有家不能归，也算江湖人士吧。”

“这么说，韩兄和我们遭遇一样啊！”

“鬼子占领了我们家乡，杀人放火，无恶不作，我们的同胞被鬼子杀害得数不胜数。”

“是啊，如今我们都是无家可归之人，国破家亡之际，只能苟且偷生。”

“男儿不报国恨家仇，枉为男儿身！”晓梅愤愤地说道。

“这位大嫂是？”壮汉说道，晓梅的话让他满脸通红。

“哦，兄弟不必称嫂，这位是俺妹，只因衣装破烂，难免显老，直呼小妹就行。”年轻小伙被大哥的话惹得直发笑。晓梅也偷偷地跟着乐。

"兄弟今后有何打算？"韩诚直截了当地问道。

"我们兄弟俩四海为家，走江湖混口饭吧。"

"兄弟有没有为父母报仇雪恨的想法？"

"当然有，我们也想杀日本鬼子，但不知两位有何见教？"壮汉抱拳说道。

年轻小伙也插嘴说道："不杀鬼子，枉为男子汉！"

"好，真是好兄弟，有血性，有骨气。那我们就一起走吧。"

"好，一起走。"壮汉兄弟俩齐声说道。

韩诚激动得紧紧握住他们的手，四人心照不宣，瞬间就走到了一起。

3

"哪儿打枪了，出了什么事？"正在蒲州摩云楼香绮阁看"赛贵妃"唱戏的伊藤雄文悻悻地问道。舞台上身着戏装的"赛贵妃"正在咿咿呀呀、声情并茂地唱着"贵妃醉酒"。

"赛贵妃"本身就是玉容花貌，浑身是戏，加上一番装扮和舞台效果，更显得楚楚动人。台下的观众似乎一生从没有看过这么精彩的戏，一个个瞪大了眼睛，看得出神。"观众"，其实也不过就是陪同伊藤检查防务的日伪军政精英，寥寥落落二十几人。人虽不多，但演员演得入戏，观众瞧得出神。

"赛贵妃"那柔婉动听的歌喉和行云流水般的唱腔简直可以让天上的流云停滞不前，让地上的流水悄然返回。也许经历了国破家亡，也许命运多舛，"赛贵妃"把自己的遭遇和心情完全融入了典雅的戏中，入情入境，凄美动人，哀婉缠绵。

伊藤雄文完全沉浸在"赛贵妃"动情的表演之中了。可是，隐隐的枪声，还是惊醒了他，出于军人的职业习惯和警觉，伊藤雄文禁不住询问黄平。黄平急忙起立唤来曾万头。曾万头正和几个宪兵、伪警察在香绮阁门口站岗放哨。听黄平询问，曾万头打了一个激灵，知道是主子意思，急忙点头哈腰，“小的这就去问”，曾万头应道。

蒲州摩云楼建筑精致，宏伟峭拔，依托雄伟的蒲州城墙，更显得巍峨高大，气势逼人。站在摩云楼顶香绮阁，蒲州城尽在眼底。只见黄河远去，川塬如画。自古以来，这里就是达官贵人、军政要员休憩、观光、娱乐的独特之所。如今，鸠占鹊巢，成了日伪军政要员休憩、观光、娱乐之所。

听说主子问事，王二跑得气喘吁吁，屁颠屁颠的，一步三跳地来到了摩云楼。进入摩云楼，只见三步一岗，五步一哨，如临大敌。到了香绮阁，王二浑身几乎要散了架。

曾万头急不可待，催问着上气不接下气的王二：“枪声是怎么回事？”王二就结结巴巴交代了事情原委。

听完以后，曾万头就是一个嘴巴，“啪”，打得王二晕头转向。王二懵了，一头雾水。

“你真是‘成事不足，败事有余’。皇军正玩得高兴，让你搅了兴致，我还以为是多大的事情呢！”曾万头愤愤地说道。王二急忙点头哈腰，不断地赔不是。

台上的戏还在声情并茂地唱着，观众听到了兴头，时不时发出阵阵掌声。伊藤雄文也高兴地说：“吆西，大大的好！蒲州梆子，中华一绝。‘赛贵妃’的表演，入情入戏，令人大开眼界，心神皆爽。”黄平走到伊藤雄文跟前，耳语几句，告诉了枪声原委。

伊藤雄文点点头，平静地说：“吆西，吆西。只要没多大事就好。不过，蒲州古城，历来为军事要地，处秦晋豫三省咽喉地带，此次庙会，人员庞杂，山南海北，鱼龙混杂，一定要严加戒备，严防抗日分子破坏，让老百姓过好庙会。我们要打好政治战。”黄平连连点头称是。

“皇军要你们严加戒备，仔细盘查可疑人员，保证平平安安过好庙会，这是政治战。”黄平鹦鹉学舌、狐假虎威地对曾万头说了一通。曾万头连连称是。

等黄平说完返回香绮阁后，曾万头马上换了一副嘴脸，对着王二屁股踹了一脚，骂骂咧咧地说道：“妈的，就你多事，没事找事，还不如打牌泡妞去。”

王二背着盒子枪悻悻地下了楼，心里嘀咕：“妈的，一群什么货色。什么正事也不干，躲在香绮阁泡妞听戏呢！老子巡逻，没有功劳还没有苦劳？真是倒了八辈子霉，遇上今天这个日子。”

王二越想越气愤，下了楼，见了一高一矮两狗腿子。气不打一处来，就喝问：“谁开的枪，妈的，让我背黑锅。”

两狗腿子低着头，没人敢说话。

高个子心里想：“承认吧，这不是找打找骂呢吗？”

矮个子心里想：“不是我开的枪，我说什么？高个子，你自己说吧，不要显得我不够哥们。”

两个人僵持着，王二更加气恼了：“妈的，多大的事情，连个屁都不敢放。我能吃了你们？”

高个子忍不住，只好承认自己开了枪。

“你吓唬吓唬就行了，为什么要开枪呢？皇军都知道了，幸亏没有多大事，不然，你我脑袋都要搬家。”王二声色俱厉、添油加醋地说道。

“小的下次不敢了……”高个子吞吞吐吐地说道。

“好了，兄弟们好歹也是为我出头，今日之事，谁也不要怪了，怪就怪那个杂耍艺人。”王二装出一副大度模样。

“哼，再让我抓住那个艺人，非要让他求爷爷告奶奶不可。”高个子发狠说道。

“对，还有那个扔山药蛋的，也不是个好货。你们给我注意，要好好收拾收拾。”王二心有余悸地说。

“是啊，说不定是抗日分子，如果遇见了，我们就抓了他，枭首示众。”矮个子补充道。

“好，真是好兄弟，够哥们，今天我请客，醉天楼我请大家。”王二高兴地说道。

三人于是背着盒子枪向醉天楼走去。

4

醉天楼是蒲州城比较有名的一间大酒馆，取名“醉天”，一说是与这里甘甜味美的酒分不开；一说是与贵妃省亲时与天子下榻于此有关。不管哪种说法，作为酒家，总是会因势利导宣传推介自己，招揽生意。这不，醉天楼的生意就显得格外好。

韩诚四人怎么也不会料到在醉天楼遇到汉奸王二。是时他们四人正在“春兰阁”相聚，英雄好汉相识，惺惺相惜，如今有了共同的目标，自然无话不谈。原来壮汉乃山东菏泽人氏，姓李名忠，生于武术之乡，自幼好拳脚棍棒，十八般武艺样样精通。年轻后生乃堂弟李贵，父母双亡，被鬼子杀害。兄弟俩相依为命，流落江湖，靠杂耍卖艺糊口度日。

“哎，这样下去也不是长久之计。如果我们团结起来，共同杀鬼子，今生也不枉活一场。”韩诚压低了声音说。

“是啊，自古习武之人，除了强身健体之外，还要有保家卫国之志。覆巢之下，安有完卵。没有国，哪有家呢？”晓梅小声补充道。

“嗯，这些道理我们懂。只是我们以前势单力薄，没有主意。今后还要仰仗韩兄，指点我们兄弟，也好让我们有个归宿，对吧？兄弟。”李忠望着年轻的李贵小声说。

“大哥说得对，我听大哥的意见。只要韩兄领着我们杀鬼子，我怎么做都行！”李贵斩钉截铁地说。

“小声点，隔墙有耳，避免麻烦。”晓梅警惕地说道。

“吆，王长官来了，三位官爷要点什么？”店小二吆喝道。

“给我们来个包间，来些酒菜，叫个唱曲的。”

“好勒！官爷这边请。”

店小二边走边带着王二三人走进了“秋菊阁”。

听到他们的说话声，晓梅警觉地从门缝看了看，不看不要紧，一看吓一跳：“这不就是刚才惹是生非的狗汉奸吗？”

晓梅摆了摆手，示意大家安静，低语道：“刚才那三个狗汉奸来了！”

“真是冤家路窄，‘不是冤家不碰头’呀！”韩诚笑着说。

“来得正好，三个狗汉奸，看我不宰了他们。”李贵忽地站起身要冲出去。

“不要莽撞。看韩兄有何安排，我们合计合计。”李忠拉住李贵，让他坐下。

“我们想摸清鬼子虚实，同时想趁机干掉穿黄呢子鬼子军官，不知两位意下如何？”

“好嘛，我们跟着干，一切听从韩兄安排。”

“好，只要愿意干，就有办法。这不，对面就有送上门来的。这几个家伙肯定知道其中底细。”

“有道理。”李忠兄弟俩应道。

“好！我们这么办……”韩诚低声吩咐一番。

“秋菊阁”里，王二和两个狗汉奸一人搂了一个唱曲的，喝得兴致正高，意兴正浓。三人完全把上午发生的不快忘在了脑后。此时此刻，好酒伺候，红颜相伴，好不逍遥。

“人生得意须尽欢，莫使金樽空对月。”躺在王二怀中唱曲的女子娇小玲珑，莺歌燕语，边给王二倒美酒，边劝王二，还时不时诌句诗文，把个王二乐得合不拢嘴，一时放开了酒量喝。只见王二喝得晕头晕脑，双手在唱曲的身上乱摸。

“大哥言之有理，今朝有酒今朝醉，能快活一天是一天。”说完，高个警察用酒灌怀中唱曲的，惹得唱曲的呛了一口。高个警察坏坏地笑，笑得前仰后合。矮个警察也不闲着，和怀中唱曲的你一杯我一杯喝得尽兴。

俗话说：人狂没好事，狗狂挨砖头。估摸着屋中人喝得差不多了。韩诚说了声：“该动手了。”

四人迅速出动，闯了进来，屋中人根本没有料到怎么一回事。三个狗汉奸还来不及反抗，脖子就被人紧紧卡住，腰间的盒子枪也被缴了。

那三个唱曲的吓得直哆嗦。晓梅命令她们蹲下，她们三个乖乖地抱头蹲在地上。晓梅掩上门，命令道：“都不准动，谁动打死谁？”

“告诉你们，我们是抗日民团的，今天就是为国为民铲除汉奸败类的。如果你们还有中国人的良心，就配合我们，饶你们性命。如若不然，明年的今天就是你们的祭日。”韩诚三人用枪顶着三个汉奸的脑袋。三个汉奸此时吓得酒已经全醒，睁大眼睛方才明白怎么回事。

“说，来蒲州穿黄呢子的日本军官是什么身份？”韩诚直截了当地询问，使劲用枪顶了顶。

“好汉饶命，别……别……开枪，我说，我说……”

“快说，饶你不死。”

“好，我说，我说。来蒲州视察的穿黄呢子大衣的是日军少将伊藤雄文，其祖父就是大名鼎鼎的伊藤博文。”

“好啊！这祖孙俩对中国没干多少好事，祸害中国不浅啊！”韩诚说道。

“说，他现在在哪里？”

“在……在摩云楼……香绮阁……看‘赛贵妃’唱戏呢！”

“好啊！这帮鬼子倒很逍遥。”李忠应道。

“一会儿让他们上西天。”李贵添了句。

“没那么容易，他们……他们防守很严的。我刚才看到的。”王二讨好地说。

“你闭嘴，我们自有办法。”

说完，韩诚使了一个眼色，三人同时动手，将他们打晕在地。

三个唱曲的还在地上发抖。“是想活还是想死？”韩诚厉声对她们说道。

三个唱曲的齐声道：“官爷饶命，我们不想死。”

“不想死，以后就好好生活，找个人家嫁了，再不要干这些出卖色相的事情了。”

“是，官爷。”三个唱曲的吓得发抖，连连称是。

“她们这样出去会坏事的。”李忠说道。

“也是，先委屈她们一下。”韩诚走过去，把她们一个个打晕在地。

四人掩了门，到楼下清了账，迅速离开了醉天楼。

5

曾万头等伊藤雄文看完戏之后，就急匆匆下了摩天楼，因为表兄黄平告诫，在庙会期间要倍加警戒，避免抗日分子破坏。于是，他就多带了几个黑狗子沿街巡逻。可是，转来转去，奇怪的竟然没有发现王二三人巡逻。

曾万头就发了火：“奶奶的，王赖子哪里去了？钻到哪个窑子去了？”

王赖子是曾万头给混混王二起的绰号。因为王二平时喜欢耍赖，在曾万头掌管的烟馆、酒馆、妓馆、赌馆常常是吃了、喝了、玩了、耍了就不给钱。不给钱怎么办，要么抵押家产，要么给曾万头当差。王二宁愿给曾万头当差，也不愿抵押自己的“窝”。日本人来之前王二给曾万头当差，日本人来之后王二还给曾万头当差。曾万头呢，也睁一只眼、闭一只眼让王二在自己的辖区里任意吃喝玩乐。王二享受了这样的待遇，也就死心塌地地给曾万头干活。曾万头高兴了，拿他开心；曾万头不高兴了，拿他出气。

不见了王二三人巡逻，曾万头气得直骂王赖子，就带了几个黑狗子到烟馆、酒馆打探。

醉天楼的店小二远远看见曾万头过来了，就喊："曾爷吉祥，难得清闲，过来和弟兄们吃酒。"

听得这样的话，曾万头气不打一处来。"妈的，吃什么酒？看见王赖子了吗？"

店小二急忙应道："回曾爷，王赖子……王队在楼上。"店小二顺着曾万头的话回答，话出口后，马上觉得不对，急忙改口王队。店小二生怕王二听见后找事。

"我就知道这个家伙不是在醉天楼，就是在怡红院，果不其然。弟兄们，上去给我看看，把王二唤下来。看我怎么收拾他！"

两个黑狗子于是"噔、噔、噔"上了楼。黑狗子上了楼后，推开"秋菊阁"一看，这不看不要紧，一看吓一跳，只见地上直挺挺躺了六个人。

一名黑狗子吓得直向楼下喊："曾队，不好了，王队被人暗算了。"

听见楼上喊，曾万头和其他人急忙上楼，只见一名黑狗子正在用手一个挨一个试呼吸。试完后，黑狗子对曾万头说："报告曾队，人还没死，都有呼吸。"

曾万头就骂："妈的，饭桶，睡什么睡？一个个喝得像死猪一样，让人弄死了都不知道！"

于是他走过去，踢了踢高个警察，没有醒，再踢踢矮个警察，也没有醒。再看看王二和那三个唱曲的，身上都没有外伤，地上也没有流血，一个个睡得很沉的样子。

曾万头就说："拿盆水来，我就不信浇不醒！"一名黑狗子急忙下楼端水去了。

“给我浇醒他们！店小二！过来，这是怎么回事？”店小二听见曾万头喊他，就知道有事，急忙上来，一看，“秋菊阁”门口围了一圈人。

店小二知道出事了。几个黑狗子正在忙着给六人浇水，左摆弄，右摆弄，一会儿掐人中，一会儿揉太阳穴，经过一番折腾，总算把他们一个个弄醒了。

店小二看着地上直挺挺地躺着六个人，结结巴巴地说：“报告曾爷，王队他们三人吃酒，让我喊了唱曲的助兴。不知道怎么就成了这？”“啪”一声，曾万头一个耳光就打了过去，店小二躲闪不及，脸上红一片青一片。

“你们是干啥的？竟然在我的辖区让人打劫了，你看看，你们吃的什么饭？六个人被打翻了，身上的枪还被抢走了，这么大的动静竟然不知道？难道是和劫犯沆瀣一气的？皇军说了，不准在庙会上出岔子，要给老百姓看中日亲善的和景，你们竟然给我捅了这么大一个娄子，看我不收拾了你？”

店小二急忙点头哈腰，赔不是：“曾爷，我可真是不知道啊！小的在下面招呼客人，谁知道这几天客人来来往往，人员众多，小的哪里顾得过来呢？”

“你还有理了？给我好好想想，可有可疑人员？”

店小二抓耳挠腮，头脑里像过电影一样。王二几个人昏昏沉沉、迷迷糊糊边吐边喊：“好汉饶命，好汉饶命！”

曾万头喊：“瞧你们那死猪样，一个个真是饭桶，除了能吃能喝能嫖外，还能干什么？给我喊郎中去。”一个黑狗子下楼喊郎中去了。

店小二忽然一拍脑袋：“哦，我想起来了，我想起来了。”

“快说！”曾万头急不可待的样子。

“‘春兰阁’四个人，走的时候神色匆匆，值得怀疑。”

“长什么样？”

店小二急忙比画四人相貌。

过了一会儿，从外面唤来的郎中上了楼。郎中给六人号了号脉，掐了掐人中，说了声："缺血性昏厥、昏迷，导致神志不清，需要输液静养一段时间。"

"妈的，老子养了一群废物，真是'成事不足，败事有余'。"

"给我抬下去。"曾万头生气地喊道。黑狗子们急忙动手，把六个人一个个弄到郎中诊所。

"留两个人给我看着，一旦清醒马上汇报。"曾万头着急地说。作为蒲州治安会会长，曾万头不能不急。他满口应了皇军要求，要保证蒲州庙会安全无虞。现在出了这样的事情，怎么向皇军交代？要是这几个持枪的家伙去暗算伊藤将军，岂不捅了天大的娄子？那样的话，皇军能饶得了自己，饶得了舅舅？想到这，曾万头觉得事情大了，必须给表兄黄平汇报下，问一问表兄黄平的意见。另外，他根据店小二的描述，找了街上的画师，画了那几个人的大致相貌，回到治安所，集合了所有治安警察，把韩诚几个人的相貌图发给他们，让他们沿街进巷仔细巡逻搜查，不得贻误战机。

命令秘密下达之后，黑狗子们就纷纷出动，背着盒子枪三人一组，五人一队，在蒲州大街小巷来回巡逻转悠。

6

"赛贵妃"唱完"贵妃醉酒"，迈着盈盈细步，款款退出时，那水袖长空一甩，人如踩在云彩上一样，然后一转头，只见秀发掩面，如乌云掩月，更加显得芙蓉玉面，姿色俏丽，尤其那明眸一转，便似云愁雨恨，蕴藏了无限的风情，让人玩味不已。

台下的伊藤和日伪精英一时看得呆了，也许经历长时间的战争，他们还没有好好欣赏过这么美妙的演唱；也许，经历了战争初期的酷烈与相持时期的怀柔，这蒲州大地美好的山水人文风光让他们感受到了歌舞升平的瞬时美妙。

“赛贵妃”精妙传神的表演，仿佛给他们紧张的神经轻轻地柔柔地按了一下，让他们沉浸在美妙的唱曲与动人的歌喉之中。恰似孔子闻韶乐“三月不知肉味”一样，“余音绕梁”这个成语的美妙让他们感同身受。尤其是“赛贵妃”那临走的明眸一闪和那飘逸的水袖长舞，仿佛把他们的魂魄勾了出来。

“中国的戏曲太美妙了，妙不可言。”伊藤雄文情不自禁地感叹。

“请‘赛贵妃’前来，与众人共饮，岂不更妙？”伊藤雄文朗声说道。

“太君，恐怕这不太好吧！为了您的安全。”黄平低声附耳说道。

“这有什么不好?‘赛贵妃’就一弱女子，能奈我何？”

“太君言之有理，请‘赛贵妃’与大家同饮，岂不更助今日雅兴？”台下日伪精英纷纷附和道。他们实在也想近睹“赛贵妃”玉颜。

“赛贵妃”在大家的期待下款款走来，盈盈细步，只见乌发披肩，面似芙蓉，口若含丹，眉如黛山，目如湖水，那一段窈窕身姿，掩不住无限风流。“赛贵妃”如嫦娥从月宫下来，恍如神妃，彩绣辉煌，众人一时看得呆了。

“你们中国《陌上桑》《洛神赋》我少年时读过，其中写到的美女一时无法想象，今日见到‘赛贵妃’，似乎就明白了‘翩若惊鸿，婉若游龙’诗句的意思。”伊藤雄文调侃道。

“看来蒲州不仅有莺莺和贵妃这样的美女，也还有‘赛贵妃’这样的美女。蒲州真是人杰地灵，物华天宝啊！”伊藤雄文赞叹道。

“我们中国好东西多得很，可惜豺狼践踏，狼狈为奸。如今金瓯残缺，山河飘摇，树欲静而风不止……”“赛贵妃”玉容含恨，愤愤说道。

“大胆，敢在伊藤将军面前说出此话！简直找打。”黄平手一挥，一个日军宪兵就要上前。

“慢，不必如此。众位岂不闻‘攻心为上，攻城为下’的道理。我们大日本皇军所到之处，无不攻城略地，如秋风扫落叶，势如破竹，未来拿下中国易如反掌。对一切反抗分子，我们绝不姑息；对拥护‘中日亲善’‘大东亚共荣圈’政策的，我们欢迎。‘赛贵妃’似乎还不服气，我倒要和她理论理论。”

“我们日本国，是太阳升起的地方，传说中太阳神的后裔。我们大和民族是世界上最优秀的民族。现在，我们要用我们的文明征服你们的文明。文明改造落后，有何错误？”

“哈哈哈，强盗自有强盗的逻辑。假如我们跑到你们的国土上，烧杀抢掠，杀死了你们的父母姐妹、兄弟同胞，然后站在你们的国土上，逍遥快活，你们快乐吗？”

“赛贵妃”一番慷慨激昂的陈词，把在座的汉奸羞得无法自容，毕竟他们也是中国人，中国人的良心并没有完全泯灭。之所以做汉奸，他们有的是贪生怕死，有的是形势所迫，有的是暂且委曲求全，相信“留得青山在，不怕没柴烧”……

“我们要为你们中国人建立王道乐土，建立和我们大日本国一样的工业体系，让你们老百姓过上现代文明人的生活，有何不好？可是，你们不理解，不配合，还抵抗我们的文明。我们能不用武力吗？”

伊藤雄文似乎是对“赛贵妃”说，其实也是对在座的汉奸们说。伊藤显然继续采取其祖父伊藤博文一套对中国武力侵略和文化侵略的双行政策。他们不仅想武力征服中国国土，还想在精神上征服中国人心。

“既然是推行你们的文明，那么为何不用和平方式、平等交流的方式，为何要用这样野蛮残酷的战争形式呢？”“赛贵妃”愤愤不平地说道。

“哈哈，与你们中国地大物博相比，我们日本国土狭小，资源匮乏，民众普遍有一种危机感。因此，我们渴望拥有像你们这样广阔的土地，只有这样，才能发挥我们大和民族的优等价值。”伊藤雄文骄傲地狡辩道。

“好啊！岂不闻豺狼来了有猎枪，朋友来了有好酒。我们中华民族自古就有骨气，不全是跟着你们干坏事的汉奸走狗。我们自古就有高歌‘还我河山，直捣黄龙府’的民族英雄岳飞，在狱中书写‘人生自古谁无死，留取丹心照汗青’临危不惧的文天祥……如今也有‘宁做战死鬼，不做亡国奴’的杨靖宇等爱国将领，只要他们在，我们中国就不会亡。”

在座的汉奸听到这些言语脸红一阵、白一阵，如芒在背，感到自己良心遭到了极大的谴责。

“难道你们中国就没有亡国的历史吗？”

“没有，我们中国历来是多民族国家，无论哪一个民族当政，秉承的都是中华文明。我们五千年的中华文明灿烂辉煌，哪个国家都休想灭掉我们的文明。”“赛贵妃”正气凛然地说道。

“难道你们小日本的文化没有秉承我们的中华文化？难道你们的文字不是从我们的汉字里受到启发、启蒙的吗？说到底，我们大中华还是你们小日本的老师呢！”“赛贵妃”越说越激动。

伊藤雄文生气地站了起来。旁边的日军宪兵队长“唰”的一声拔出寒光闪闪的军刀，恶狠狠地走到“赛贵妃”面前，挥挥刀：“八嘎呀路，死啦死啦的！竟敢对我们太君不礼貌！”

“哼……”“赛贵妃”眼也不眨一下，抬起头瞧着窗外的美丽风景。面对屠刀的她，似乎没有一点胆怯。这反而让鬼子小队长很难堪：砍吧，伊藤没有发出命令；不砍吧，岂不令自己失威？

伊藤雄文挥了挥戴着白手套的手，示意鬼子队长退下，然后说：“对待一个女人，何必如此？我们要‘攻心为上’，不信她不服！”

十　摩云楼

1

韩诚兄妹和李忠兄弟出了醉天楼后，径直拐向蒲州一条小街。

这条小街位于蒲州城西北端，也许因了地理位置，是蒲州城街道不太繁华的地方。这里老户居多，为蒲州街道原发点。蒲州街道，最繁华的地段是中心街道，其次便是东段、南段、北段、东北段、东南段、西南段，最冷清的是西段。

西段从北魏时期开始，即为部队驻扎区，传统上被列为军事禁区。日本鬼子来了以后，顺理成章将部队驻扎在这里。

为何如此？这就是中国文化的特点。中国古人讲究风水学，从周易八卦来看，西方属金，为秋，主杀，是刑官。部队作为战争机器，自然属于刑官之类了。作为驻城部队，无非具有两个功能，一是抵御外来势力的入侵；二是镇压来自内部势力的反抗。日本鬼子历来重视研究中国文化，自然不会改变旧例。

摩天楼即蒲州城制高点，为建筑在西端街道城墙上的一座高楼。楼分七层，每层一阁，皆有美名，从低到高，依次是怀德阁、思才阁、念亲阁、还乡阁、远目阁、摩云阁、香绮阁，体现出浓厚的家国情怀、儒道并修的中国文化特点。据说摩天楼本初就是军事瞭望台，用于战争防卫，站在楼上，视野开阔，南瞰巍巍中条山，西枕湍急的黄河激流，俯瞰全城，一览无余。

韩诚兄妹是蒲州当地人氏，对蒲州古城的情况最为熟悉。韩家本来就是当地望族，向来守护着这一方美丽的土地。他们的家，就在古城东北端，从这里向上走，不远处就是驰名古今的普救寺，由此可以想到这里繁华的原因。可如今，有家不能回，有亲不能探，还不是日本鬼子的缘故。韩诚兄妹每每想起这些怎能不恨呢？国破家亡的感觉何其深矣！而如今，卖身求荣的曾万头摇身一变，竟然成为蒲州城治安维持会会长。这个贪婪无耻的汉奸，为了泄私愤，公报私仇，霸占了他们的家园，挂牌为“蒲州城治安维持会”。

“‘但将冷眼观螃蟹，看你横行到几时’，‘多行不义，必自毙。’”韩诚心里冷冷地想。

“哥，我们四人一块走，恐怕不好吧！如果黑狗子醒来，岂不麻烦了？”晓梅蹙着眉，顾虑重重地说。

“我们没有取那几个黑狗子的性命，难免留下后患。我们这样一块走，确实不安全啊！”李贵也急着补充。

“好！为了安全起见，我们还是分开为好。”李忠果断地说。

“那好，我们就分开走，我和晓梅熟悉街道情况。我和李忠走前面，你和李贵在后面跟着，距离不要太远，始终紧跟着，以防万一。”

“好的！”大家回答道。

“还有，我们的装束也应该换了。包里的家伙要隐藏好，避免黑狗子和鬼子巡逻发现。”

“是！”大家齐声说。

还好，西北街还有不少理发铺、典当铺、衣服铺，以及烟酒铺、小吃铺等，他们各自修理了一番自己，结果形容大变，俨然另外一个人。吃完小吃，走向大街时，他们就发现黑狗子比往常多了起来。三个一组，五个一伙，大摇大摆，不停地打量着来来往往的行人。

“看来，他们汇报了情况。这不，黑狗子在寻找我们呢！”李忠小声对韩诚说道。

“瞧这阵势，如临大敌啊！我们不能掉以轻心。”

当他们走过西段街道口时，鬼子的巡逻兵明显加强了，一队队鬼子兵在周围不断地巡逻警戒。原来曾万头向表兄黄平汇报后，黄平也把情况汇报了伊藤雄文，伊藤雄文于是命令龟田太君加强安全警戒，严防抗日分子破坏。

“看形势，我们的确无法下手。硬打硬拼，就是死路一条。”韩诚不无担忧地说。

“我们必须智取，走原路返回，到东北街去。”

“东北街是曾万头的据点，跑到哪儿干什么？”

“李兄不了解情况，到了就知道了。”

“好吧。听你的！”李忠做了一个手势。晓梅和李贵紧紧跟着。

穿过熙熙攘攘的街道，在人流中，他们有时几乎和巡逻的黑狗子碰了照面。可笑的是这些愚蠢的黑狗子竟然没有发现。也莫怪画师水平太低，毕竟他们是根据店小二形容画的，形象和真人自然差远了。加之他们的装束已经更换，就连李忠的络腮胡子也不知道到哪里去了。凭着画像怎么能找到真人呢？在茫茫人海中，这样找，岂不如同大海捞针？

看着黑狗子一个个忙忙碌碌、鬼鬼祟祟、一无所获的样子，晓梅和李贵禁不住笑了。

“还是韩哥主意高！事先料到了这一点。”李贵兴奋地小声对晓梅说。

“但也不能掉以轻心，我们还是要不露声色，避免为黑狗子怀疑。”

“韩姐说的是。”李贵拉了拉戴着的礼帽，小声说道。

此时，在摩云楼，伊藤雄文为了征服“赛贵妃”的心，让她折服，带了日伪精英一干二十多人站在香绮阁眺望。

看着蒲州城熙熙攘攘、来来往往的人流和繁华热闹的庙会，伊藤雄文自豪地说道：“瞧，这就是我们给中国老百姓带来的王道乐土。”

“赛贵妃”鄙夷地嘲讽道：“这样的王道乐土还是少些为好！我们的老百姓伺候不起。”

“哈哈哈，待到我们将中条山的中国守军全部消灭掉，我们就不会用这些大兵保护老百姓了。”

“你们说是吗？”伊藤向一干汉奸说道。

“是啊，是啊！”汉奸们纷纷奴颜婢膝、点头哈腰地说道。

“人在做，天在看。天作孽，不可违；人作孽，不可活。苍天能饶过谁？”“赛贵妃”讥言冷语说道。

“快看，太君，不好了，东北街着火了！”忽然，大家发现蒲州城东北街冒出了一股股浓烟，火焰冲天，像愤怒的火龙，直接向天际卷去。

“哦，我看下，这是哪里？”

“望远镜给我！”黄平立即把高倍望远镜递给伊藤。

“将军阁下，看来是蒲州城治安维持会着火了。”龟田太君报告道。龟田对蒲州城街道布局情况很熟悉。

“八格，谁在有意破坏我们的‘治安模范城’？”

“有血性的中国人嘛！”“赛贵妃”冷笑道。

“八格，你的，不要给脸不要脸！”伊藤愤怒地走上去，给了“赛贵妃”一记耳光。

“赛贵妃”嘴角流下了一道鲜红的血，冷艳无比，似带血的玫瑰。

2

失火的地方正是蒲州城治安维持会，只见火势凶猛，浓烟滚滚。

正在各条街道检查巡逻的曾万头和黑狗子们，一看："不好，家里着火了。"

"还不赶快救火，看看什么情况？"

"曾队，一定是这几个劫犯干的！"曾万头身边的一名小队长说道。

"妈的，全是饭桶，废物，劫犯还没抓到，现在竟然后院起火，真是'祸不单行'。"曾万头气愤地骂道。

正在沿街巡逻的鬼子小分队也急忙向维持会方向赶去。黑狗子和鬼子宪兵们在人群中吆喝道："闪开，闪开，赶快救火。"

原来维持会不仅是曾万头等汉奸办公的地方，也是黑狗子们的大本营。维持会里不仅储存着许多粮食，还有不少军火。如果粮食被烧，军火被盗，自己就得负重大责任。

曾万头想到这些，吓得出了一身冷汗。而之前呢，自己还向皇军标榜自己的辖区是"模范治安城"，如今，却成了"火药库"。

"太君，要不要再多派些宪兵，防止出现更大的乱子？"龟田太君对伊藤雄文说道。

"不必了，我们要冷静观察，说不定其中有更大的阴谋。"伊藤雄文忧心忡忡地说道。

"也是，将军说的是。兵法云'兵不厌诈'，说不定这是'调虎离山'之计，我们还是冷静观察，以静制动。那边，自有曾会长处理的。我们应该让皇军加强警戒，把好关口，严查过往可疑人员。"黄平说道。

"老同学高见！龟田小队长，就按黄翻译说的办吧。"

"嗨！"龟田鞠了一个躬，然后匆匆走下楼去。

"你们，各回各自岗位，加强警戒。"伊藤回头对身边的日伪精英说道。

“我倒要看看这是唱哪一出戏！”伊藤雄文摘下白手套，愤怒地把它扔在一边。

“‘赛贵妃’，继续唱戏！为太君压压惊。”黄平回头对“赛贵妃”说道。

“赛贵妃”遭了刚才的打，心里很不乐意。唱了几句开头，声音凄凉。

“停下，让‘赛贵妃’好好休息下，也让我好好静静，这哪里是‘治安模范城’？”伊藤挥挥手，抱怨地说道。

一个宪兵押着“赛贵妃”下了香绮阁。伊藤拿起了手中的望远镜，看着蒲州城里的一举一动。

韩诚四人出了东北街后，径直走到了普救寺的后山上。此时的普救寺，香火依然旺盛，钟声依然响亮，朝拜的人依然络绎不绝。大雄宝殿里和尚们诵经和敲击木鱼隐隐约约的声音，时不时灌进山上人们的耳膜。这让劳累了一天的人们无不感到溪流与禅意的美妙。

“假如没有战争，这是多么美好的山河啊！是多么安静祥和的福地啊！”李忠望着山下美丽的蒲州城，感受着普救寺山的清凉与禅意，不由得感慨。

“假如没有战争，我们的家园，我们的人民，生活在这里是多么幸福啊！我的父母一定还健在，他们正享受着天伦之乐。”韩诚无限感慨道。

“可是，日本鬼子不让我们好好地活，跑到我们国土上，杀我同胞，掠我土地，把我们当牛当马当猪当羊一样肆意屠杀。”晓梅忽然痛苦得要流出泪了。

“战争就是这么残酷。谁让我们国家积贫积弱呢？这个弱肉强食的丛林世界，历来只是强权的。‘真理往往在大炮的射程里。’什么时候我们国家强大了，人民才会过上安定幸福的生活。”

韩诚在叶政委的影响下，已经树立了看待问题的宏大视野。他心里已经拥有了整个世界，而不再是以前的拉杆子占山为王的狭隘的民族复仇主义者。

“如今，祖国大好河山遍地狼烟，哪里能有这么清静的地方呢？鬼子这不是在收买人心吗？鬼子的胃口本来很大，想一口吃掉我们国家。可是，我们国家幅员辽阔，战线一长，鬼子就吃不消。没有办法，只好摆出两手策略：一手文化麻痹，一手武力征服。”韩诚又接着说。

“嗯，绝不能上他们的当。什么狗屁‘中日亲善’‘大东亚共荣圈’，这纯粹是麻痹中国人民的反抗精神，是文化鸦片，是精神毒瘤。”李贵不由得生气地说道。

“快看，东北街着火了！好像是我们家——如今的治安维持会。”晓梅熟悉这里，边说边分析道。

“应该就是吧。我清楚我们的家，瞧那高耸的屋脊。烧得好！就要烧出蒲州人民的反抗意志，烧出蒲州人民的血性精神。”

“这大火，是不是叶政委派人干的？”

“很有可能。不过，他仅仅知道我们下山侦查情况，并不知道我们遇到了一条大鱼。今天，我们就要干掉这条大鱼，给鬼子一个沉重的教训。”

“好，干掉伊藤，我们就是死了也值得！”李忠说道。

“对，我们好好干，给大家一个惊喜。”

稍稍休息后，大家跟着韩诚穿过密密的树林，下了山坡，来到了一堆乱石前。只见沟下石头横七竖八，下面长满了杂草荆棘。韩诚拨开杂草，踏倒荆棘，在乱石中寻找印记。原来，这里有一条通向摩天楼的暗道。

这条暗道是韩诚父亲在维修蒲州城墙时秘密修建的，当时日军已经占领了北平，攻占了上海，南京也岌岌可危，太原也进入了备战状态。韩诚父亲是地方绅士，见多识广，明白鬼子的胃口很大，预料鬼子占领太原后，一定会南下渡河，越过中条山，进入中原或西北，从而实现其灭亡中国的野心。蒲州城，作为自古进入中原和西北的战略要地，他不能不以防万一。这条暗道，就是在关键时期修建的一条退路。可惜，为了激励民众抗战，守卫家园，韩诚父亲选择和民团战士在一起，只是让韩诚带着晓梅和部分战士逃离了危险。

如今，这条暗道倒也可以用上了，从这里通向摩天楼，看伊藤——这条大鱼向哪里逃呢？

3

放火的正是叶政委派出的暗中保护韩诚兄妹的民团战士张龙、赵虎二人。

二人下山以后，一直化装成山里老实巴交的农民，淳朴得就像山里的土豆一样。走在人群里，不留心察看，根本不会知道这是过去的游击队员。也许是韩诚兄妹心里有事，他们根本不知道屁股后面还有这么一条“尾巴”。他们的一举一动都在张龙、赵虎二人眼里。叶政委告诫他们，不到万不得已，不要出手。他们心领神会，万不得已，就是性命攸关的时刻。

就在韩诚兄妹经过蒲州城治安维持会门口时，在门口站岗放哨的一位黑狗子忽然发现晓梅的破绽。他端详来端详去，总感觉这个女人好像是以前韩府的千金晓梅。他把自己的感觉说给了门口站岗的另一个黑狗子。

这个黑狗子虽然不是本地人，但他说：“在这个紧要时刻，宁可错杀三千，也不要放过一人。只要相似，就应该抓来审问审问。顶多抓错了，放了不就得了，有多大的事情？如果‘瞎猫碰上死耗子’，说不定我们俩还能立一大功呢！”

那个黑狗子就说：“老兄言之有理，我们干脆悄悄就跟上去，把人弄过来。”

“好。”这位黑狗子点头应道。两人于是一前一后，小跑着向晓梅追去。

他们的低声嘀咕和行动被张龙、赵虎二人看在眼里。张龙便给赵虎使眼色，低声说道：“副营长有危险，我们俩赶上去，装作打架，拦住他们，然后见机行事，干掉他们”。

“好。”赵虎回应道。

俗话说：螳螂捕蝉，黄雀在后。就在两个黑狗子一前一后急忙追赶晓梅时，张龙和赵虎大步流星地追过去，挡住了他们两人的路。

“让开！让开！妈的，山里人，真不长眼色！”一名黑狗子着急地骂道。

“长官，他偷了我的钱包，还要耍赖。你给小民评评理！”赵虎忽然拉住张龙，哭丧着脸说道。

“妈的，老子要执行公务。这会没工夫理会你们。”另一个黑狗子上前推着赵虎说。

张龙看不热闹，忽然打了赵虎一拳：“妈的，赖皮，谁偷了你的钱包？”赵虎毫不示弱，也回敬了张龙一拳。

只见两个人你推我搡，拉拉扯扯，反正就是不放手。看到打架，周围很快就围了一圈群众，更把道路堵得严严实实。

中国人历来就有爱看热闹的毛病，如爱看打架，爱看骂仗，爱看杀头，只要有热闹可看，就一定不会错过，看完之后，便又向人津津乐道所见所闻，以作为谈资炫耀。这不，有人打起来了，又有热闹看了。街上打架，在他们眼里，就好像看耍猴一样，只要事不关己，就高高挂起，即使打死了人，一般也不会有人干涉的，除非警察。

“哎，看什么看？都走开，都走开，妈的，一群山里人。”一名黑狗子愤怒地喊道。

“不要妨碍我们执行公务，我们有要事。滚开！滚开！”另一名黑狗子呵斥道。

“长官，你们说话怎么这么难听？骂什么骂？”张龙忽然放了赵虎，冲两个黑狗子喊道。

“就是，就是，怎么不好好说话，骂人呢？”周围群众还嫌不热闹，有人喊道。

“我就骂了，怎么了，臭山里人！”一名黑狗子抓住张龙，打了一拳。

张龙才不示弱，也回敬了黑狗子一拳。

另一名黑狗子忽然拔出盒子枪，向空中挥舞，喝道：“都给我闪开，老子有公务在身，如若不然，我开枪了。”

“你开啊，你开啊，老子不怕死。你们警察怎么动不动就要向老百姓开枪呢？”赵虎故意放大了嗓门喊，说完，一把拉住黑狗子挥枪的手，指着自己胸膛。

看着赵虎不怕死的样子，挥枪的黑狗子反倒怕了，他原本是想吓唬吓唬这些乡里巴人，但是赵虎偏偏不吃这一套。还有，因为王二开枪还被曾万头训斥了一顿，自己再开枪，岂不找打？

围观群众看到黑狗子不敢开枪，就一个个围了上来，喊道：“我们就是臭山里人，总比你们当日本人的狗好！”

两个黑狗子看到事情闹大了，就想溜走。

张龙、赵虎看了，岂能放过？于是喊道：“乡亲们，揍这些狗汉奸，他们作威作福惯了，都是我们惯的。”

“就是，说得好！”群众里有人响应。中国人就是这样，只要有一个敢于出头，其他的人也会一哄而上，发泄平日的不满。

张龙、赵虎于是一人揪住一个黑狗子就打，把他们放倒在地。其他群众见了，也就你一脚我一脚在他们身上乱踩。

“不要打了！不要打了！我们错了，我们错了。”两个黑狗子急忙向群众回话。

趁混乱，张龙、赵虎赶紧撤出人群。走进治安维持会，装作要评评理，打倒了剩下的两名黑狗子，然后在油库放了一把火。这样全城都热闹起来了，这些韩诚和晓梅还蒙在鼓里。

4

“八嘎呀路，死啦死啦地！”

一支鬼子巡逻队听到喊叫声，端着三八大盖，挺着明晃晃的刺刀，一个个在鬼子小队长小野君带领下气势汹汹地赶来。

“鬼子来了，快跑！”人群中不知谁喊了一声，群众于是一哄而散。

“哎呦，疼死我了，疼死我了。”躺在地上捂着肚子的两个黑狗子呻吟着。

“起来，赶快救火！”已经赶到现场的曾万头说道。

“妈的，手中的枪是干什么吃的！被人打成这怂样！”曾万头拉着脸教训道。

“你的失职的，曾会长。”小野君用生硬的汉语教训曾万头道。

“太君，卑职正在巡逻，抓捕可疑分子，不曾想这里闹起了事，还请太君协助卑职查清此事。”

“嗨！所有人员，给我封堵路口，严查闹事者。如有反抗，格杀勿论！”小野君气势汹汹地命令道。

“一边救火，一边给我把路口堵住，一个闹事的都不要放过。”曾万头对着赶来的黑狗子喊。

“都不要跑，再跑就开枪了。”鬼子和黑狗子喊着，叫着，冲向溃散的人群。害怕鬼子和黑狗子报复，人们吓得跑得更快了。

“砰、砰！”鬼子果然开枪了，跑在后面的一个群众当场倒在血泊中。

“爹，爹，快起来！快起来！”一个小女孩趴在倒在血泊中的男子身上大声地哭喊。听到枪声和哭喊声，人们吓得不敢跑了，再看街口，被鬼子围堵的人们又被逼了回来。

“走，走，向摩天楼走！”“八格，死啦死啦地”，曾万头和鬼子小队长喊着。

于是，东北街上的几百名群众被押到了摩云楼广场前。此时，治安维持会的大火也被扑灭。其他街道的群众听说出事了，有的匆匆往回赶。但是，各个街道的出口都增加了大量的鬼子、伪军，对出入的人群，他们搜查得更加严密了。

“报告太君，闹事者就在其中。中国人，大大的狡猾！”龟田太君向站在“怀德阁”前的伊藤雄文说道。

“吆西，你的，比曾万头的，干得漂亮。”伊藤雄文放下望远镜，对龟田太君赞赏地说道。

“你们站好了，太君要训话！胆敢违反，刚才那个，就是你们的下场。”曾万头嚷嚷道。

黑压压的人群没有一个人敢说话，大家被刚才血腥的场面吓坏了。一队队端着长枪的鬼子和几十名拿着盒子枪的黑狗子包围着他们。城墙上的鬼子宪兵个个端着长枪，三步一岗，五步一哨，如临大敌。几个重机枪手，趴在架着重机枪的沙袋后面，将黑乎乎的枪口对准人群。

“乡亲们，你们不要怕。我是大日本皇军伊藤雄文。伊藤博文是我的祖父。我们都深深地爱着美丽的中国。我从小就受祖父影响，迷恋中国文化。你们瞧！我的汉语水平不错吧！

“现今局势，非常明了，大日本皇军所到之处，势如劈竹，大半中国已经被我们占领，解决中国，迟早的事。中国古人云：‘识时务者为俊杰’，‘顺我者昌，逆我者亡。’凡抵抗分子，不可轻饶；而从我之良民，皆可享受王道乐土、天伦之乐。凡热爱‘中日亲善’‘大东亚共荣圈’政策的，我们欢迎。

“今天的庙会，我们是特意向外传达善意的。不幸的是，有人破坏我们的善意。今天，接连发生了两件很不友好的事情，一是几名治安警察被你们中的抵抗分子打伤，有的还被夺去武器；二是有人浑水摸鱼，火烧蒲州城治安维持会，破坏‘中日亲善’大好局面。我知道，你们中的大部分人，是大日本皇军的良民，只是个别抵抗分子，破坏‘中日亲善’的大好局面。现在给你们10分钟时间检举，如发现可疑分子，报告者有赏，可以当即回家。如若没有，我们就要挨个清算。”

伊藤话音刚落站在身边的黄平拿出怀表，向人群喊道：“现在是18点20分，开始计时。10分钟后，必须交代问题，如没有人主动交代。皇军就要开始清算了。”说完，摩云楼四周悄然无声。

一分钟，二分钟……人群中有些焦躁声，有的人开始抱怨，有的人开始唉声叹气，有的人渴望有人主动站出来承认，时间“蹭蹭”过得很快。

“时间到！有人没有？”黄平大喊道。人群还是鸦雀无声。

看着无动于衷的人群，站在伊藤身边的龟田太君“唰”地拔出了军刀，指着人群喊：“机枪手准备！准备射击！”

人群开始有些松动，两边围着的鬼子兵，端着明晃晃的刺刀拉着枪栓，黑狗子们挥舞着盒子枪吆喝：“不要动，谁动就打死谁！”此时，气氛一时紧张到了极点，人群中有孩子哭了起来。

“死啦死啦的，小孩的，不要哭，再哭就打死你！”站在群众一边指挥的小野君喊道，说着拿起军刀挥了挥。

看到鬼子就要对群众下手，张龙和赵虎对视一下，便心领神会，从人群里坦然走出来，大声向鬼子说道：“小鬼子，人是我们打的，火是我们放的。要杀要剐，随你们便，请放了无辜群众。”

人群里有人小声赞道：“真是英雄好汉！一人做事一人当。”

“我们刚才也动了手，与其他人无关。”跟在张龙、赵虎后面的几个男子也主动走了出来，承认自己打黑狗子的事。

“吆西，这就很好。”伊藤雄文拍拍双手赞道，“是英雄好汉，就该一人做事一人当。”

“曾万头，让你的人看看，是不是这几个人？”黄平站在楼上向曾万头大声喊道。

“嗨！”曾万头学着日本人的样子，向黄平立正鞠了一个躬，回头喊被打得鼻青脸肿的两个黑狗子：“你们俩，过来好好看看，是不是这几个人打的？”

被打的两个黑狗子一瘸一拐地来到这几个人跟前，趴在他们的脸上一个挨一个端详。瞧完后，两个黑狗子说道：“报告曾爷，就是这几个人。”

“很好。”

“报告太君，就是他们几个人。”曾万头歪着头大声说道。

“很好，其他良民回去，这几个刁民，死啦死啦地！”龟田太君说着就要指挥机枪手射击。

伊藤雄文阻止道：“慢点，把他们给我抓起来，我要好好审问。”

十一　擒枭

1

黄昏时分，夕阳把最后的余晖洒在摩云楼上。此时，摩云楼外波涛汹涌，黄河远去，鸥鸟飞翔，芦苇青青，摇曳出无穷的诗情画意。然而与此和祥静谧气氛极不相称的是从“思才阁”发出的阵阵凄惨的叫声。

“说，你们此行来了几个人？有何目的？”曾万头如咆哮的恶狼，边吼边挥着长蛇般的皮鞭，恶狠狠地向张龙、赵虎打去。被绑在柱子上的张龙、赵虎低垂着头，一言不发，浑身已经是一道又一道的血痕。

“瞧你们的狗熊样！刚才打警察又放火的英雄劲哪儿去了？”曾万头望着一言不发的张龙、赵虎，又是谩骂又是讥讽。只见他光着膀子，穿着对襟褂子，满脸横肉，一副屠夫宰杀猪羊的样子，恶毒的眼光好像刀子一样恨不得剜出他们的心来。此刻，在伊藤、龟田、黄平等人面前，他要卖力，给主子表现表现，不说邀功请赏，也不至于因为今天的事情被皇军问罪。

“哼，你不说，有人替你说！喊王二来！”曾万头仿佛得了法宝，让手下的小队长把刚刚苏醒的王二三人带来，他要王二三人指认真凶。

“太君饶命！曾爷饶命！小的糊涂，小的失职！”看着被绑在柱子上浑身血淋淋的张龙、赵虎。王二和高矮两个警察一进“思才阁”就吓得“扑通”一声跪倒在地，然后不停地磕头作揖，大喊“饶命”。

“你的起来，我的不怪！你要好好看看打劫你们的可是他们几人？”伊藤雄文问道。

“谢太君不杀之恩！我好好看看，绝不隐瞒实情。”王二感激涕零地应道。王二站起来，用自己的老鼠眼在张龙、赵虎还有其他几个男子脸上扫来扫去。

“你们俩也好好看看，是不是打伤你们的那几个人？”黄平对站在一边发抖的两个黑狗子说道。两个黑狗子像得了赦放令一样，急忙点头哈腰，向张龙几人走去。他们俩睁大了眼睛，围着几个人端详了一会儿。

“报告太君，打伤小的，劫走武器的不是他们几人。”王二战战兢兢地老实说道。

“你可看清楚了，不要因为喝得糊里糊涂连人都认不清！”曾万头训斥道。

“小的不敢，小的再昏头，也不会看错打伤我的人的！不信，问问他们俩，还有那三个唱曲的。”王二强辩道。

“没错，王队说得没错，不是他们几个。”一高一矮两名警察附和道。

“不是他们，那么，就另有其人。”黄平满腹狐疑地说道。曾万头有点失落，拿着鞭子待在一边，看着问不出子丑卯寅的张龙、赵虎。

“你的，问问他们几个？”龟田太君撇着小胡子，指着被抓的四个男子。只见他们被鬼子宪兵押着，双手反捆，面色乌青，看着被曾万头打得血淋淋的张龙、赵虎，他们还没见过这个场面，有的吓得浑身发抖。

“他们是无知群众，与他们无关。这件事就是我们俩搞的。”张龙忽然抬起头说。

“是啊，太君，我们是赶庙会的无知群众，只是平日被警察欺负惯

"啊……啊……"张龙发出一声又一声惨叫。

原来龟田拿着一把寒光闪闪的匕首，抓住张龙的头，在他的左肩头狠狠扎了一下，然后拔出来，又在右肩头狠狠扎了一下，连续两下，疼得张龙惨叫几声，顿时昏死过去。刹那，只见鲜血如注，顺着两边胳臂流了下来，淌了一地。

"八格，让你嘴硬，死啦死啦！是你的嘴硬，还是我的刀子硬！我就不信撬不开你的嘴巴！"龟田用刀子扎完，又恶狠狠地骂道。

"小鬼子，要杀要剐随便，不要残害我兄弟！"赵虎被张龙的惨叫声惊醒，挣扎地大骂道。

"吆西！真痛快！真是一对好兄弟！龙虎相连啊！我今天就要看看你们是龙还是蛇？是虎还是鼠？"

说完，龟田"唰"地拔出军刀，恶狠狠地向赵虎砍去。

2

谁知，只听"当啷"一声，龟田紧握着的军刀被打落在地。

"蹭、蹭、蹭"门口忽地飞过来几个人影，分别向伊藤、龟田、黄平、曾万头扑去。

伊藤、龟田、黄平、曾万头正沉浸在审讯张龙、赵虎的快乐中，根本没料到竟然有人闯了进来。四人急忙抵挡。

只见韩诚如猛虎下山，咆哮一声："小鬼子，哪里走？"

这一声吼，惊天动地，仿佛压抑了很久，震得摩云楼似乎都在发抖，仿佛咆哮的黄河水到了壶口，发出汹涌澎湃的响声；仿佛积攒了百年能量的火山，一旦爆发，势不可当；也许，张龙、赵虎的惨叫更激发了他胸中压抑已久的仇恨，也许张龙、赵虎血淋淋的现场让他仿佛看到了父母、亲人倒在血泊中的惨烈画面。只见他剑眉倒竖，双目似燃烧着的火焰。

伊藤刚要拔枪，韩诚眼疾手快，照面就是一拳。这一拳，仿佛鼓足了全身的能量与怒火。伊藤躲闪不及，被一拳击中脸颊，疼得眼冒金星，“哇哇大叫”。

刚拔出枪，却被韩诚一脚踢飞，疼得伊藤手颤。韩诚紧跟着冲上去，拼命拦腰一抱，一下子把伊藤摔了个仰面朝天。

伊藤还不知是怎么回事，韩诚就以迅雷不及掩耳之势，拔出盒子枪，顶着伊藤脑袋，喝道：“不要动，动就打死你”。伊藤吓得面无血色，像死猪一样躺在地上。

其他三人，一人对付一个。

只见李忠飞起一脚，快如闪电，力如泰山压顶，直踹龟田心窝。龟田还来不及拔枪，就被这位山东大汉踹出两米之外。

李忠本来就膀大腰圆，身材魁梧，力大无穷，加之自幼习武，练得一身好武艺，往日的父母之仇，今日的同胞之恨，新仇旧恨加在一起，都用在这一脚上了。

龟田踉踉跄跄正要站起，李忠上前抓住龟田衣领，再一猛拳打去，打得龟田仰面朝天，口中喷出一口鲜血。

“打得好！”绑在柱子上的赵虎不由得快意喊道，“小鬼子，现在让你尝尝我们中国人的拳头。”

“小鬼子，让你张狂！屠杀我们同胞！”李忠说完，大步流星走上去，拔了龟田腰间手枪，然后用左臂死死勒住龟田脖子。

龟田被死死卡住，呼吸不得，急得双腿直“扑腾”，像死猪一样动弹不得。

黄平见状拔腿想跑，被晓梅赶上。晓梅飞起一脚，踢中黄平下身。

黄平疼得捂住裤裆蹲了下去。晓梅上前，用枪顶着他的脑袋。黄平吓得一动也不敢动。

曾万头则被李贵拦腰抱住，摔了一个“狗吃屎”。只见李贵骑在曾万头身上，用铁拳狠狠向曾万头头上、脸上打去，打得曾万头眼冒金星，鼻血直流，只听曾万头说道："好汉饶命，好汉饶命！"

"让你们狗汉奸吃里扒外，祸害百姓！"李贵生气地喊道。

"我再也不敢了，我再也不敢了！"曾万头趴在地上抱着头，不断地求饶。

"打得好！打得好！"赵虎高兴地喊道。

"死啦死啦，通通给我包围起来。"门外鬼子小队长小野君和王二等汉奸拿着长、短家伙听到楼上的动静，迅速包围了"思才阁"。

"一个也不要放过，保护太君。"小野君命令道。

"保护好曾队长！弟兄们。"王二挥舞着盒子枪嚷嚷道。

"八格，还有伊藤太君！你的良心的，大大的坏了！"小野君骂骂咧咧地向王二吼道。

"嗨！保护好太君，还有曾队长。"王二吓得急忙改口喊道。

"门外的小鬼子、黑狗子，都不要动，动就打死伊藤和狗汉奸！"韩诚向窗外喊。

"都给我退出去！我要和他们好好谈判！"伊藤雄文急着向窗外的鬼子、黑狗子喊。

"放了我们的兄弟，找军医给他们包扎。"韩诚用枪顶着伊藤的脑袋说。

"吆西，你的放下武器，我们好好谈下。"伊藤如瓮中之鳖，还在做垂死挣扎。

"不用欺骗我们，我们已经抱了赴死之心。没有什么可谈的，今天，必须听我们的！不听，就死啦死啦。"韩诚使劲用枪顶着伊藤脑袋，学着鬼子的语调，狠狠地说。

"赶快下命令，给我们兄弟包扎好伤口。"晓梅命令黄平。

赵虎激动得眼泪直流。张龙一时苏醒过来，气息奄奄地说："谢谢营长，搭救我们。你们辛苦了！"说完，就昏死过去。

韩诚给李忠摆了一下头，示意给张龙、赵虎松绑。李忠用肘猛地击了一下龟田头部，一手捂住龟田嘴巴，再使劲拧了一下龟田脖子。龟田发出“唔”的一声，再就没气了，身体像面条一样软了下去。

3

伊藤看见龟田不吭气了，气得咆哮挣扎，但脖子被韩诚死死卡住。韩诚一边卡紧，一边用枪顶着他的脑袋，用了用劲，伊藤不再折腾了。

黄平和曾万头看见了，吓得腿都软了，更不敢有丝毫反抗，他们清楚眼前这几个人是亡命徒、索命鬼。

李忠弄死龟田后，心中松了一口气，急忙过去给张龙、赵虎松绑。张龙浑身是血，衣服全被打烂了，生命垂危，奄奄一息。赵虎虽然还能行动，但衣服已破烂不堪，血迹斑斑。

赵虎松了绑后，活动了下拳脚，但压抑不住心中的怒火，走到龟田跟前，用脚狠狠地踩了几下，骂道：“呸！小鬼子，就你最狠！这就是你的下场。”

韩诚把伊藤交给李忠，让他看好，然后和赵虎用刚才的绳子把伊藤、黄平、曾万头的双手死死地捆在背后。这下，大家才松了口气。

“快下命令，让他们派军医来。”韩诚命令道。

“太君，答应他们吧！”黄平哭丧着对伊藤说。

“好的，我答应……你们……但你们也要保证……我们的安全……”伊藤被李忠卡住脖子，紧张得上气不接下气，讨价还价地说。

“快给他们喊！”晓梅用枪顶了下黄平。

“门外的……听着，赶快……派一名军医上来……包扎伤口……”黄平颤抖地喊。

门外的鬼子和黑狗子听见了，还在小声“嘀嘀咕咕”着，时不时发出枪械铿锵的声音。

“怎么了，还没有撤下去？你们不要伊藤将军的性命了吗？”说完，韩诚一把抓起龟田的尸体从窗口扔了出去。

只听窗外“扑通”一声，龟田的尸体一下子扔在了小野和黑狗子王二的面前。这着实把小野和王二吓了一跳。

“我看你们是不见棺材不落泪！不杀一儆百，还真不把我们当回事！”韩诚喝道。

“龟田君，醒醒！龟田君，醒醒！”小野弯着腰喊着“龟田”的名字，用手试了一下龟田的鼻子，没有气息。

“八嘎呀路，死啦死啦！给我冲，砍了他们！”只听窗外“唰”的一声，小野拔出了寒光闪闪的军刀，像疯了一样，向鬼子和黑狗子喊道。

“住手！谁敢？你们是不想活了？”黄平怒喝道，“伊藤将军要是有个三长两短，谁都担当不起！”

伊藤是谁啊？小鬼子岂能不知？就连中国人都知道大名鼎鼎的伊藤家族。伊藤博文——伊藤雄文的祖父，这可是一个侵华急先锋和始作俑者。

日本人历来崇尚他们的民族英雄，像伊藤家族，更不用说了，更是皇军精英里的精英。如今，像伊藤将军如此重要的人物受到了挟持，生命受到了威胁，谁敢拿他的生命开玩笑？

在伊藤受到挟持的一刹那，小野已经把如此重要军情汇报给了赵伊城日军司令部。驻守赵伊城的日军司令部吉野大佐闻讯，大吃一惊，急忙汇报给运城日军司令部。运城司令部也大吃一惊，感觉事情不小，急忙向华北日军司令部汇报。华北日军司令部接到消息后，大怒，当即命令运城、赵伊日军司令部务必不惜一切代价切实保证伊藤将军安全，不能出一星半点的差错。

命令下达后，运城司令部立即给赵伊司令部传达了上峰指令。赵伊司令部吉野大佐感到使命重大，必须临阵指挥，一面下达命令，一面排兵布阵，立即任命小野接替龟田职务，全权负责蒲州事务，并迅速解决挟持事件，保证伊藤将军的安全。

随后，吉野大佐率领赵伊城的大批日军以及狙击手气势汹汹地向蒲州城赶来。

“呸！小鬼子们，狗汉奸们！你们听着！你们杀我同胞还少吗？你们的人是人，我们的人就不是人了吗？算算，你们如今杀了我们多少同胞？就是把你们统统杀完，都不够偿还！再不要啰唆！我数三下，再不统统下楼，我立马处决一个！”韩诚声音如雷，在明亮的月夜下响彻回荡着。

“支那军人，你们的，不要冲动，你们的要求，我们答应，但必须保证伊藤将军的生命安全。”还悄悄待在窗外犹豫不决、耍滑头的小野和王二听到此话，吓得“咯噔”一下，立马回应。

“我看着，你们赶快下楼后退，统一待在摩云楼下！”赵虎提着盒子枪，大胆地走出阁外，对着小野和黑狗子们说道。

“吆西，我们的，守信用！你们的，也要守信用！”小野吆喝着和一群鬼子兵、黑狗子下了摩云楼。

赵虎提着盒子枪盯着他们一个个下了楼，然后，在“思才阁”一周转了转，抬起头，竟然看到上面几个阁还有人在晃动。

“小鬼子，让你们的人全部退到楼下，怎么上面还有人啊？”

“你们的，守什么信用？”

“是不是要我们处决人了？”

“摩云楼上的人，全部给我下楼。”小野站在楼下吆喝道。

在小野的吆喝声下，“香绮阁”里的人才慢慢地一个一个向下走。原来“香绮阁”还待着几名日伪精英，他们受伊藤指使，专门看管“赛贵妃”。伊藤可是给他们下了死命令，绝不能让“赛贵妃”出意外。他们虽然听见了二楼发生的事情，有的拿起了手中的枪，但忽然发现小野和王二带领着士兵上来了，随后他们就悄悄退了回去。

4

“都扔下手中的枪，否则，就打死伊藤！”赵虎拿着盒子枪对着一个一个下楼的日伪精英说道。

不管平时这些日伪精英多么张狂，可是到了现在，一个个都耷拉着脑袋，像霜打了的茄子一样。古人云：射人先射马，擒贼先擒王。此话有真没假。对于一支军队而言，失去首脑无异于失去一场战争的主动权。

“救救我！”“赛贵妃”走到赵虎跟前哀求道，“我是被鬼子挟持到这里的，蒲州人氏。”

月夜下，“赛贵妃”明亮的眼睛一闪一闪的。赵虎不放心，让“赛贵妃”举起手，转了转身，发现没有异常，就请示韩诚。

“让她进来。”趴在窗口仔细观察外面一举一动的韩诚说道，“看她也是一个受害的女子。”

“赛贵妃”走进“思才阁”，看到双手被绑押着的伊藤、黄平、曾万头三人，冷笑道：“小鬼子，狗汉奸，你们也有今天。我们中国人是杀不完的，是有骨气的！”

“说得好！”李忠声如洪钟，在月下更显得威风凛凛，仪表堂堂，仿佛关公再世一般。

而伊藤、黄平、曾万头则一个个仿佛变了一个人似的，以前在“赛贵妃”面前得意扬扬、张狂傲慢的模样也不知哪里去了，听着“赛贵妃”的讥言冷语，没有一个人回应，一个个耷拉着脑袋，一副垂头丧气的样子。古人云：老虎下山一张皮。不管什么人，别看你平时多么威风，只要倒台了，就什么都不是了。

“感谢英雄出手，我们蒲州百姓有幸！”“赛贵妃”回应道。

“不必客气，国家有难，匹夫有责。”李忠慷慨应道。

“是啊，地不分南北，人不分老幼，皆有守土之责。”晓梅插了一句。

“‘赛贵妃’向姐姐学习！”

“哦，你就是蒲州城大名鼎鼎的‘赛贵妃’，久仰！”晓梅赞赏地说。

“不敢，小女子也和众位一样，父母被鬼子杀害，被人贩卖风尘，愧对各位英雄！”

“英雄受苦了。”张龙微微睁开眼，在银子般的月光下，忽然看到一位天仙般的女子守护在自己身边，精神受到了莫大的鼓舞。

一位日本军医端着医用器械小心翼翼走了上来。

“慢着，先让检查检查。”韩诚趴在窗口警惕地对日本军医说道。

赵虎挡在门口，前后仔细检查了日本军医的行装，没有发现问题，才让他进来。

十二　蒲赵大捷

1

当赵伊城的黄仁和听说伊藤、儿子、外甥被绑架后，急得像热锅上的蚂蚁，坐立不安。

“平儿和万儿，还有伊藤将军，现在被抗日民团分子扣押，这如何是好？”黄仁和一会儿低头叹气，一会儿拍着桌子。

“蒲州城不是还有皇军，治安队的人马吗？怕什么啊！就几个抗日分子，能成什么气候？”黄仁和的姨太太不紧不慢地坐在镜子前说道。

“这毕竟在万儿辖区，现在出了意外，我岂能置身事外？要是吉野怪罪下来，我岂能逃脱责罚？”黄仁和忧心忡忡地说。

“不怕，这不，平儿不也在伊藤将军身边吗？难道几个抗日分子不想活了？想那蒲州城，固若金汤，即便是‘孙猴子’，恐怕插翅也难飞！”黄仁和姨太太趴在镜子前边描口红边说。

“也是，只要他们也想活，就必须保证伊藤将军的安全。伊藤将军的身份可是不同寻常啊！”黄仁和松了一口气，焦虑的情绪暂缓。

正说着，一阵急促的电话铃声响了起来。黄仁和战战兢兢地拿起电话。

“黄会长，你的，今晚的，和小鹿少佐负责把守好赵伊城，严防敌人袭击。我的，要带队前去蒲州，解救伊藤将军。你的，责任的，大大的。永济城池，可不能再出一星半点的差错。否则，拿你是问！”

“是，是，是，小的明白！”黄仁和赶忙回答。

“吆西，那我就放心了！”吉野放下电话，就带领一个中队和抽调的狙击高手赶往蒲州城。

2

这真是一个不眠的月夜。

韩诚等人正待在摩云楼上，忽然听到远处枪炮齐鸣。大家急忙向外看去，只见万固寺一带火光冲天，枪声、炮声、手榴弹爆炸声连绵不断，不绝于耳。原来，叶政委和郭飞得知蒲州城的情况后，就率部与驻扎在万固寺的日军干上了。

万固寺，是通往蒲州城的一条军事要道。它位于蒲州城南中条山麓，背靠绵绵青山，前俯浩浩黄河，旁边还有山涧溢出，实在是一处参禅悟道的灵光宝地。可是，如此重要的佛教圣地，如今也被鬼子占领，成为鬼子进攻中条山的前沿阵地。

当叶政委和郭飞的部队在万固寺打响后，陈师长率领的秦 1 师两个团也向赵伊城发起了进攻。听到赵伊城密集的枪、炮声，吉野急忙率队撤回，只好派出一支狙击小分队乘坐摩托车风驰电掣增援蒲州城。

驻守蒲州城的鬼子、伪军听到远处密集的枪声、炮声、手榴弹爆炸声，一个个都慌了手脚。

“不要慌，那是敌人的骚扰袭击。我们的，有大部队守卫，皇军威武，不可战胜的！”吉野对着慌乱的队伍喊道。

“好啊！我们的队伍就要来了。”晓梅高兴地说道。

“太振奋人心了！”李贵也高兴地回应。

“你的，下去！拿些干净的衣服来。”赵虎挥着枪对处理完张龙伤口的日本军医喝道。

日本军医连连点头鞠躬，下了楼后，很快拿了几件干净的衬衣交给赵虎。赵虎拿了一件上衣，交给“赛贵妃”。

“赛贵妃”轻轻给张龙换上。被敷上药包扎住伤口的张龙稍微有点好转，转了一下身子。

“不要动，伤口才刚刚包扎好！”“赛贵妃”制止道。

张龙感激地点点头。

“我们现在要以静制动，不要慌乱。只要伊藤在我们手里，我们就不会有危险。”韩诚冷静地分析道。

“大不了来个鱼死网破，同归于尽。”李忠镇定地说。

“是啊，我们要做下一步打算。”韩诚接着说。

“营长，赵伊城方向也打起来了。”赵虎从“香绮阁”下来，将侦察到的最新情况赶紧汇报给韩诚。

原来，赵虎为了确保大家安全，在摩云楼各层楼阁仔细检查了一遍，没有发现鬼子和黑狗子，他才放下心来。

当登上“香绮阁”时，他下意识地向远处眺望了一下，结果发现赵伊城方向也火光冲天。子弹划过的亮光，如流星一样疾速。炮弹和手榴弹爆炸的火光时隐时现。

“真的吗？赵伊城方向也打起来了？”韩诚疑惑地问道。这个消息确实让他感到有些意外。因为在几次作战中，日军时时处于进攻状态，而今国军竟然主动发起了进攻，这是让他始料不及的。

“不信，你瞧瞧！”赵虎带韩诚来到了“香绮阁”。韩诚向东北方向望去，果然，赵伊城外一片火光。距离虽然遥远，不比万固寺，听不到枪炮声，但血红的战火在月光下时隐时现。

“这是两线出击，配合作战，估计是叶政委和郭飞联合作战吧。不然，不会弄出这么大的动静。”

“可能他们知道了我们的情况。”韩诚猜测道。

“肯定的，我们在蒲州城弄出这么大的动静，他们不会不知的。叶政委当时不止派了我和张龙暗中保护你们，还有不少便衣战士，估计有的潜伏在城中，有的已经上山汇报情况了。”

“哦，真的很感谢叶政委对我们的关心和保护。现在两边都打开了，无形中吸引了这两方面鬼子的力量。我们的压力自然就减少了。现在，我们的机会很多。你看，鬼子和黑狗子们这么听话配合我们，说明伊藤对他们来说，是一个重量级人物。日本人向来重视他们的民族英雄，尤其是像伊藤雄文这样的名人之后。要不是日军保护他，早就进攻我们了。我们何不利用他们这种心态做做文章？”

“怎样做文章？”赵虎疑惑地问。

“我们可以这样做，先试着离间鬼子和黑狗子的关系，给黑狗子们喊话说，我们都是中国人，我们不打他们，专打小鬼子。”

“这个办法不错，有办法总比没办法强。我们试着喊，试着向小鬼子开枪。看看他们的态度。他们如果向我们开枪，我们就把伊藤、黄平、曾万头挡在前面，看他们什么反应。”

“好！就这么办。”韩诚拍板说道。

“伪军兄弟们，我们都是中国人，我们不打你们，专打小鬼子，你们何必要给鬼子卖命呢？只要你们放下武器，我们可以不计前嫌。如果负隅顽抗，只有死路一条。蒲州城破之时，就是你们的祭日。”赵虎声若洪钟，向楼下喊去。

赵虎喊完，韩诚对着埋伏在楼下的鬼子兵就是一枪，一名鬼子兵应声倒地。

“八嘎呀路，死啦死啦地，机枪手，给我准备！射击！”小野被惹得疯狂了，向埋伏在摩云楼两边的机枪手喊去。

左边的机枪手“哒哒哒……哒哒哒……哒哒哒”，对着摩云楼就是一通乱射。

“你的，死啦死啦地，射击什么呢？伊藤将军在此，谁敢开火？”晓梅用枪逼着黄平向楼下的鬼子们喊。

“停止射击，保护太君！这是上峰命令！”提到伊藤将军，小野马上命令道。

“啊！”赵虎趁机对开火的机枪手打去，鬼子机枪手一命呜呼。

伊藤听到鬼子的惨叫和小野下达的命令，忽然像疯了一样挣扎道：“小野君，不要管我，向我开枪！”

李忠一把捂住伊藤的嘴巴，不让他开口。伊藤被捂得几乎要闭了气，头像拨浪鼓一样胡乱摆动。

“哥，不敢弄死了他，给他塞一个毛巾。”李贵开玩笑说道。

“是啊！鬼子们很看重他。我们不能让他死，他活着我们才能活着。”赵虎也开玩笑说道。

“伪军兄弟们，我们都是中国人，我们不打你们，专打小鬼子，你们何必要给鬼子卖命呢？只要你们放下武器，我们可以不计前嫌。如果负隅顽抗，只有死路一条。蒲州城破之时，就是你们的祭日。”

赵虎依照前例，再次向楼下喊去，韩诚对着鬼子兵又是一枪，又一个埋伏的鬼子兵倒地了。

趴在一边的黑狗子们开始骚动，有的向回缩退，有的小声嘀咕着……

“谁再退，就打死谁！”小野向骚动、后退的黑狗子们喊道。

3

忽然，“砰、砰、砰，砰砰砰！”蒲州城外传来了密集的枪声，紧接着就是手榴弹爆炸燃起的血色火光。

“我们的部队打过来了！”晓梅喊道！

远望，万固寺一带枪声已稀，炮弹、手榴弹爆炸的声音也渐渐远去。而蒲州城外，却突然枪声四起，火光冲天，显然是自己人打过来了。听到这个消息，伊藤、黄平、曾万头更像蔫了的茄子，无望地低下了头。

“同志们，我们的部队打过来了。蒲州就要解放了。”韩诚更来了劲头，兴致勃勃地向大家说道。

“好啊！抗日民团打得好！我们终于可以扬眉吐气了！”“赛贵妃”情不自禁地说。

“那我们更要看好这三个家伙，我们到时要好好审判！好好庆祝！”

“是啊！哥说得对！不到最后都不要大意。”李贵用枪顶了顶曾万头的脑袋。曾万头像死猪一样没有丝毫反应。

“伪军兄弟们，听见了吧！我们的队伍马上就要打进来了！给你们最后的机会！只要你们放下武器，可以不计前嫌。如果负隅顽抗，只有死路一条。”那些黑狗子听见了楼上赵虎的喊话和蒲州城外的枪声、手榴弹爆炸声，再看韩诚不打他们，专打小鬼子的做法，就有些动摇。

“我们走，不给鬼子卖命了！”队伍中有人喊了一声，然后扔下枪就向回跑。

“哪里走？”小野喊了一声，向逃跑的黑狗子开了一枪。

“皇军向我们开枪了，弟兄们，跟小鬼子拼了！”逃跑队伍中有人喊着，返回身来向开枪的鬼子们射击。

“瞧，这下可热闹了！小鬼子和黑狗子打起来了！”李贵高兴地说道。

“我们也应该帮帮他们。”韩诚和赵虎急忙向鬼子们开枪射击。这下，鬼子们顾头不顾腚，腹背受敌，全乱了套。

“冲啊！冲啊！”蒲州城里忽然吹响了抗日民团的冲锋号声。

抗日民团的冲锋号声是完全照搬八路军的。

其实，不光冲锋号声完全照搬八路军，就连部队的训练精神也完全照搬八路军的。因为这支武装的灵魂人物是久经战火洗礼的共产党员叶政委，叶政委是中国共产党久经考验的优秀指挥员，经历过南昌起义，参加过多次反围剿战役，积累了丰富而宝贵的作战经验。这次攻克蒲州城和赵伊城的作战计划基本上是按照他的策略一步一步实施的。

当然这次蒲赵战役如果没有秦1师的积极配合，是不会取得这样辉煌的战果的。

这便是抗日民族统一战线的好处，它能调动一切可以调动的力量，能团结一切可以团结的力量，减少民族内部消耗，为我们的国家服务。

攻克蒲州城后，叶政委做的第一件事就是肃清残敌，清除汉奸，整训投降伪军部队，扫除日伪汉奸留下的反动标语和标志，从精气神上给蒲州城注入一股新鲜血液。

叶政委和郭飞、玉茹、韩诚、晓梅走在蒲州街上，看着战士们在蒲州城进行清理整顿工作。

这时，赵虎率领着一排战士押着一队黑狗子、伪军走了过来。叶政委走上前去，让他们站住。赵虎看到叶政委等人，立马站住，庄严地敬了一个军礼。

叶政委高兴地说：“小赵这次辛苦了，多亏你和张排长积极配合，拦住敌人，使韩营长顺利脱险，最后成功活捉伊藤、黄平等首脑，为这次蒲赵大捷立下首功！”

赵虎立马敬了一个军礼，感慨地说道：“没有叶政委的锦囊妙计，哪能有蒲赵大捷呢？也幸亏韩营长等人及时相救，不然我们早就见马克思去了。”说完爽快地“哈哈”一笑。

"'强将手下无弱兵。'兵法云：'知己知彼，百战不殆。'叶政委是神思妙算的诸葛亮，运筹于帷幄之中，决胜于千里之外。"玉茹恰到好处地赞赏道。

"哪里？哪里？没有韩营长像孙猴子一样钻入铁扇公主的肚子，哪里能有我的神思妙算呢？还有，多亏郭团长和陈师长的大力支持配合，没有他们的出手相助，我还不是'好汉难敌四只手'吗？"叶政委摊开双手爽快而又谦虚地说道。

"如今国共是一家人，联合起来，共同对付穷凶极恶的日本鬼子。大家既是一家人，就不要说两家话。抗日民团虽然是共产党领导的，但也属于我们师作战序列。我们不仅仅是友军，也是亲兄弟嘛！古语云：'上阵亲父子，打架亲兄弟'。哪个人能忍心看着自己的亲兄弟被别人打呢？"郭飞说道。

"哪里是亲兄弟上阵，分明是亲夫妻上阵嘛！"玉茹调侃道。

晓梅脸红了，娇嗔地打了玉茹一下："去你的，没正经的。"

"报告政委，有何指示？请吩咐。"赵虎作出欲开拔的样子。

叶政委拉出一个黑狗子，和颜悦色地问道："小兄弟，你是哪里人？为何要做伪警察呢？"

"报告政委，他们四人都是软骨头，贪生怕死。"赵虎说完，又从俘虏里拉出另外三个。

"他们四人，我认识。在我和张排长被鬼子拘押审讯时，他们四人也因为参与了打黑狗子的事而被牵连，但他们在鬼子的威逼利诱下，最终没有坚持作为一个中国人的底线。"

"长官饶命，长官饶命，我们是家有老母，做黑狗子全是小鬼子逼的。我们没有办法，也是吃一碗饭而已。"其中的一名黑狗子哭丧着脸说。

"是的，是的，不是我们乐意要做。我们也是实在没有办法，不做，小鬼子就要砍我们的头。"另一个黑狗子也急忙解释道。

"我们也是才穿上警服，没有干过对不起老百姓的事，也没有做过伤天害理的事。”第三个黑狗子说。

“要是长官愿意，我们可以加入抗日民团，打日本鬼子。”第三个黑狗子讨好地说。

“‘墙头草，两边倒。’我们抗日队伍里哪里需要你们这样的货色？”赵虎义愤填膺地说道。

“是啊！赵排长说得对！我们的抗日队伍一定要纯洁，要有理想，要有灵魂。我们当兵，绝不是为了吃一碗饭而去当兵。我们当兵，是为了理想、为了信念、为了老百姓、为了国家的未来。当下，就是团结一致，共同把日本鬼子赶出中国！”叶政委神情严肃地说。

玉茹作为军报记者，自然有记者的敏感性，尤其是对共产党领导的武装历来感到新奇。叶政委说的一字一句自然让她感到新鲜，她不由得问道：“叶政委，请问‘我们的抗日队伍一定要纯洁，要有理想，要有灵魂’。这个理想是什么？灵魂是什么？纯洁是指什么？”

叶政委“呵呵”一笑：“这个问题，是一个复杂的问题，不是三言两语能够说清楚的。我建议你好好读一下毛泽东主席的一些文章。”

“哦，毛泽东，这个我知道，就是写出著名的《论持久战》的毛泽东。我会的，我一定会仔仔细细去读，去学习的。”玉茹开心地说。

4

“报告首长，我们要参加抗日民团。”李贵情绪激动地对叶政委说道。他们兄弟俩和“赛贵妃”不知道什么时候走了过来。

“好啊！打鬼子就要多多益善。你是？”叶政委关切地问道。

“哦，这位是李贵兄弟，山东人氏，跟随堂哥李忠来到蒲州，流落江湖，靠卖艺为生。这次擒获伊藤等人，还多亏他们兄弟俩出手相助。”韩诚上前说道。

“哦，也是抗日功臣。这样的战士，我们欢迎！”叶政委拍着李贵的肩膀亲切地说道。

“这位是李忠兄弟，武艺出众，胆识过人。三拳两脚就把蒲州鬼子宪兵队长龟田打倒。”韩诚指着李贵身边的红脸大汉介绍道。

“好啊！真是‘英雄盖世，举世无双’啊！山东之地，多出草莽英雄！现在正是用人之际，我们正需要这样的英雄好汉。”叶政委紧紧地握着李忠的手，欣赏地说道。

“报告首长，我也要参加抗日民团。”“赛贵妃”涨着通红的脸说道。

“你是？”叶政委望着眼前的玉人，疑惑地问道。

“她也是受害女子，父母遭小鬼子杀害，流落风尘，人称‘赛贵妃’。”晓梅解释道。

“好啊！一切有志青年都可以参加我们的抗日组织。我们要尽量地扩大我们的队伍，补充我们的力量，就是那些被俘虏的伪军、伪警察只要他们愿意，我们也可以把他们吸收进来。对他们，我们要进行教育，彻底改变他们的灵魂，这也是我们革命队伍的责任。”叶政委郑重其事地说道。

“是！”赵虎端正地敬了一个军礼，然后押着俘虏走了。

“李忠兄弟就跟随我吧，‘赛贵妃’就交给你了。”韩诚对晓梅说道。

“好的，一切服从命令。”李忠兄弟和“赛贵妃”三人感激地敬了一个军礼。

“吆！‘赛贵妃’果然名不虚传啊！如出水芙蓉，如月宫嫦娥啊！蒲州真是好地方，人杰地灵，英雄、美人辈出嘛！”玉茹调皮地说道。“赛贵妃”不好意思地低下了头。

“我们去会会伊藤、黄平等人，然后给群众开一个动员大会。”叶政委对大家说道。

“好啊！”大家齐声说道。

摩云楼广场上，聚集了不少来自秦晋豫黄河三角洲自愿参加抗日民团的英雄儿女。蒲赵大捷鼓舞着他们，唤醒了他们沉睡的灵魂，饱受日伪集团压迫的心灵需要一次释放。

热血青年有志气，保家卫国打鬼子！

美丽的黄河三角洲，巍巍中条山下，汇聚着可爱的秦晋豫英雄儿女。

为了美丽的家园，不被鬼子践踏；为了亲爱的同胞，不被鬼子杀害。

我们要团结起来，我们要组织起来，拿起手中的枪，誓与鬼子血战到底！

还我河山！我们不做亡国奴！

还我河山！我们不做亡国奴！

黄河之滨

集合着一群中华民族优秀的子孙

人类解放，救国的责任

全靠我们自己来担承

同学们，努力学习

团结紧张、严肃活泼

我们的作风

同学们，积极工作

艰苦奋斗，英勇牺牲

我们的传统

像黄河之水，汹涌澎湃

把日寇驱逐于国土之东

向着新社会前进，前进

我们是劳动者的先锋！

……

人群里不知何时响起了这样的歌声。鼓舞人心的暖心话语，富有诗意的温馨表述，让人听起来就感到可亲可敬，手中拿着喇叭进行宣传的抗日民团文工团的女战士们对前来参军的人群喊道。

一切气氛都很热烈，一切面貌都焕然一新。日伪集团留下的阴霾一扫而光，日伪集团留下的一切标志也被清理干净。

到处是“还我河山！我们不做亡国奴！”“保卫黄河，保卫西北，保卫中原，捍卫中条山！”“誓与鬼子血战到底！”令人热血沸腾的标语。

瞧！蒲坂大地上，一轮灿烂无比的红日，正发出耀眼的光芒，如与黑夜经过苦苦鏖战，终于纵身一跃，映照着蓝天大地，映照着万里河山，映照着胜利后人们欢快的脸庞。

5

“把他们三个押上来，让他们看看我们人民群众的力量！”叶政委庄严地说道。

“是！”李贵听到命令后迅速向摩云楼下跑去。

“摩云楼，这是多么宏伟壮观的一座古楼啊！站在这里，可以眺望黄河，可以眺望我们美丽的家乡——朝坂大地。”郭飞兴奋地说。

“秦时明月汉时关，万里长征人未还。但使龙城飞将在，不教胡马度阴山。”晓梅充满诗情地无限感慨道。

“会的，胜利会属于我们的。到那时，我一定带大家走进我们的家乡，让大家好好尝尝我们朝邑的特产。”

“好啊！郭团长触景生情，睹物思乡啊！革命胜利了，我们到时候一定去，还要参加你的婚礼。”

“那我一定要看看这位美丽的新娘子是谁了？”玉茹兴奋地对着晓梅

调侃道。

晓梅红着脸，低头不语，脸上飘过一朵云彩。

“报告，三个俘虏押到！”赵虎朗声报告道。

这一声，瞬间打断了大家的兴致。大家急忙看去。只见伊藤、黄平、曾万头三人被反捆着双手，耷拉着头，面容苍白，腿脚无力地走了上来，四个荷枪实弹的民团战士在他们后面押着。

“伊藤，你也有今天？看你还敢在我们的领土上猖狂！”“赛贵妃”玉容含恨，愤怒地痛斥道。

“曾万头，狗汉奸，欺男霸女，为虎作伥，在蒲州城没少干坏事吧！今天，你的好日子也到头了。”晓梅杏眼圆睁斥责道。

“伊藤，你抬起头，看看我们的抗日力量！我们中国人不都是他们这些狗汉奸！”叶政委义正词严地说。黄平、曾万头羞愧地低下了头。

“告诉你，伊藤，虽然我们中国一时被你们霸占了大片土地，但我们的人民是有血性的，有骨气的，不怕牺牲的。你抬起头看看，看看我们的人民，看看我们的士气。

“武器虽然是战争的重要因素，但不是决定的因素，决定的因素是人不是物。你瞧瞧你身后的黄河、中条山。要想征服我们，就先踏过它们，它们都不会答应你们的。”叶政委继续说道。

“吆西，你们的，是我遇到的真正的中国军人！倘若你们中国军人都像你们，那我们恐怕连‘满洲国’都建立不起来。”伊藤看着下面热血沸腾的民众叹服地说道。

“是的，我们中国以前是一盘散沙，但是现在，我们要像钢筋水泥一样凝固起来，团结起来，不信把你们赶不出中国。”郭飞铁青着脸说道。

“告诉你，他就是大名鼎鼎的狙击手郭飞，如今是国军秦 1 师 1 团团长！”玉茹骄傲地给伊藤夸道。

“吆西，我们大日本皇军 41 人毙命于阁下的枪下，实在惭愧！今日一睹真人，果然气宇不凡！”伊藤不由得赞叹道。

“不过这几位好汉，趁我们不备，将我们擒拿。我们还是不服。要是和我们日本军人一对一，明枪对明枪，我未必会有今日之下场。”伊藤不服气地对韩诚、李忠四人说道。

“休得猖狂，告诉你，伊藤，就是明枪对明枪，一对一，我岂能怕你？”韩诚气愤地说道。

“俗话说‘兵不厌诈！’战争是斗智斗勇的较量，不是拼蛮力的逞能。我们以后再说。先把他们押下去。”

“救救我，‘赛贵妃’，‘一日夫妻百日恩’嘛！况且我以前还救过你。”曾万头忽然哭丧着脸说道。

“别提以前了，你要是真爱我，为什么把我还推入火炕，讨好献媚伊藤呢？”“赛贵妃”冷冷地说道。

“那也是没办法啊！‘人在屋檐下，不得不低头’嘛！”

“别强词夺理了！以后不要叫我‘赛贵妃’，我叫马玉兰。我要重新做人！”“赛贵妃”义正词严地说。

“好啊！马玉兰同志，我们欢迎你！”叶政委高兴地说道。

6

“秦晋豫的英雄儿女们，各位抗日英雄：

“今日蒲赵大捷，是我中条山战场抗战以来取得歼灭日伪军最为成功的一次战役，是我们坚持在运动中主动歼灭敌人的一场攻击战。这场战役，印证了只有坚持统一战线，发动一切可以团结的力量，才能取得最后胜利的真理。

“有人说：中国会亡吗？答曰：不会亡，最后胜利是中国的。中国能够速胜吗？答曰：不能速胜，抗日战争是持久战。我们的武器不如敌人，但我们要充分发挥我们的地理优势，人员优势，坚持正确的抗战路线。‘人心齐，泰山移。’目前，我们正处在全民族统一战线的最好时期，一切的国内武装力量都归于国民政府统领之下，我们的民族出现了前所未有的团结与凝聚力。

“当然，这一切都拜小日本所赐。日本人亡我中国之心历来已久。他们称我中国，一则曰老大帝国，再则曰老大帝国。呜呼！我中国其果老大矣乎？

“不！我心目中有一少年中国在！故今日之责任，不在他人，而全在我少年。少年智则国智，少年富则国富；少年强则国强，少年独立则国独立；少年自由则国自由，少年进步则国进步；少年胜于欧洲，则国胜于欧洲；少年雄于地球，则国雄于地球。

“请看红日初升，其道大光。河出伏流，一泻汪洋。潜龙腾渊，鳞爪飞扬。乳虎啸谷，百兽震惶。鹰隼试翼，风尘翕张。奇花初胎，矞矞皇皇。干将发硎，有作其芒。天戴其苍，地履其黄。纵有千古，横有八荒。前途似海，来日方长。美哉我少年中国，与天不老！壮哉我中国少年，与国无疆！

“此次战争发动于世界帝国主义首先是法西斯国家大崩溃的前夜，敌人也正是为了这一点，才进行这个最后挣扎性的冒险战争。所以，战争的结果，灭亡的不会是中国而是日本帝国主义统治集团，这是无可躲避的。

“我们的战争是神圣的、正义的，是进步的、求和平的。秦晋豫英雄儿女们，各位抗日英雄，最后的胜利一定属于我们！”

叶政委神情激昂，表情严肃、庄重，站在摩云楼广场前，发表了振奋人心的精彩演说。

他的话音刚落，只听人群中爆发出热烈的掌声。这掌声，如滚雷从耳边经过，如六月的暴雨倾泻而下，如咆哮的黄河水发出惊天动地的怒吼……

“真精彩啊！叶政委的动员能力超强！难怪抗日民团越打越强。”玉茹禁不住感慨道。

“战争打的是士气，打的是人心，只要你为老百姓好好服务，老百姓就会衷心地感激你，拥护你，支持你！”韩诚在一边补充道。

“在这一点上，我们国军做得不够，以后还要好好学习共产党军队的动员能力。”郭飞佩服地赞道。

下面由国军秦 1 师 1 团团长郭团长为我们讲话，叶政委说完，首先鼓起了掌。

“亲爱的同胞们，亲爱的并肩作战的勇士们：

“你们辛苦了！当今中国之形势，大家都看得出来，一天比一天危急！日寇亡我之心不死，他们妄图‘三个月消灭中国’，然而，现在两年过去了，我们依然在坚持，包括沦陷区的抗日军民也在坚持。

“这是什么原因呢？是我们民族的血性使然。我们自古就有‘捐躯赴国难，视死忽如归’的保家卫国精神；自古就有‘威武不能屈，富贵不能淫，贫贱不能移’的大丈夫精神；自古就有‘我自横刀向天笑，去留肝胆两昆仑’的民族大义精神。

“在这种精神力量的支撑下，涌现出了一大批爱国将领，他们高瞻远瞩，在国家危亡面前，坚持民族大义，像杨虎城等有血性的爱国军人，冒着生命危险力促抗日统一战线的形成，使得我们的民族减少了内耗，保持了必要的元气。如今我们枪口一致对外，对待穷凶极恶的日本鬼子，作为曾经的杨将军的部下，我们一定能做到坚持爱国爱民，誓死守卫国土，绝不让日本鬼子打过黄河，进入西北。

“亲爱的同胞们，我们都是黄河边上的儿女，喝黄河水长大，我们有责任、有义务捍卫我们的土地。

“美丽的蒲州大地，从古至今，乃物华天宝、人杰地灵之地，我们有责任、有义务像儿女捍卫母亲一样捍卫她。事实证明，狂妄的日本鬼子也不过是纸老虎，他们‘三个月灭亡中国’的狂妄叫嚣就是明证。亲爱的兄弟姐妹们，我们中华民族是有血性、有骨气的民族，我们能不能同仇敌忾捍卫我们雄伟的中条山，捍卫我们雄伟的母亲河——黄河？大家说。”

郭飞话语刚落，广场前就群情激昂，大家齐声喊道：“我们能，我们能！打倒日本帝国主义！中国人民万岁！打倒日本帝国主义！中国人民万岁！日本帝国主义就是纸老虎！”

“好啊！郭团长的讲话也是动人心魄啊！真是文武双全，人才难得啊！”叶政委鼓着掌兴奋地说道。

“下来嘉奖‘蒲赵大捷’立功人员。张龙、赵虎、韩诚、韩晓梅、李忠、李贵……”叶政委宣读着受表彰的人员名单。

表彰结束后，叶政委又宣布审判名单，伊藤、黄平、曾万头、王二、马立等一批日伪军政人员纷纷被押上舞台。一时间，人声鼎沸，有人声若洪雷：“打死他，打死小鬼子伊藤！打死狗汉奸翻译！打死狗汉奸黑狗子！”

忽然，一阵“嗡嗡”声自东向西而来，大家抬头一看，不好，是日本鬼子的飞机。

“大家不要怕，迅速向两边分散！”叶政委向人群喊道。

“看，鬼子发传单了！”还没来得及分散的人群里有声音忽然喊道。散完传单后，鬼子的飞机又“嗡嗡”飞走了。

“可惜，让鬼子的飞机溜走了！下次再来，我们一定击落它。”郭飞自信地说道。

赵虎捡起了地上的传单，分别交给叶政委和郭团长，只见传单上写道：“请善待伊藤将军，请速交出伊藤将军；否则，让蒲州城变成火海！”

“同志们，同胞们，小鬼子在用传单威胁我们，大家怕不怕？”

“我们不怕！我们不怕！打死小鬼子伊藤！打死汉奸走狗！”群情激昂，大家挥舞着拳头。

从未见过这样声势浩大审判场面的鬼子和汉奸走狗们，一个个吓得呆若木鸡，双腿直打颤。

十三　英雄儿女

1

森严的运城日军司令部，宪兵们荷枪实弹，三步一岗，五步一哨。

“你的严重的失职，失职！失职！明白吗？”村野一夫将军正在气急败坏地对着黄仁和训话。

“一个小小的永济守不住，还损失了一个大队人马，吉野大佐战死，你的怎么完好无损，为何不能与城池共存亡？”黄仁和吓得战战兢兢，两腿打颤，头上直冒冷汗。

“太君，敌人大大的狡猾！吉野大佐在出城营救伊藤将军的路上，突然遭到埋伏袭击，被打了一个措手不及。”黄仁和急忙解释道。

“我的，正在赵伊城与小鹿少佐调兵遣将，谁知赵伊城南门响起了枪声，我们就急忙前往。谁知东门又响起了枪声，我们只好分兵把守。”

“这次奇怪的是敌人突然发起进攻，这是我们从来没有遇到过的。不光赵伊城西门、东门、南门打了起来，就是蒲州城，万固寺都打了起来。我们相互之间不能兼顾，造成这次的惨败确实我有责任。请皇军处罚！”

黄仁和边擦头上的冷汗边战战兢兢地解释道。

“你的说的都是事实！这点没错。”村野稳定了情绪缓缓说道。

“救援伊藤将军和平儿，也是我万分着急的事情。太君想想我怎么能不尽力呢？”黄仁和为自己的偷偷脱逃不断找借口。

“吆西，你的对皇军的忠诚！伊藤将军和你的儿子黄平还在敌人手上，你的怎能见死不救的。我们的，后面就要想想办法。”

“是的，是的！太君。”黄仁和点头哈腰道。

关于赵伊城那一晚的战事。黄仁和想起都不寒而栗：明明自己还有五百人的伪军部队，怎么就不经打呢？这些饭桶，平时还耀武扬威的，可是一到打仗就怂了。幸亏敌人未在北门进攻，否则自己连逃路都没有了。想到吉野和小鹿都被打死了，而自己竟然侥幸逃出，这能不让村野怀疑吗？黄仁和战战兢兢摸了一下自己脖子：“嗯！脑袋还在。”

其实黄仁和只不过是一个奸商罢了，他怎么能带队打仗呢？一支能打仗的部队都是有灵魂的，没有灵魂的部队就是一盘散沙。须知，这些伪军成员，大部分扛枪都是为了吃饭，有的是被强行拉来的，有的是被俘虏贪生怕死的，有的就是为混一碗饭吃。想想这样的部队，怎么能不一触即溃呢？在混乱中，谁愿意为他和日本人卖命呢？

“赵伊城丢了，蒲州城丢了，万固寺丢了，不过，在运城这么大的地方算个什么？毕竟其他地方还被皇军牢牢控制着。”黄仁和想想心里就松了一口气。

“丢了的城池迟早会被夺回来的，想想大日本皇军的威力，一路势如破竹，几乎无可抵挡。”黄仁和笑眯眯地对村野说道。

“吆西，你的所言极是。目前，中条山守军还不会对我们产生多么大的威胁。最近，皇军正在忙于南边战事，兵力分散，还顾不过来。一旦南边战事解决，腾出手来，我们就会挥师北上，合围中条山守军。到时候，让他们吃不了兜着走。”村野信心满怀地对黄仁和分析道。

“是的，是的，大日本皇军所到之处，战无不胜，攻无不克。届时南边战事解决，中条山不过就是一座孤岛而已。”黄仁和讨好地回应。

“你的所言极是！你看沙盘，中条山背靠黄河，乃一死地而已。我们只要掐断他们的供给线，到时候困都能把他们困死。”村野自信满满地说。

“是啊！看来战场的主动权依然在皇军手里。”

“我们现在要尽快想出营救伊藤将军和阁下儿子的策略。阁下有何高见？”村野一夫扶了扶眼镜说道。

“现在伊藤将军和我儿子还在蒲州城敌人手中。我们可以恐吓一下他们，试探一下，让他们先要善待伊藤将军；不然的话，让蒲州城变成火海！”

“这倒是个好办法，即使他们不放伊藤将军，起码也不会把他怎么样。否则，后果他们清楚的。”村野若有所思地说道。

“还有，俗话说‘重赏之下，必有勇夫’。我们只要在运城日伪军里寻找高手，让他们趁着抗日民团招兵买马的时候，伺机混进民团部队里，只要他们救出伊藤将军和平儿，我们就赏给他们十万大洋。”

“吆西，是个很好的计策！要找皇军高手，就必须是‘中国通’，不能让他们看出破绽；要找皇协军高手，就必须找可靠的，死心塌地的，这样才能确保万一。”

“将军高明，所言极是！”黄仁和一边点头哈腰，一边笑眯眯地说道。

“我想寻找这样的人才，恐怕不是什么难事吧？”黄仁和继续说道。

“不难，只要能救伊藤将军，我们什么样的代价都能付出。”村野一夫清了清嗓子说。

“好！那就好！此事可成矣！”黄仁和拍着手高兴地说。

黄仁和每临大事必定要烧香拜佛，这是他历来为人做事雷打不动的一条规律。

说是规律，倒不如说是信仰。在黄仁和的眼里，但凡成就一番大事之人，除了自己的才干与智慧之外，冥冥之中必定有上天示意。如果没有上天示意，为何人与人之间就有贫富贵贱之分，为何人与人之间就有云泥之别？

在黄仁和看来：谋事在人，成事在天；七分靠打拼，三分天注定。上天不佑你，即使你有王佐之才，孔明之智，也是白搭。如西楚霸王项羽，空有盖世武艺，拥百万之众，可到头来还不是将性命终结于乌江亭下？司马懿与诸葛亮大战，诸葛亮一场大火差点将他烧死在山谷，可惜上天不想亡司马，这时偏偏一场大雨将火熄灭。这些岂不是天意？

所以黄仁和认为，天地之间总有一股神秘的力量在推动你，成就你。这种神秘的力量是什么？黄仁和虽然经常研究，但终无所得。

在他看来，天地是值得敬畏的。这个道理，无论在东方，还是在西方，不都有所体现吗？在东方者，为各类神灵，为真主，为释迦牟尼；在西方者，为上帝，为雅典众神。至于国民党、共产党，三民主义、共产主义，无论哪个党派，还是哪个主义，黄仁和既不加入，也不信仰。

在他看来，各类党派打打杀杀，各类主义争来斗去，无非是为了各个阶级、各个集团的利益而已。而神灵却是超越于众党派、主义之上的；无论是参加哪个党派的，还是信奉哪个主义的，没有人能够逃脱天意的主宰。

因此，黄仁和干脆什么党派都不参加，什么主义都不信奉。他只信奉各类神灵，但凡出行遇到庙宇之类的，他必定都要祭拜磕头。倘有大事来临，他必定要抽签打卦，探询天意。

这次到了运城，同样也不例外。这不，赫赫有名的关帝庙不就在运城吗？这次儿子有难，能否烧上一香，让关武爷保佑平安？还有这次村野对自己营救伊藤、儿子之谋言听计从，不知这件事情可否成功？这些攸关儿子性命的大事岂能不问？

2

黄仁和乔装成普通商人，在正午十二时之前准时赶到庄严肃穆的解州关帝庙。

为何在十二时之前呢？黄仁和有个讲究，在他看来，古代一般在午时三刻（接近中午十二点）处决犯人，过了这个时间点，阴气就会上来，影响抽签打卦。因此，十二时之前的卦是最为通灵的，具有神气的，所以他不能不提前赶到。

解州，据《孔子三朝记》记载："黄帝杀之（蚩尤）于中冀，蚩尤肢体身首异处，而其血化为卤，则解之盐池也。因其尸解，故名其地曰解。"解州，从风水上论，这个流淌着蚩尤之血的地方，阴气不能不说为重，如果不是关武爷镇守，恐怕不知有多少人倒霉遭殃？在黄仁和看来，解州出关武爷也是上天之意，就是来护佑这一方水土这一方百姓的。

到了威武神圣庄严的关武爷像面前，黄仁和虔诚地烧了一炷香，然后闭目起立，拜了一下，再想起来拜，奇怪！怎么腿就站不起来了呢？

黄仁和正在纳闷，忽然眼前走来一个高大魁梧的人，黄仁和惊了一下，抬起头一看，这不正是慈眉善目的关武爷吗？

黄仁和正待要问，忽然，慈眉善目的关武爷一下子怒目圆睁，胡须倒竖，声若惊雷，一手指着他的眉骨喝问："黄仁和，你可知罪？"

"小的不知。"黄仁和战战兢兢地答道。

"你摸摸你的良心还在吗？你还算个识文断字的人，怎么就不知礼义廉耻呢？"

"你是中国人还是日本人？"

"我是中国人。"

"你既然是中国人，为何要给日本人当狗呢？为何要帮着日本人残杀中国人呢？"

“我……我……我也是被日本人所逼迫啊！关武爷饶命！”

“呸！披着中国人皮的日本狗！你的所作所为，就连日本人都瞧不起你，看刀！”关武爷慷慨激昂地说完，接过周仓递给的青龙偃月刀，向空中一抡。只听黄仁和“啊”的一声栽倒在地。

待到黄仁和醒来，只见地上留着一个签，原来是上上签，只见正面写着：

举头天外看无云，
谁似人间吾辈人。
荆棘丛中行放脚，
月明帘下暗藏身。

反面写着：

松下无人一局残，
空山松子落棋盘。
神仙更有神仙著，
千古输赢下不完。

黄仁和摸了一下脑袋，脑袋还在，可是奇怪了，刚才关武爷怎么向自己发威呢？竟然还挥起了青龙偃月刀砍自己，而现在呢？关武爷竟然还是一副慈眉善目的样子。

暂且不管这个偈语如何，反正这个签是上上签，大吉，看来平儿和伊藤有救了。黄仁和心中大喜，虽然刚才遭到关武爷的一阵训斥和痛砍，可是灾难这不就过去了吗？这个签竟然还是上上签，与自己以往所抽签应验正好投合，看来老天暂且不灭自己。

于是黄仁和跪下又虔诚地给关武爷磕了三个头。

3

玉茹怎么也没有想到自己发表在《新华日报》的一篇头条新闻竟然引起了重庆高层的注意。

这篇新闻是这样的：

蒲赵大捷活捉日寇名人之后少将官

秦晋豫英雄儿女踊跃加入抗日民团

中条山前线最新消息：

近日我中条山西线守军充分发扬顽强抗战精神，不怕牺牲，不畏艰难，坚持抗日民族统一战线政策，与共产党领导的抗日民团在蒲赵一线对盘踞在此的日伪军突然展开联合攻势。

日伪军仓皇应战，被打了个措手不及。我军乘胜追击，连克日伪军万固寺、蒲州、赵伊三大阵地，歼敌一千多人，活捉日寇名人之后少将官——伊藤雄文。

此次大捷，大大振奋了我中条山守军士气，尤其振奋了秦晋豫黄河三角洲英雄儿女，他们在共产党率领的抗日民团领导下，坚持发动群众，动员群众，激发了广大民众的抗日热情。

一时间，秦晋豫黄河儿女纷纷踊跃报名，加入抗日民团。

“妈的，这股‘叛军’竟然和共产党打得火热！”重庆戴老板气呼呼地说道。

“要是老头子知道了，岂不大发雷霆！简直是养了一群饭桶！这中条山的‘防共、限共’工作是怎么做的？”戴老板恶狠狠地说。

“戴将军，参谋长有请！”一位少尉军官报告道。

“知道了！我马上就来！”戴老板带着一脸的倦容，没精打采地坐上了前往总统官邸的轿车。

“你的工作是怎么搞的？老头子发脾气了！”参谋长一见面就怪罪道。

“卑职无能，让老头子生气了！”戴老板红着脸，有点羞愧难当。

“快进去，老头子在等着呢！”参谋长催促道。

“是！”戴老板打了一个激灵，庄重地敬了一个军礼。

“你的工作要好好加强啊！听说中条山西线共军活动频繁，不断招兵买马，可有这么回事？”

不见其人，只闻其声，戴老板听到如此熟悉的江浙口音，不由站得端直笔挺。看来老头子的确生气了。否则，为何隔着帘子和自己说话呢？戴老板忐忑不安，心不由得悬了起来。

“大概是空穴来风吧，现在有些人唯恐天下不乱？”戴老板紧张地为自己解释道。

“娘希匹，看看这张报纸，这是空穴来风吗？”老头子生气地从里面扔出一张报纸。

“卑职无能，请委座惩罚！”戴老板沮丧着脸低声说道。

“雨农，你是黄埔六期的吧！可不要辜负了我的厚望啊！”老头子语重心长地说。

“听说你搞女人挺有一套，难道搞共党就没有招数了吗？”里面的声音，一字一顿地。

看来老头子的确生气了，竟然拿自己的短处说话。戴老板吓得汗涔涔的，不断地擦汗，不断地哆嗦。

“这件事，你看如何办好？我不希望再听到这样的消息了。”

“是，卑职一定会竭尽全力，把这件事办好！请委员长放心！”

“好的，你下去吧！我很烦！”

“是！”戴老板打了一个立正，敬了一个军礼，然后悻悻地走了出去。

“戴将军，你不知道，老头子本来就对西线这股‘叛军’心烦，现在又听说他们和共党打得火热，这岂不是火上浇油！让人烦中生烦！”参谋长拍着戴老板的肩膀安慰道。

“多谢敬之兄宽慰，今后还请敬之兄多多美言！”戴老板感谢地说道。

“不客气，雨农兄。你我共事多年，还不知道老头子的脾气。你要知道老头子的心病呢！俗话说：‘心病还要心药医嘛！’”

“多谢敬之兄指点，雨农明白！多有打扰，见谅！”戴老板说完，弯着腰，轻轻握了下参谋长的手，然后敬了一个礼，急匆匆离开总统官邸。

4

“你们是怎么搞的？妈的，老头子生气了，你我的脑袋都要保不住了。”戴老板气呼呼地对着属下说道。

“给我把秦一鸣喊来。我要问问什么情况？”

“是！”一名少尉军官答道。

过了一会儿，秦一鸣急匆匆赶来。“戴老板有何指示？”“你看看，这是怎么回事？”戴老板“啪”地把报纸扔在桌上。

一行醒目的标题直接扑入秦一鸣的眼里。秦一鸣马上明白怎么回事了。

“戴老板，中条山西线陕军这股‘叛军’根本不把我们放在眼里。我在中条山时，不折不扣地执行委座手谕，岂不料这股‘叛军’竟然像杨虎城一样反了，把我软禁，还杀了我的表弟薛半仙。想起这些都令我恨之入骨。

“要是没有卫司令放纵，他们也不会有这么大的胆子！毕竟陕军还在卫司令手心捏着，‘孙猴子本事再大，也跳不出如来佛的掌心’。”秦一鸣继续分析道。

“秦兄对中条山可谓了如指掌，如今这股‘叛军’与共党率领的抗日民团打得火热，委座可是很不放心啊！”戴老板心事重重地说。

“戴老板不必忧心，只要给委座办事，就算我秦某肝脑涂地，也万死不辞。”

“好，秦兄痛快！我这就委任你为西线军情督察长，着办抗日民团一事，同时负责押解伊藤一行赴渝。”

“可是……可是，上峰倘若不施加压力，恐怕这股‘叛军’还会有恃无恐的。”秦一鸣心有余悸地说道。

“是啊！卫司令那边，我和参谋长通通气，就说老头子生气了，给他施加些压力，看他还敢护犊子。”

“好，这么说，我就放心了。”秦一鸣如释重负地敬了一个军礼，然后领命而去。

5

“叶政委，蒲赵大捷上《新华日报》头条了！”韩诚拿着一份刚刚买到的报纸兴奋地说。

“哦，我看下，有意思！”叶政委又好奇又兴奋地说。

韩诚递过报纸，叶政委打开一看，开玩笑道：“哦，有必要这么隆重吗？”

“当然有啊！这可是一个大胜仗啊！”旁边的玉茹兴奋地说。

“我看这件事既是好事也是坏事。”叶政委忧心忡忡地说。

“怎么是好事也是坏事啊？”玉茹天真地问。

“人怕出名，猪怕壮嘛！”郭飞调侃道。

“恐怕问题不是这么简单。”叶政委神色凝重地说道。

“报告叶政委，外面吵吵声很大，又有不少来自陕西的热血青年要报名参加抗日民团。”晓梅走上楼来急匆匆报告。

“好啊！热血青年，保家卫国，参加抗日战争，都是有志青年！我们欢迎。”叶政委高兴地说。

“瞧，这不是好事吗？玉茹小姐的一支笔顶得上千军万马。”郭飞赞赏地说。

“是啊！光看题目，都能振奋人心。‘抗日民团’的名气可是越来越大了。难怪那么多的陕西冷娃要参加抗日民团呢！”晓梅夸赞道。

“呦，瞧你们说的，我都不好意思了。这打仗，我是不行的，可是动动嘴皮子，耍耍笔杆子还勉强凑合。要是拿文采跟两位大团长相比，那可是‘小巫见大巫了’。”玉茹说着笑着，一边拿下船檐帽，一边整理着一头秀丽的头发，只见散落的秀发如瀑布一样，衬托着面容更加俏丽了。

“玉茹小姐既是才女也是美女，我算是今生有幸相识了。”站在晓梅背后的玉兰不由夸道。

“妹妹也是一等的才华与容貌，我岂敢与妹妹相比哦。‘赛贵妃’的美名并非浪得虚名哦！”玉茹调皮地开玩笑。

“姐姐真烦人！我已经不叫‘赛贵妃’了，好吗？”玉兰有点生气地说。

“玉茹小姐跟你开玩笑呢，好妹妹，不要生气了！”晓梅对玉兰安慰道。

“瞧！还真开不起玩笑了嘛！”玉茹看着玉兰，匆忙解释道。

“哪里？姐姐无心便是，妹妹不见怪的。”玉兰擦着通红的眼睛说。

“你瞧！真是三个女人一台戏嘛！”叶政委摊开双手笑呵呵地说。周围的人听了，也都笑了起来。

“哎哎哎，我要见大名鼎鼎的叶政委，你们不要拦我！”楼下的勤务兵正在阻挡要冲上楼来的几位操着陕西口音的青年。

“谁在下面吵吵？”李忠吼道。

“我们是陕西人，我们要拜见大名鼎鼎的叶政委。”一名长得虎头虎脑的陕西青年喊道。

“让他们上来！”叶政委挥了挥手说道。

几名陕西青年在勤务兵带领下来到了“思才阁”。

“你们下去警戒，这里有我们。”李忠回头对勤务兵说道。勤务兵看他和李贵全副武装着，放心地下去了。

“您就是大名鼎鼎的叶政委吗？我们可想拜见您了。”领头的一名青年说。

“是啊！我们都想拜见您这个大英雄。”其他几名青年也纷纷插嘴。

“好啊！热血青年杀鬼子，保家卫国立大志！好样的！”叶政委夸赞道，“哎，你们哪里人氏？”叶政委关切地问道。

“报告首长，我们是陕西人。”几名青年异口同声地说。

“好啊！陕西人，这不是杨虎城将军的家乡人吗？”叶政委高兴地说。

“是啊！我们正是。”青年们纷纷抢答道。

“杨虎城将军可是爱国将领，你们要向他学习啊！”

“这个自然，我们不会当狗汉奸的！”青年们慷慨激昂地说。

“好，这就有志气。我也是杨虎城将军的部下。”郭飞对青年们说。

“这位长官是？”领头的青年纳闷。

“这位就是大名鼎鼎的狙击手郭飞团长，曾经一人干过 41 个鬼子。”玉茹自豪地介绍。

“久仰，久仰，郭团长威名，真乃当今飞将军也。”另一位眉目清秀的青年说。

“我们在《新华日报》读过您的英雄事迹。”一位大学生模样的青年说。

“不瞒长官，我们五个是陕西省立第一师范学校学生。听说鬼子就要过黄河了，作为一名中国青年，我们还能安心读书吗？鬼子把炸弹都扔在了我们学校，我们亲爱的老师、同学倒在血泊中，这个仇，我们要报！我们要从军，要杀鬼子，不做亡国奴！”领头的青年慷慨激昂地说。

“好啊！抗日民团欢迎你们！你们都是中国的好青年，陕西人的好榜样！”叶政委高兴地说。

“这位郭团长也是你们陕西人，真给陕西人张脸！”玉茹调皮地说道。

“好啊！我们都是乡党！”五位青年一把搂住郭团长，“我们要向您这个大英雄学习！”

“郭团长公务繁忙，你们可以跟他学习！他是山东大汉，功夫不凡啊！”韩诚指着身边的李忠说，“他曾经一脚踹飞蒲州城鬼子宪兵队队长，一拳打得鬼子宪兵队队长吐血。他的功夫可不是吹的！”

“哦，这么厉害！我们试试！”几位陕西冷娃说着就走上前去，想用力扳倒红脸大汉。

李忠也放开了手脚，让他们五人扳，尽管五人用尽了力气，李忠站在原地仍然纹丝未动。

“我们服了，果然强将手下无弱兵！”五位青年纷纷说道，“我们以后就跟着这位大哥学功夫。不知这位大哥收徒弟吗？”

“好嘛！你们都是好底子，只要用心学，进步会很快的。”李忠乐呵呵地说。

“好啊！报告师父！我叫李强，陕西富平人。”“我叫张凯，陕西蒲城人。”“我叫陈飞，陕西澄城人。”“我叫王宏，陕西蓝田人。”“我叫周玉龙，陕西长安人。”五位青年纷纷报出姓名籍贯，纳头就拜。

“好啊！陕西冷娃，个个生龙活虎！我们双手欢迎！”叶政委高兴地伸出双臂，满脸兴奋的样子。

6

“俊如兄啊！听说中条山西线最近又曝出好消息了，真是振奋人心啊！”

“哪里，哪里，敬之兄啊！这都是委座的英明领导啊！我哪里敢贪天之功？”

“俊如兄啊！不瞒您说。老头子听到这个消息很不爽。最近很烦，特别在总统官邸召见雨农，训斥了一通。你是知道老头子心病的。你是他的爱将嘛！”

“老头子的心病，这个我知道。可是敬之兄啊！现在是国难当头、国破家亡的时刻，我们怎么还能有党争之分呢？”“上次秦一鸣之事，闹出了士兵哗变。郭飞一事还涉及孙司令千金。这个秦一鸣，怎么办事不长眼呢？你说这不是破坏抗战统一战线的政策吗？”

“老兄啊！秦一鸣是不折不扣地执行委座手谕，忠诚于党国的事业。郭飞和孙司令千金通共，这件事情能不追究吗？不过让人想不到的是他的手下团长陈明智竟敢犯上作乱，绑了秦师长，杀了他的表弟。这样的‘叛军’不仅没受到处罚，竟然还升了师长。你说这不是明摆着跟老头子对着干吗？”

“敬之兄啊！你这样说就不对了。难道张杨二人‘兵谏’老头子也是‘叛军’吗？他们不是从国家、民族的利益出发吗？你想想，不说郭飞，就是孙司令千金遭到杀害，他能放得下吗？秦一鸣这不是逼人上梁山吗？”“现在国家正处于危亡之际，也是用人之际，国共再度合作，‘西安事变’和平解决，张杨二位将军的部队也纷纷开赴前线，尤其是杨虎城将军的部队在孙司令率领下顽强地抵抗住了日军图谋渡过黄河、进入西北的野心。他们在中条山一带连续多次打退日军疯狂进攻，部队也付出了惨重的代价。这样血性的军队，不是我们国家、民族的铁柱子吗？这样的‘叛军’不都是从国家、民族的利益出发吗？不都是从维护抗日统一战线的大局出发吗？”“敬之兄，我看您多虑了。在老头子面前，我也敢这样说。再说倘若日军渡过黄河，攻破潼关，进入西安，恐怕整个西北不保；如果西北不保，西南还能守住吗？敬之兄，‘覆巢之下，安有完卵？’一切都要从国家、民族大局出发啊。”

“可是，你也要谨记委座手谕。‘防共、限共’是我们的第二条战线。你看你们西线闹的，现在共党领导的抗日民团声名鹊起，这把你卫司令的脸往哪里放呢？再说共党历来善于发动群众，动员群众，煽动性极强，闹不好，连你西线的部队都会赤化的！”

“敬之兄，这个你放心。我们孙司令部队有自己的信仰，他们忠诚于三民主义，效忠于党国。这个我是知道的。至于报纸上的新闻嘛，往往有夸大渲染的成分。我们西线的部队稳定得很呢！至于抗日民团在纷纷招兵，也是正常之举。他们毕竟付出了一定的牺牲，补充兵员，也在所难免。我们不也一样在招收新兵，补充兵员吗？战争时期，这些都是很正常的嘛！”

“可是，你也得考虑我们日后的处境，倘若共产党真正在抗战中坐大了，你我将来恐怕都没有安身之处！俊如兄要三思啊！”

“敬之兄所言也是啊！这些都是后话。眼下既要抗战，还要暗中‘防共、限共’，这个尺度真的不好拿捏！倘若压制他们，他们的力量会变小变弱，势如断去我们一臂；倘若放纵他们，他们可能又会逐渐坐大，成为我们的威胁。我真的也很头疼。我想，我们既要和他们竞争，还要合作，当下还是以对付共同的敌人为要务吧！”

“俊如兄，不过您也不要头疼，关于‘防共、限共’方面的工作，军情局已经有了安排，新任战区督察长即日赴任，老兄可要多多支持呦！”

“哦，新任战区督察长是哪位？”

“秦一鸣，秦师长。”

“哦，我的老部下。”

“不过人家现在属于军情局戴老板的人了，俊如兄可要慎重对待啊！”

“哦，那是自然，军情局，谁惹得起呢？”

“好，那我就放心了，老兄再见！”

“再见！”卫司令放下电话，心情忽然变得沉重起来。

十四　秦督察长

1

秦一鸣感觉自己终于扬眉吐气了，以前在中条山受到的耻辱可以被洗刷了。

这次前去中条山，与以往身份不同，相较于以前半明半暗的身份，这次可是上峰重新任命了。

“呵呵，毕竟是第一战区军情督察长，少将军衔，与之前相比，可谓‘百尺竿头，更进一步’了。这次担任督察长，就是要为党国效力，除去老头子心病，做好‘防共、限共’工作，控制共产党势力活动范围，遏制他们力量的发展。一切只要是有利于党国的事，就大胆去做，这可是上峰给予的权力。”

秦一鸣想到这，满脸僵硬的麻子脸松了松，他终于可以愉快地笑一笑。

秦一鸣因为自小发育不好，满脸的疙瘩，曾被伙伴们戏称“秦麻子”。可别小看这个“秦麻子”，自小打架斗狠，就是个心狠手辣的家伙。

也许是长相的缺陷，已使得他有些愤愤不平，再加上歧视性的绰号，更令他心里十分阴暗，仇视他人。现在，秦一鸣就要把这些仇恨施加在共产党人身上。

秦一鸣打仗的本事虽然一般，但是整人的手段还是蛮多的。第一战区对于这个新任军情督察长不能不格外重视。卫司令召开师一级干部会议，专门欢迎秦一鸣的到来。

对于战区军情督察长这个身份，大家虽然不感兴趣，但心里明白这些不痛不痒的人物，看似闲的无事的职务，往往就是寻事找碴儿的。大家心知肚明，但内心的不快又不能流露出来，于是面子上就对秦一鸣很是客气。

秦一鸣上山之后，做了一件事，就是在部队各级单位加强了政训，提拔了一些人担任政训官。

这些政训官平时的任务就是对部队官兵进行三民主义政治教育，以加强国民党对各级杂牌军的思想统治，同时这些政训官的另一个身份就是直接接受军情督察长的领导，成为军情督察处的骨干成员。

秦一鸣上山不久就很快建立了自己的网络体系。在这件事上，他为自己的成功感到有些得意。其实他的这点成功，要是没有上峰的支持，那还真算不上什么。

秦一鸣做好这些工作之后，谨记着戴老板的重要指示：一是着手解决抗日民团的事情；二是押解伊藤一行赴渝。

听说秦一鸣由昔日的“落水狗”摇身一变，成为戴老板身边的“红人”——第一战区军情督察长少将身份，有些人感到不爽，还有一些人感到一种隐隐的压力潜伏在暗处。

且不说中线和东线官兵感受如何？——反正这几处也有不少杂牌军。单就西线来说，这支被戴老板视为“叛军”的部队，大都是原杨虎城的部下。他们中无论是高级军官还是低级军官似乎都对这个“政训官”有些厌恶。

这支习惯了和共产党部队打交道的杂牌军很不习惯那些生硬的带有某种教化性的条条框框的约束，他们喜欢和热爱老百姓的共产党打成一片。他们乐于接受共产党军队的“兵民是胜利之本”的思想。因此这支部队也是出奇的坚挺，能够驻扎在西线牢牢地挡住鬼子前进的脚步，把鬼子死死地挡在黄河以东、中条山以北。

“秦一鸣这条狗又回来了，狗咬人的本性是改变不了的。”郭飞心事重重地说。

“谅他也不会把咱们，还有陈师长和孟团长怎么样吧？”玉茹担忧地问道。

“你是司令千金，他自然不敢把你怎么样！”郭飞宽慰玉茹道。

“可是，这条狗似乎还得到了上峰嘉奖，似乎更得势了！”玉茹调侃道。

“是啊！也许上峰需要这条狗吧！不然早就宰了。”郭飞开玩笑道，“在西线，没有人吃他那套。无论是孙司令还是赵军长，还有孔师长，陈师长就更不用说了。”

“这都让你全看对了，还担心什么呢？”玉茹微笑道。

“我估计秦一鸣还有其他任务，不然不会二返长安。”郭飞思虑道。

“会有什么任务呢？”玉茹天真地问道。

“这个现在还不清楚，我估计与你那篇报道有关。”

“啊！要真是这样，我岂不把叶政委和抗日民团害了？”

“这正是让人担心的地方，你想想，戴老板是干什么的人？就是老蒋身边的一条狗。上次害咱们通共事件未遂，现在又回来了，必定又是寻事找碴来了。不然他是不会平白无故来的。”

“那还不如给叶政委通个气，让他防备下。”玉茹担心地说道。

“‘是福不是祸，是祸躲不过。’我们还真不知这个秦一鸣‘葫芦里卖的什么药’？”

2

初秋的阳光像金子一样铺洒在美丽的蒲坂大地。

这块失而复得的土地，此刻在莺莺塔和中条山的呵护下显得温馨而平和。肥沃的黄河滩地，如绿色的地毯，正散发出一种成熟的气息。远远近近，高高低低，但见芦苇青青，白鹭高翔，莺儿欢歌，到处洋溢着秋的活力与生机。

这块美丽富饶的土地，大河滔滔，青山巍巍，水草丰茂，物产丰富。这里，曾经是中华文明发祥之地之一，也是古代华夏文明的政治、经济、文化中心。《帝王世纪》云“尧旧都在蒲，舜都蒲坂”。司马迁在《史记》中称这里为“天下之中”。

“美丽的黄河之滨，孕育了灿烂辉煌的古代文明；富饶秀丽的蒲坂大地，养育了一代又一代勤劳勇敢的人民；独特优越的地理位置，秦晋豫咽喉要冲之地，使得这里历来成为兵家必争之地。除却刚性的军事文化元素外，这里随处可见柔性的，温馨和谐的，包容大度的儒、道、佛文化遗址，更有那些彪炳史册的文学绝唱镌刻在历史的天空，那些令人敬仰的一个个风流儒雅的文化名人纷纷先后登上蒲州耀眼的历史舞台。

“这是一块不平凡的土地，曾经具有帝王气魄的历史之都。可现在，它也面临着一场严峻的历史考验。

“我们必须为历史负责，为中华民族负责，为我们的子孙后代负责。”沐浴着暖暖的秋阳，在美丽的黄河之滨，骑着枣红色的战马缓缓而行的郭飞正诗情洋溢地感慨。而此刻，与他并肩而行，骑着白色战马的恋人晓梅正静静地聆听，仿佛在聆听一位诗人深情的长吟。

“这是你美丽的家乡，也是我美丽的家乡。我爱你，更爱这块美丽的土地，我为生于斯长于斯的你而感到骄傲，也为这块土地的人民而感到骄傲。”

“我已经加入了中国共产党，你不会介意吧！”晓梅轻轻说道。此刻柔柔的秋阳，映得她娟秀的脸庞通红。她一手揽着缰绳，一手捋着被微微的秋风吹乱的头发。

“我不介意，我虽然是国民党党员，但更佩服你们共产党人那种为了民族，为了国家义无反顾、勇往直前的英雄气魄！”

“这都是被日本鬼子、土匪、国民党反动派逼的。我们想打鬼子，为死去的父母，死去的亲人，死去的乡人报仇！可是，国民党反动派让我们看不到希望，土匪更看不到任何希望，只有你们，你们这些陕军——杨虎城将军的部队，让我羡慕佩服。

“如今，全国都动员起来了，真要感谢共产党人的高瞻远瞩，尤其是党中央毛主席，他们从国家、民族大局出发，和平解决了‘西安事变’，促成了今日全国抗日民族统一战线的大好局面。如今，家乡重新回到了我们的怀抱，也真诚地感谢你们的部队，配合我们抗日民团，历次渡过难关。”

“不，不要说这些感谢的话。俗话说‘天下兴亡，匹夫有责’。更何况蒲州大地，仅与我们一水相隔，同饮一河水，同吃黄土粮，唇亡齿寒，同病相怜。作为黄河儿女，黄土地儿女，保家卫国，责无旁贷！作为军人，当守土有责，马革裹尸。”

“不，不要说死，我们要好好地活着！”晓梅下意识想用手挡住他的口，可是他的话已经说完。

“做军人，随时都有牺牲的可能！但这种牺牲是值得的！

“你我如今都是军人，说这样晦气的话，实在不应该，但这是事实。我们多少好战友、好战士都牺牲了！有的倒在自己同胞的枪下，有的倒在日本人的枪下。可如今，我看透了，倒在日本人的枪下总比倒在我们自己人的枪下值得！我打了多少次仗，从来都没有感到像如今这样杀敌痛快！

“我从前打仗，不是和这个军阀打，就是和那个军阀打，还跟共产党红军打过。可是，打来打去，争来争去，伤得都是国家、民族的元气。现在好了，和小鬼子打，感觉没有怨气，觉得值！”

“那要是以后打走了小鬼子，国民党跟共产党打起来怎么办？”晓梅捋了额前的一缕头发，突然担心地说道。

“这种可能性不是没有，小鬼子的能力毕竟有限。毛泽东的《论持久战》确实很好，里面涉及许多问题，比如敌我方面、国际环境方面等都分析得非常透彻，令我眼界大开。”

“如果真的赶走了小鬼子，国共又要争夺天下的时候，我一定会解甲归田，不再从军，愿意与你归隐田园，不知可以吗？”郭飞开玩笑道。

“那个时候，不一定由得你我。我是跟定共产党了，共产党是为老百姓打天下的，跟着共产党打天下值得！”晓梅坚决地说道。

“看来叶政委的政治工作做得不错啊！”

“不是，是他们让我们老百姓看到了希望，跟着他们干革命有盼头！”

“说到这一点上，我也佩服叶政委，你们共产党人真是高风亮节，胸怀大度，真的能够把老百姓调动起来，也真的是为老百姓办好事！如果国民党都是秦一鸣、薛半仙那样的小人、坏蛋，我一定也会像陈师长那样把他们捆起来。可惜，孙司令还是饶了他一条狗命。

“如今，他又回来了，摇身一变，成了第一战区军情督察长，少将军衔。”

“哦，秦一鸣这个小人又回山了，还升了官。”

“是的，他来了以后就在各级部队设立了政训处，专门进行三民主义政治教育。”

“学习共产党，加强军队的思想建设。”晓梅调侃道。

“是啊！这股风我估计与玉茹的那篇头条报道有关。你仔细琢磨琢磨这个标题，倘若让国民党里面的反共分子看到是什么滋味？”

“是啊！不仅是标题，内容好像也是说‘共产党率领的抗日民团坚持发动群众，动员群众，激发了广大民众的抗日热情’，直接为我们唱赞歌。这条消息，是好事也是坏事。不过现在是国共合作时期，这样的好消息也应该报道啊！”

“可是，国民党里面也有反动派。秦一鸣就是一个，上次找我们碴儿，搞砸了，不仅没倒霉，反而升官了。这不明摆着有人为他撑腰吗？”

“那秦一鸣还真是来者不善，善者不来了。”

“那你这次来蒲州，后面没有尾巴吧！”

“不怕，他的政训官都是我们的人，我们的人不会听他的。”

“那也说不定，秦一鸣只要封官许愿，完全可以收买几个死心塌地的。”

“这倒也是，毕竟‘画虎画皮难画骨，知人知面不知心’。我们也应该提防着。”

“秦一鸣表面是军情督察长，其实不过就是特务头子。”晓梅毫不客气地说。

“军情局嘛！受戴老板指使的！”

“这明显是监军来了，是对你们不放心，还是对我们不放心？”

“恐怕两者都有吧！”郭飞叹气道。

“要是这样，还真是让人不爽。”晓梅抱怨道。

“不怕，我们陕军都是这样的，逼急了，我们也会上梁山。反正我们在他们眼里也许就是所谓的‘叛军’，以前我们还跟他们中央军干过，那是杨虎城和张学良将军发动‘西安事变’抓住老蒋的时候。”

“瞧！你们是叛军，我们也是叛军，这不走到一起了吗？”晓梅高兴地笑道。

“说不定我们还真会成为一家人。”

“但愿如此！”两人说完，下马相拥而抱。

3

秦一鸣空降到中条山担任第一战区军情督察长之后，在重庆参谋部和军情局的支持下，很快建立了自己的督察体系。

作为督察，其实相当于朝廷派去的监军一样，不负责打仗，主要负责部队的政训工作以及“防共、限共”工作。政训上，目的主要在于统辖官兵思想，增强官兵对于三民主义的信仰和对党国的忠诚。“防共、限共”上，主要在于控制和防范共产党在官兵和群众中的发展和渗透，防止共产党势力坐大。

督察体系建立起来了，成员都是从东线、北线、东北线、西线抽调出来的政治上过得硬的干部。

为了调动他们的积极性，在级别上，督察处也提高了他们原来的待遇。这使得秦一鸣的权威倍增，政训处的干部们都感觉跟着秦一鸣干有了盼头。

秦一鸣坐稳后，感觉眼下即刻要做的事情就是如何对付抗日民团以及押解伊藤赴渝的事。为了集思广益，也为了发现和培养骨干核心人才，秦一鸣首先开了一个“诸葛亮”会，召开团级以上政训干部参加会议。

“在座各位都是党国精英，博闻多识，才干出众。现在我们就‘如何对付抗日民团以及押解伊藤赴渝一事’进行讨论，请各位发表个人看法，畅所欲言，拿出自己宝贵的意见来。”秦一鸣话音刚落，在座的政训干部们就纷纷议论，商讨办法。

“我认为，对付抗日民团不外乎消灭、分化、瓦解三个办法，押解伊藤一事要么和抗日民团进行协商，要么直接偷袭敌人。此外，再无他法。”

“哦！你叫什么？哪一部分的？”秦一鸣感兴趣地问道。

“报告长官，我叫胡庆森，系北线第五集团军第27军2师3团参谋。”

“很好，不愧是党国精英，你的意见不错。”秦一鸣赞赏地说道。

“对付共产党，要防止他们扩大影响和不断发展，我们还可以给他们限定活动区域，避免他们野心增大，也有利于维护我们之间的团结。在我们内部，要坚决限制我们的官兵和共产党军队的联系和来往。押解伊藤一事恐怕要卫司令出面和八路军总部协商为好。”

“好！你的意见也不错。你叫什么？哪一部分的？”秦一鸣赞赏地问道。

“报告长官，我叫张雷，系西线第四集团军秦1师1团参谋。”

“很好，上面两位党国精英都谈了他们宝贵的意见，这些意见都是非常可行的。”

“还有哪位党国精英谈下？比如东北线的。”秦一鸣继续问道。

“报告长官，对付共党直接就是一个‘消灭’，不要婆婆妈妈的。他们在太行山的势力越来越大，迟早都是国军的威胁。押解伊藤一事直接派一支部队去，要么交人，要么就地剿灭。”

“好！说得好！”秦一鸣拍掌喝彩道。“你叫什么？哪一部分的？”

“报告长官，我叫曾富贵，系东北线第十四集团军98军3师1团参谋。”

“还有哪些意见？大家畅所欲言嘛！”秦一鸣继续鼓励道。

“我们是不是还要组织一支特别行动队，便于对付共军和违法乱纪的干部。”

“这个主意好！你叫什么？哪一部分的？”

“报告长官，我叫赵博，系北线第五集团军12军1师2团参谋。”

后面陆续还有一些政训干部发言。

最后秦一鸣总结道：“今天的‘诸葛亮’会开得很成功。综合大家的意见，这些方案我们要稳妥施行，有些还需要重庆参谋部、军情局和第一战区卫司令的支持协助。只有这样，我们的工作才能顺利开展，很多工作才能落地生根。根据工作需要，我们需要成立督察组核心班子，上面胡庆森、张雷、曾富贵、赵博根据表现情况被吸收为班子核心成员。各位祝贺他们。”

秦一鸣说完，政训处的干部们纷纷为他们鼓掌。散会后，秦一鸣特别把胡庆森、张雷、曾富贵、赵博四人留下，让他们制定出具体实施计划，然后上报重庆参谋部、军情局和第一战区卫司令。

做完这些工作后，秦一鸣感觉自己的羽翼渐渐丰满，可以大展身手了。

十五　公祭

1

抗日民团收复蒲州城后，铲除了敌伪政权，建立了人民政权，在群众中广泛深入地开展宣传抗日民族统一战线政策，采取了以弘扬爱国主义精神、民族精神为核心，以纪念抗日英烈人物、宣传抗日先进人物，树立民族英雄榜样，教育唤醒中间群众团结起来，保家卫国、共同御侮的方式和以打击蜕化变质的民族败类——汉奸分子的手段，深得人心的举措，如同三月和煦的春风，唤醒了人们在日伪统治时期沉睡压抑的抗日热情，赢得了蒲州广大群众和爱国人士的大力支持。

“爹、娘、哥哥，乡亲们：叶政委、郭团长带着大家看望你们来了。”

韩诚、晓梅眼噙热泪，忍住内心的悲痛，跪在蒲州城北山公墓前，沉重地为在坚守在蒲州城中牺牲的父母和乡亲们祭奠，以寄托他们的哀思。

为了鼓舞人民群众的抗战士气，在本次公祭活动中，被俘虏的一些日伪人员包括伊藤、黄平、曾万头等人也被押到殉难的烈士们的公墓前。

他们个个五花大绑，头戴高帽子，上面写着“打倒日本帝国主义”“打倒汉奸卖国贼”的字样。只见他们一个个耷拉着脑袋，面无表情，双膝跪在乡亲们的公墓前作沉重的反思和忏悔。刚开始，伊藤还强硬反抗不下跪，被李忠在小腿上踩了一脚，这才勉强弯着腿跪了下去。

“集体默哀三分钟。”郭飞声音刚落，现场就一片肃静，人们低头不语，静静地为死难的亲人们、乡亲们致哀。

随后祭酒，献花圈仪式结束，叶政委代表抗日民团和西线官兵发表了讲话：

为国陨难的英烈们、乡亲们：

请允许我代表抗日民团和西线的广大官兵以及蒲州城的百姓向你们致以最崇高的敬礼。

时运不济，民族不幸，国家蒙难，蒲州遭殃。我们中华民族遇到了历史上最凶残的敌人——日本鬼子。他们像恶狼一样霸占我们的国土，践踏我们的河山，噬啮我们的人民。在我们的土地上，他们妄图实行奴化教育，妄想彻底征服我们。可是，休想！我们自古以来就是一个不屈的民族，英雄的民族。

英烈们、乡亲们，你们在蒲州城遭遇最危险的时候，勇敢地站起来，像猎人对付豺狼一样，用手中的猎枪和长矛，誓死捍卫我们民族的尊严，捍卫我们美丽的土地。你们，无愧于这块土地的养育，无愧于英雄民族的荣誉。

今天，我们已经收复美丽的蒲州，来告慰你们的英灵，你们安息吧！我们会沿着你们光荣的道路继续走下去，直到把日本鬼子赶出中国！

叶政委满怀悲痛地致完词，现场官兵就喊出“把日本鬼子彻底赶出中国！”的口号。

“听听，这就是我们人民的心声！”叶政委对双膝跪在地上忏悔的日本鬼子伊藤说道。

“下面由日本鬼子驻永济宪兵司令官伊藤雄文向死去的英烈们、乡亲们谢罪。”郭飞声音刚落，李忠和李贵就押着戴着高帽子的伊藤雄文面向群众。

伊藤雄文面无表情，一脸死灰状，用颤颤巍巍的声腔说道：“我代表大日本……皇……”“皇”字还没出口，就被李忠踢了一脚。

伊藤识相地换了词语：“我代表日本驻永济宪兵司令部向中国人民谢罪，向蒲州人民谢罪。”说完，面向群众深深地鞠了三躬。

“把汉奸走狗押上来，向乡亲们谢罪、忏悔！”郭飞说完，黄平、曾万头等汉奸走狗就戴着高帽子被赵虎几人押到群众面前。

“对不起乡亲们，我们错了，我们不该为虎作伥，替日本鬼子卖命，做对不起中国人的事情。”说完，这些汉奸们身不由己地跪了下来。

愤怒的群众喊道：“打倒日本帝国主义、打倒汉奸卖国贼。”

“处决他们，为死去的乡亲们报仇！”有人义愤填膺地喊，跟着就有不少人继续喊道。

“大家肃静，我说几句。”叶政委见状走上前去，面向群众说道，“亲爱的同胞们、战友们，你们的心情我很理解，我和你们一样，都十分痛恨残酷的日本鬼子和汉奸走狗们。痛恨是痛恨，但我们和日本鬼子不一样，对待俘虏，我们要遵守相关的规定和组织纪律。批判、教育、感化他们，是我们目前的基本原则；对于顽固不化，执迷不悟，不思悔改的特大罪恶分子，我们要交给人民审判，绝不轻饶他们！把他们押下去！”

叶政委一番有理有据的讲话，瞬间让愤怒的人群安静了下来。

2

公祭结束后，叶政委、郭飞、玉茹陪同韩诚、晓梅来到他们父母的坟前，为两位可敬的老人上香、烧纸、祭酒，以表示他们沉痛的哀思。

“你们共产党人做事就是不一样，每件事情都做得妥妥帖帖，让人信服，让人敬仰！”玉茹作为军报记者不由得赞叹道。

“是啊！岂不闻‘《左传》云：国之大事，在祀与戎。’”郭飞回应道。

“不仅仅是这样的，我们共产党人信奉兵民是胜利之本。兵就是民，民就是兵。你看看，这些多的抗日民团战士，他们哪一个不是来自老百姓？还有你们的士兵，他们哪一个不是来自老百姓？因此，只要善待老百姓，老百姓就会支持你，拥护你；相反，如果你欺负老百姓，老百姓就会远离你，反对你。对待俘虏也一样，他们也是人。是人，就可以教育和感化。对待他们，也要区别看待。该批判的就批判，该教育的就教育，该感化的就感化，该吸收的就吸收。要知道抗日战争是一场前所未有的艰苦战争，要经过长久的相持阶段，我们只有团结一切可以团结的力量，分化瓦解敌人的力量，从心理上征服他们，感化他们，才能动员他们也参与到结束这一场不正义的战争中来。”叶政委语气激昂，侃侃而谈。

“听君一席话，胜读十年书。”玉茹赞美道，“我要把你们的做法报道出去，让所有的人都能更好地了解你们，支持你们！让你们的做法发扬光大，成为所有抗战军队学习的典范。”

“感谢玉茹小姐对我们的支持！如果你愿意学习我们党的一切做法，我还可以给你准备一些毛泽东主席的文章。”叶政委大方地说道。

“那太好了，求之不得啊！”玉茹高兴地拍了拍手。

“我看你也快赤化了。”郭飞开玩笑说道。

“赤化就赤化呗，晓梅姐姐不也是共产党员吗？”玉茹试探地答道。

“只有共产党才能救中国！”晓梅若有所思地蹦出一句。

“只有共产党才能救中国！是吗？”玉茹好奇地问。

“是啊！当今中国，小日本豺狼当道，共产党人高风亮节，团结全国人民，走群众抗战路线。我从他们身上看到了未来中国的希望。”晓梅感慨道。

“要是这样，那我也想加入中国共产党。”玉茹试探地说。

“难道你不怕你的父亲反对吗？”叶政委开玩笑说道。

“父亲要是反对，早就不让我跟着郭团长参加你们的活动了。”玉茹辩解道。

“开个玩笑呗，我们知道孙司令和杨虎城将军一样，都是爱国将领，思想开明、进步，眼里容得下我们共产党人。”叶政委高兴地说。

“不仅是你父亲，就连卫司令也一样，也是我们八路军的朋友，他对我们的军队确实有很大支持。”叶政委继续说道。

“可惜，现在国民党当权者里面也有一些反动势力，他们一有机会就找碴，但是我们不怕，朋友来了有好酒，豺狼来了有猎枪。当前，谁维护抗日民族统一战线，谁就能赢得人心、民心。岂不闻‘得民心者得天下，失民心者失天下’。民心，就是王道。‘得道多助，失道寡助’，就是这个道理。”叶政委侃侃而谈。

“说得好啊！”玉茹再次情不自禁地拍了拍手。“要是我能把你的这些话，全都录下来那该有多好啊！”

“这些思想，都是跟着毛主席学习的，当然，其中也有自己的感悟。所谓‘运用之妙，在乎一心’。毛主席思想，也要活学活用嘛！”叶政委调侃道。

“跟着你们共产党人，真是大开眼界！”玉茹感慨道。

3

“到家里了，大家就不要客气嘛！随便转转，一会儿我们吃黄河黑乌鲤。”晓梅笑盈盈地对大家说。

“家里不错，真是气派，不愧是大家闺秀！”玉茹赞赏道。

“人家祖上是武举，曾任运城总兵，父亲虽然没有做官，但也是富甲一方，多年从事盐业生意。”郭飞解释道。

“哦！难怪门楼这么讲究，庭院这么宽阔。瞧这些房屋建筑古色古香，真是令人开眼，长见识啊！”玉茹抚摸着房屋门窗上的雕花，欣羡地赞叹。

“呵呵，有些人富甲一方，造福乡里，有些人为富不仁，为虎作伥。韩老先生与永济城的黄仁和相比，真是境界不同，天地之差啊！”叶政委风趣地说道。

“父亲没有苟活，他曾经拿出大量的资产造福乡里，比如修建蒲州城墙，庙宇祠堂，兴校办学等等，做了不少善事。”韩诚给大家补充道。

“是啊！韩老先生高风亮节，襟怀宽广，德高望重，的确令人敬仰！如今你们兄妹继承家风，拉起队伍，保家卫国，的确是蒲州人民的榜样啊！”叶政委夸赞道。

“好了！大家来吃鱼吧！正宗的黄河黑乌鲤，尝尝我们蒲州人的口味。”晓梅说着，玉兰已经端着一大盆鱼肉火锅，放在了摆满酒菜的桌子上。

“呀！真香啊！闻起来就特别香，更不要说品尝了。真让人垂涎欲滴啊！加上两位大美人，更是秀色可餐，让人大快朵颐。”

“瞧大记者说的，真是伶牙俐嘴，馋得我口水都要流出来了。”叶政委开玩笑道。

“好！大家都不要客气，赶快动筷子吧！不然，美味都要凉了。”韩诚愉快地招呼大家。

“玉兰，坐在我这边。”晓梅关心地说。玉兰于是挨着她坐了下来。

“这是我们家乡的特色，我和玉兰的手艺，正宗的蒲州味道！”晓梅给大家介绍道。

“蒲州的味道和我们家乡的味道一个味！都是黄河滩的味道！”郭飞边吃边说。

“毕竟同饮一河水嘛！文化是相通的。”玉茹笑着说。

“我建议大家共同举杯，为我们相聚美丽的黄河岸边，美丽的蒲州城，共同干杯！”郭飞站起来打趣地说道。

“好！良辰吉日，国共合作；佳人配英雄，共结秦晋之好！真是难得的幸福嘛！祝贺你们！”叶政委慷慨地举杯站起来，三位女士因为不善饮酒，难堪地举着酒杯，不能下咽。

“抿一点也可以，意思意思而已！”韩诚笑着劝道。这才见三个女人举着杯子，小口喝了一点，瞬间一个个就满脸绯红。

“好！大家多吃菜吃鱼！酒可以少喝点。”晓梅劝说道。

“晓梅姐手艺真不错，什么时候让我们吃你们的喜酒呢？”玉茹笑着说道。晓梅脸红了一下，像一朵彩云在飘。

“那就要看大团长了！”玉兰笑着看着郭飞。

郭飞脸一红，说道：“水到自然成，届时自然会通知大家的。”

“那就好，我们就等着这一天。可不要忘了我们大家呦！”叶政委举起酒杯风趣地说。

“忘不了！干杯！”郭飞慷慨地说道，三位男子汉于是一饮而尽，豪气满怀。

“听说叶政委是江西人，是吗？”玉茹感兴趣地问道。

“是啊！江西南昌人。”叶政委慢慢说道。

“南昌自古乃物华天宝，人杰地灵之地！”玉茹俏皮地赞道。

“‘物华天宝，人杰地灵’，这不就是赞美南昌的诗句吗？”玉兰赞道。

“是啊！唐朝才子王勃在《滕王阁序》写道‘物华天宝，龙光射牛斗之墟；人杰地灵，徐孺下陈蕃之榻’。”晓梅给大家补充道。

“呀！都是美女加才女，一出口就成章。”叶政委夸道，“你们蒲州也真出人才，据说王勃也是你们这里人。”

“是啊！离我们这里不远，河津人。”玉兰说道。

“听说杨贵妃是你们这里人？这个千真万确吗？”叶政委好奇地问道。

“这个千真万确！我小时候还去过她们村，离我们这里不远的。那里有贵妃故居，还有贵妃池，就是杨玉环小时候洗头的地方。”韩诚肯定地点点头说道。

“哦，还真有趣，不愧是人杰地灵啊！肯定有不少故事吧？”

“那自然，传说杨贵妃少女时头上忽然长了一个癞疮疤，找了不少郎中，就是看不好。看着女儿满头秀发不断脱落，父母很着急，担心女儿找不到好人家。听说普救寺的佛挺灵的，于是全家人到离家不远的寺里烧香求佛。

“一家人正在虔诚拜佛时，忽然，一位老婆婆走到贵妃跟前，悄声对她说：‘你在寺里的许愿池许一个愿，那个很灵验的，说不定就有想不到的收获。’杨贵妃感觉很奇怪，一抬头，谁知老婆婆就不见了。原来观音菩萨被她们一家人的虔诚所打动，就化作了老婆婆来为她指点迷津，化解痛苦。

“杨贵妃依老婆婆所言，面对许愿池许愿，结果晚上就有老婆婆托话：‘在家里后山坡打一个井，大约五米深就会冒水，然后用这里的水洗头，用不了十天便可痊愈。如果坚持洗头，秀发就会更加完美，如天上的云彩一样。’老婆婆说完就消失了。

“听完老婆婆的话，杨贵妃就把梦境告诉父母，父母也感觉非常神奇，于是依老婆婆之言打井，果然出现了井水。

“之后，杨贵妃用井里的水洗头，癞疮疤果然不到十天就痊愈了。再之后，她坚持用池里的水洗头，越洗越漂亮，满头秀发像云彩一样美丽。”

“哦，太神奇了，韩营长讲得太精彩了！是不是玉兰也是用贵妃池的水洗头的，难怪人称‘赛贵妃’呢？”玉茹“扑哧”一声笑着说道。玉兰不好意思地红着脸笑了。

“蒲州这个地方太美了，真是人杰地灵，人才辈出啊！假如没有战争，我也想在这里安一个家。”叶政委感慨道。

“不过，我感兴趣的倒是普救寺的许愿池，既然许愿池这么灵，我也真想到那里许一个愿：让小日本快点滚出中国去！”晓梅开心地说道。

“那倒也是，我想这个心愿恐怕是全中国人民的美好心愿！为了这个美好心愿，大家共同干杯！”郭飞意气风发地说。

“干杯！”六个人的杯子碰在一起，大家一饮而尽。

十六　内奸

1

“一二一……一二一……”

刚参加抗日民团的战士们一个个斗志昂扬，朝气蓬勃，在赵排长的口令下，他们正在训练队形。

他们有的是当地农民，有的是因战火无家可归的流民，有的是从西安来自愿参加抗战的学生，有的是被俘虏愿意参加抗日民团的伪军、伪警察……

“成分这么复杂的一支队伍，如何能够使他们迅速成长起来呢？”玉茹作为战地记者，对共产党领导的这一支抗日武装特别感兴趣。她边走边问陪同自己观看部队训练情况的叶政委。

“这个问题不是一两句就能够说清楚的，一个士兵的成长，要从多个方面来考虑：一是单兵作战的军事素质；一是团队作战的协调能力；再一个就是塑造士兵的灵魂，武装他们的头脑。”

“前两个我都明白，只是‘塑造士兵的灵魂，武装他们的头脑’这个我不大明白？能不能具体点？”玉茹好奇地进一步问道。

“这个倒很简单，就是要做好士兵的思想工作，用毛泽东思想来武装他们的头脑，让战士们心明眼亮，明白为谁打仗？如何打仗？”

“哦，毛泽东思想，我明白了。就《论持久战》来看，确实是高屋建瓴，不同凡响，令人茅塞顿开啊！”玉茹赞赏道。

“为了做好这方面的工作，我们还在班排建立党支部，吸收思想进步、文化素养好的优秀青年加入其中，以便于加强力量，形成核心战斗力，教育和影响其他战士。”叶政委耐心地讲道。

“哦，我明白了。共产党的队伍之所以能够打胜仗，主要是部队凝聚力强，战士们心齐。”

“对嘛！所谓的‘人心齐，泰山移’。目前，我们新加入的战士单兵素养确实不如国军、小鬼子，但我们都是以班、排为单位，广泛开展‘官教兵、兵教兵’活动。天天这样训练，就可以弥补我们的不足，让战士们很快成长起来。”

“杀，杀，杀！”旁边的赵排长正在训练来自西安的五名学生。只见他们站成一排，手持木枪，正在练习刺杀技术。

“好样的，赵排长身经百战，跟着他好好练！”叶政委对五名青年学生夸赞道。

“我们想跟赵排长过过招，不知可以吗？”来自陕西富平的李强开玩笑说道。

“好啊！你们五个可以一起来！”赵排长毫不迟疑地说。

“好！张凯、陈飞、王宏、玉龙，准备好了吗？”李强对他们四人说道。

“准备好了！”四人齐声说道。

听说赵排长跟五个新兵拼刺，周围的战士都纷纷停下了训练，围在一边观看。

叶政委和玉茹也情不自禁地鼓起了掌。在李强示意下，五个人迅速把赵排长围在中间，赵排长拿了一支木枪，站定后，观看动向。李强等五个人端着木枪神情专注，一个个跃跃欲试。

“大家一起上！杀！”五个陕西冷娃拿着木枪，喊着，突然一齐向赵排长刺去。

只见赵排长一个“旱地拔葱”，跳出圈外，五人一下子刺空，急忙转身，但已经来不及了。

赵排长已经转到李强身后，用力一脚，踹倒李强，李强摔了个仰面朝天。

张凯挥枪去刺，赵排长闪身躲过，一把抓住张凯的枪，用力一拉，张凯连人带枪踉跄倒地。

陈飞大喊一声：“看枪！”迎面就向赵排长刺来。

大家看得心惊：这些陕西冷娃，真把练习当成了战场。谁知赵排长敏捷如猿猴，向右一躲，陈飞的枪竟然刺到了从后面偷袭赵排长的王宏的身上，王宏大叫一声，倒在地上。

赵排长不给他们两个喘息的机会，用木枪把撞向陈飞后背，陈飞带着惯性被撞出两米开外。玉龙发出怒吼，直接挥枪扑向赵排长，赵排长挥枪打去，玉龙的枪被打落在地。

玉龙慌了，抓住了赵排长的木枪，只见赵排长用力一拉，又突然一放，玉龙被摔了个仰面朝天。

“好！好！赵排长威武！”周围的战士情不自禁地鼓起掌来。赵排长笑了笑，连忙和其他战士把五名陕西娃扶了起来。

“赵排长，没想到你用力这么大！手下都不留情啊！”李强捂着腰说道。

“是啊！赵排长把我们看成了敌人。”其他陕西娃也抱怨道。

“同志们，平时训练就要这样，把训练场当成战场，这样才能练出真本事！到了真正的战场，比这个更残酷呢！”叶政委兴奋地点评道。

“不过，陕西冷娃还真有杀气，他们出手又快又狠，在这么多人面前我总不能丢人嘛！”赵排长笑着说道。

“赵排长好身手，一身真本事！我们陕西娃服了。”李强笑着说。

“不，我们不服。我们再苦练几天，还要跟赵排长过过招！”张凯等四人说道。

“好，有血性，作为军人就要这样，就要有不服输的精神。大家休息下，接着再练！”叶政委对五人夸道。

“太精彩了，今天我可算是大饱眼福了。”玉茹高兴地赞道。

2

“不好了！摩云楼着火了！”有人喊道。

听到喊声，叶政委、玉茹以及正在训练的战士们都不由自主地向城楼望去，只见摩云楼浓烟滚滚，烟雾缭绕。

“怎么回事？”叶政委急忙问道。

“报告政委，情况不明。”正在组织新兵训练的赵排长急匆匆赶来答道。

“马上集合队伍，赶快救火！还有，加强对伊藤、黄平等日伪俘虏人员的警戒，防止有人趁火打劫。”叶政委迅速布置道。

“是！”赵排长急匆匆地吹着哨子，集合队伍向城内赶去。

是时，正在万固寺观摩交流的韩诚兄妹和郭飞的部队也看到了蒲州城摩云楼附近滚滚的浓烟，远望，如一道报警的狼烟。

“不好，家里出事了！”韩诚说道。

“我们赶快回去，必定出了大事！看起来火势不小！”晓梅焦急地说道。

“走，我们一起去看看。”郭飞说完，安排好部队，带了特务连与韩诚兄妹骑着战马风驰电掣地向蒲州城赶去。

原来着火的是摩云楼下面的两个仓库。仓库分别是战马草料和部队供需的粮食、棉被等战略物资。负责后勤的马副团长正率领城内战士扑火，大家挑水的挑水，端盆的端盆，一个个忙忙碌碌的。

“李忠、李贵在哪里？”叶政委最担心的是战俘伊藤等人。

“李忠和两名战士晕倒在地，昏迷不醒；李贵和战俘伊藤、黄平、曾万头不知去向。”跑得气喘吁吁的赵排长说道。

“赶快派医生抢救李忠和两名战士，迅速集合部队，做好战斗警戒。”叶政委迅速给部队下达了命令。

“韩营长回来了吗？”话音刚落，只听马蹄“嘚嘚”声，由远及近，韩诚兄妹和郭飞等人翻身下马。

“现在情况紧急，赶快分头寻找李贵和伊藤、黄平、曾万头四人。”叶政委命令道。

“李忠醒来了没有？难道李贵叛变了？”韩诚着急地问道。

“李忠和两位战士正在被抢救，还在昏迷之中；李贵情况不明。”赵排长说道。

“糟了，如果李贵叛变，摩云楼下面的秘密地道，他是为数不多的知情者之一。因为通过这条秘密地道，就可以轻松地去往蒲州城外北山，然后可以逃往临晋方向。”韩诚突然想到这一条便道。

为了保密，韩诚悄悄对着叶政委低语几声，然后和叶政委、晓梅、郭飞三人匆匆向摩云楼“怀德阁”赶去。其时的火已经被扑灭，烟雾已经淡去，空气中只留下一阵阵呛人的烟火味。

到了摩云楼“怀德阁”，韩诚急忙向地道口奔去，按下旁边一个小小的砖花，只见地砖转动，一会儿就出现了一条暗道。

“坏了，这条暗道有人刚刚通过。”韩诚查看暗道口留下的痕迹。

“可以证实李贵叛变了，而且还设法弄晕了李忠和两名战士。”晓梅迅速反应道。

“我们赶快追赶！”郭飞焦急地说。

“估计来不及了，他们早走远了。”韩诚无奈地说。

“我们上楼看看情况，对了，把望远镜拿来。”在外警戒的赵排长听到叶政委的命令后迅速拿来了望远镜。

四人上了“香绮阁”，向远处张望，果然发现几个人影，正骑着战马迅速向临晋方向赶。

“正是他们，你们看看！”叶政委说着递过望远镜，韩诚一看，只见清清晰晰的几个人，正是李贵、伊藤等五个人。

“怎么是五个人？”晓梅疑惑地问道。

“可能是在北山接应的，看来是事先预谋好的，里应外合的。”叶政委分析道。

“我们大意了，根本没有想到李贵会叛变。”韩诚气愤地说道。

“哎！人性是复杂的。俗话说‘画龙画虎难画骨，知人知面不知心’。正是说的这个道理。”叶政委感慨道。

“那我们怎么办呢？追是赶不上了。临晋方向有鬼子重兵把守。我们还是想想下一步该怎么办。”郭飞安慰道。

“是啊！事到如今，只能如此。我们只能赶快做好防备工作，估计鬼子会有行动的。”叶政委沉思道。

3

原来李贵喜欢喝酒赌钱，堂哥李忠多次劝说，稍有好转。但是，他这个人毕竟定力不够，稍不注意，还是禁不住酒香的诱惑，有时没事总爱跑醉天楼。

醉天楼本身就是大染缸，里面什么人都有，喝酒赌钱的，吸毒嫖娼的，说书唱曲的，从事间谍活动的，倒卖文物的等等，简直是一个花花世界，是一个可以让人变坏的地方。

像李贵本身就是有毛病的人，进入这个大染缸，一经诱惑，就更管不住自己了。

黄仁和派出的日伪特工人员进入蒲州后，就多方打听侦探，终于摸清了伊藤、黄平等人关押的地方。

他们开始想混入民团，但是感觉民团管理监控非常严格，害怕没有机会下手。当他们在醉天楼看到李贵常常在夜深人静一个人悄悄溜到醉天楼喝酒赌钱玩女人时，他们觉得机会来了。

一天晚上，这几个特工故意给李贵设了一个套。他们装作喜欢喝酒赌钱的恶少，叫了三个唱曲的，围在一起喝酒耍钱。他们暗中指使其中一个叫“小桃红”的引诱李贵。

这个“小桃红”长得水灵灵的，眼睛亮晶晶的，眉目一顾一盼的，如荡漾的秋波，水蛇腰走过来如摇风摆柳，惹人喜爱。当李贵上楼后，盯梢的特务就打暗号。

“吆，这位大哥，怎么一个人呢？”“小桃红”口里像含着蜜，边说边拉李贵的手。

李贵没有料到，只觉得眼前一亮，怎么天上忽然掉下个林妹妹。

瞧！这位林妹妹，绵软的小手，微笑迷人的眼睛，一闪一闪的，像秋水一样清澈，擦着脂粉红扑扑的脸蛋，仿佛熟透的蜜桃。说着，“小桃红”就把李贵的手往自己丰满的胸脯上放。

刹那间李贵的魂魄仿佛着了魔，不由自主地跟着“小桃红”进去了……

两人如仙如醉一番后，恶少们就登场了。“怎么办，李贵？两条路，要么乖乖听我们的话，给我们办事，事成之后赏五万大洋，让你和‘小桃红’快乐去；要么就交给抗日民团处置，这些照片，看你怎么活？”

李贵一看，他和“小桃红”云雨的照片，摆在眼前，还有什么说的，这如果让大哥知道了，非得枪毙他不可。李贵吓坏了，急忙向特务们求饶，答应听他们的话，给他们办事。

随后，李贵瞅准好时机，在韩诚兄妹去了万固寺观摩交流和叶政委陪同玉茹在城外观看新兵训练之际，把毒牛肉给李忠和两位战士吃，晕倒他们后，悄悄割断了伊藤、黄平、曾万头双手的绳索。

为了吸引楼上哨兵的注意力，李贵趁机在仓库放了一把大火。趁着人们匆忙救火的混乱时机，李贵带着伊藤、黄平、曾万头悄悄来到暗道口，找到机关后，就顺利出了蒲州城。

埋伏在城外的特务们看到浓烟后，就准备好了五匹战马，这才得以让他们成功逃往临晋县城方向。

当抗日民团战士们发现时，一切都晚了。

4

李忠和两位战士苏醒后，才明白李贵在牛肉里下了毒。

李忠气得满脸通红，像是红脸关公。他翻身起床，二话不说，提起盒子枪就走。

韩诚、晓梅闻讯，匆匆赶来，拦住李忠，劝他不要意气用事，既然事情已经发生，无可挽回，只能以后商量对策。

“哎！家门不幸，出了这么一个败类，给大家添麻烦了。”李忠跺着脚说，“你们不要拦我，我想方设法都要把这个祸害除掉。”说完，李忠推开韩诚，提枪就走。

这时，叶政委走了过来，了解情况后，拦住李忠道：“‘君子报仇，十年不晚。’何况现在情况不明，万一路上有埋伏怎么办？岂不是白白前去送死？”

“有道理。”韩诚说道，“这次李贵叛变，是预谋已久的，鬼子肯定是有备而来，不会轻易脱手的。”

听到他们两人劝解，李忠怒气才有些消解，说道：“便宜伊藤和这个祸害了！”

“‘留得青山在，不怕没柴烧。’这些汉奸败类迟早会受到人民的审判的。”叶政委宽慰道。

“伊藤这次回去，肯定会有报复的。我们要准备打仗。”叶政委对大家说道。

“好！我们听政委的。”大家回应道。

伊藤等五人逃到临晋后，临晋司令官宫崎急忙拜见，为伊藤接风洗尘。

“将军阁下受惊了，一路辛苦！”宫崎寒暄道。

“惭愧，这是皇军的耻辱！是我们伊藤家族的耻辱！”伊藤雄文怒气冲冲地自责道。

“将军不必自责，胜败乃兵家常事嘛！”宫崎宽慰道。

“这是上天不灭大日本皇军，是太阳神对大日本皇军的护佑。”黄平谄媚道。

“我们要出这口恶气，为伊藤将军雪耻！”曾万头添油加醋地说道。

“对，消灭抗日民团与陕军，为将军报仇！”宫崎恶狠狠地说。

“收复蒲州、永济、万固寺，我们要好好计划，从长计议。”伊藤沉静地说。

“一切听从将军安排。”宫崎答道。

伊藤回到临晋的消息就像长了翅膀一样飞到了运城鬼子司令部，村野和黄仁和听到喜讯后都兴高采烈，兴奋不已。

“这次大功告成，多亏黄会长主意高明！我们总算完成任务了。”村野兴奋地对黄仁和说道。

“不客气，这是皇军的福气。我就知道这件事情一定会大功告成！”黄仁和摆出一副未卜先知的神态。

“哦，难道黄会长能未卜先知？”村野歪着头，扶了扶眼镜，看着黄仁和。

黄仁和“呵呵”一笑，就把自己抽签打卦的事情给村野讲了一遍。

村野“哈哈”大笑道：“还有这等奇事？”

“我们古人讲‘心诚则灵嘛！’”黄仁和解释道。

十七　反顽

1

伊藤逃亡的消息也很快传到了秦一鸣耳朵里。秦一鸣大怒："这怎么给重庆交代？总得有个说法吧。"

曾富贵道："只有抓了抗日民团叶政委，军法从事，也许才能给重庆交差。"

"有道理，如果不让抗日民团担负责任，恐怕说不过去。"赵博补充道。

"你们二位意见？"秦一鸣看着胡庆森和张雷问道。

"本来他们就属于我们国军作战系列，放走伊藤，罪有应得，给他们戴一个消极抗日的帽子也不为过。"胡庆森阴阳怪气地说道。

"我们直接去抓人，会不会引起他们兵变呢？"张雷担心地说。

"呵呵！兵变，正好嘛！我们干脆直接就地剿灭他们，一群'共匪'。"曾富贵强硬地说道。

"好，此事就让曾团副和赵队长处理吧，带上别动队，和他们理论理论。”秦一鸣下令道。

“是！保证完成任务。”曾富贵和赵博立正敬礼齐声说道。

“曾兄，听说共党也不是好惹的，万一他们和咱们开起火来，怎么办？”赵博顾虑重重地说道。

“难道赵队长害怕了？”曾富贵反问道。

“怕什么？我是为弟兄们负责。万一出力不讨好怎么办？”赵博解释道。

“这个不用担心，几个土八路，有什么值得大惊小怪的？”曾富贵自信地说。

“那就好，只要曾兄敢于出头，我就放心了。”赵博故意把曾富贵推在前面。

“赵队放心，我们前去，我去打头阵。”曾富贵毫不示弱道。

“曾兄快人快语，做事干脆，我们一起去。”赵博助威道。

“好，一言为定！今天计划好，明日即可启程。”曾富贵高兴地说。

2

第二天，天蒙蒙亮，赵博和曾富贵就带领新组建的别动队出发了。

别看这支别动队仅仅 60 多人，但人员都是精挑细选的，无论服装还是武器配备都要好于其他部队，其配置相当于国民党宪兵部队。

“我们可是第一次执行命令，而且是先拿共军开刀。我们务必首战告捷，这样才能树立我们别动队的威风。”赵博骑在马上洋洋得意地对曾富贵说道。

“赵队放心，秦督察之所以让你我率队出动，是对我们的绝对信任。我们首次办事，不能不‘露一手’。”曾富贵奸笑道。

“也是，这次曾团副最好扮黑脸，我扮红脸。咱们一唱一和，想办法把事情办好，而不能办砸了。否则，秦督察那边不好交代。”

“这个自然，到时候我会有安排的。”曾富贵自信地说。

“驾！我们加快进城。”赵博把鞭子一挥，战马就飞跑起来。

“后面跟上！”曾富贵喊了一声，也赶了一鞭子。后面的马队自然也紧紧跟着，像一阵旋风风驰电掣向蒲州赶去。

大约半个时辰，别动队就赶到了蒲州城门口。

“什么人？站住！”持枪的四名民团哨兵吆喝道。他们把别动队拦在了城门口。

因为李贵叛变，伊藤、黄平等人逃跑，蒲州城加强了巡逻警戒。城墙上有不少机枪对准了城下的别动队。

“我们是国军中央特别行动队，负责督察军务，叫你们的叶长官说话。”曾富贵喊道。

听到城下陌生军官喊“叫你们的叶长官说话”，正在城楼上值班的赵排长纳闷：“这是什么人？来者来意，为何叫叶政委说话呢？”

他喊来李忠，低声耳语道：“看来来者不善，你先带人下去应付，我去报告韩营长、叶政委。”

“好的！”李忠带了一个班战士匆匆下了城楼。

“来者何人？”李忠挥了挥手中的驳壳枪说道。

“我们是国军中央特别行动队，你是聋子？没听见吗？”曾富贵骂骂咧咧喊道，脖子还歪了歪，表现出一种极不耐烦的样子。

“我就是聋子，没听见，咋了？”李忠本来这两天就为李贵叛变一事生气，再加上恰好曾富贵找碴儿，李忠就没好气地故意顶道。

“呦，你是什么人？这么大的脾气，就是你们叶长官见了我也不敢跟我这样说话？真是皮松了，欠揍！”曾富贵看着这群穿着破破旧旧衣服的土八路，打眼就瞧不起。

“恁娘嘞个撅，我不把你皮揭了！”李忠本来一直心里不爽，这下终于有了出气口，骂出了山东人骂人的难听话。

曾富贵虽然听不懂“恁娘嘞个撅”，但“我不把你皮揭了”还是听明白了。看着李忠魁梧彪悍凶猛的样子，曾富贵就想今天抗上硬茬子了。他本来就仇视共产党军队，今天一看还来了个不懂事的家伙，这不是找死吗？

“弟兄们，展开队形，拉家伙！”只听见别动队发出“哗啦、哗啦、哗啦”枪械碰撞的声音。

别动队 60 多人迅速散开，排成两排，冲锋枪枪口全部对准了民团战士。

“恁娘嘞个撅，楼上机枪准备！”只听见楼上发出“哗啦、哗啦、哗啦”机枪弹匣子的声音。

“吆，这是真要打啊！”曾富贵用枪顶了一下帽子，“谁怕谁啊！”

“瞧这阵势！这不是把刀架在脖子上了吗？这样下去不就把事情办砸了吗？”赵队心里想，急忙就对曾富贵说道，“好了！你的黑脸就扮到这儿，现在让我扮红脸了。”

曾富贵不服气地扭了扭脖子：“哼，便宜他们了！”

“你娃还嘴硬！恁娘嘞个撅，欠揍！”李忠本来就想找人出气，恰好碰见曾富贵这个黄狗，就生气地说道。

“不服气就比试比试！”曾富贵实在想给抗日民团一个下马威，说完翻身下马，把枪扔给赵博。赵博一看，这真是刀剑出鞘，收不回来了。

“好样的，痛快！”李忠说完，也把枪扔给身边的战士。说着，就脱去上衣，要和曾富贵比试比试。曾富贵一看，也脱去上衣，走上前去。

“都把枪放下，让他们比试比试！”忽然一声如洪钟大吕，灌入双方耳中。

3

原来是叶政委和韩营长、赵排长几个人在大队人马簇拥下过来了。

赵博听到后，也喊了声：“把枪统统放下。”“哗啦啦”别动队的队员也都放下了冲锋枪。

“过招吧，爷爷岂能怕你？”李忠羞辱曾富贵道。

“呸！你是什么东西？叫你爷爷，不过是个红脸鬼而已！”曾富贵更没好言语。

曾富贵练过拳脚，作为团参谋还有些功夫，曾经在军队格斗擒拿比赛中获得过冠军，因此，像李忠这样农民模样出身的人更不怕。

曾富贵挥拳动脚拉开了架势，李忠稍微活动了几下拳脚，根本就没把曾富贵放在眼里。

旁边双方观看的士兵喊了起来：“加油！曾长官！”

“加油！李班长！”

“师父，加油！”几个陕西冷娃看见了，也在鼓劲助威。

“告诉你，我这几天正在气头上，不要怪我出手重了！”李忠瞪着眼向曾富贵说道。

“谁怕你，告诉你，我也正在找事呢！不要惹我下手狠了！”曾富贵回击道。

“好！来吧！”李忠握着的拳头“咯吱吱”响。

“呀嘿！”只听见晴空一声霹雳，好像狮子发怒，猛虎下山，蛟龙出海一样，李忠大喝一声，地动山摇，吓得周围人不由自主地打了一个寒颤。

忽然只见空中一个红脸大汉，甩着美髯胡须，双腿并起，铁拳提起，猛然间向曾富贵头上砸去。

曾富贵吓得“妈呀！”赶紧向回就跑。

“哪里走？”李忠像老鹰抓小鸡一样，一下子把曾富贵提到空中。

曾富贵双腿扑腾，大喊：“关爷爷饶命！”

“再敢要威风吗？”

“不敢了！”

“再敢干坏事吗？”

“不敢了！”

“再敢逞能吗？”

“不敢了！”

李忠把曾富贵举到空中，吓得其他人都喊：“关爷手下留情！”

“只要不干坏事，我就饶你一条狗命，从此好好做人吧！”

“是，关爷爷！小的知罪了。”

“扑通”一声，李忠把曾富贵轻轻丢在一边，曾富贵慌忙穿了衣服跑了。

赵博喊道：“曾团副，哪里去？”

只见曾富贵像疯了一样只是傻跑：“我不干坏事了，我不干坏事了！”周围人惊得莫名其妙。

忽然，“哗啦啦、哗啦啦……”双方士兵热烈的掌声像潮水一样奔来。

赵博揉了揉眼睛，奇怪！刚才明显看的是关公显灵了，怎么这会儿看的是李忠呢？

叶政委和韩营长也在纳闷，刚才看得是关公，怎么这刻是李忠呢？

双方的士兵也在纳闷？关爷爷是不是魂附李忠了，这会儿怎么看见的是眼前的李忠呢？

李忠也奇怪了，怎么发怒起来不像自己了呢？奇怪怎么那么大的力气，把人提在空中团团转呢？

4

曾富贵疯了，是被关公显灵吓疯的。

赵博一看，两军还未交战，先折一员大将，真是出师不利，还是快撤为妙。

“你们别动队前来蒲州城，有何贵干？”韩营长向赵博喊道。

赵博此时心中已经没了底气，只好搪塞一句“后会有期”，命令别动队追赶曾富贵去了。

“哗啦啦”一阵马蹄声后，蒲州城门口腾起一股烟尘。

“别动队今日前来，有何贵干？”叶政委狐疑地问道。

“只听那个疯癫的头说他们是国军中央特别行动队，负责督察军务，要见叶长官，和我杠上后也就撤了，不知道有何目的。我看来者不善，善者不来，尤其是这些什么别动队的！”李忠向叶政委报告道。

“李大哥说得有道理，听郭团长说秦一鸣回山了，还晋升了少将，成了第一战区军情督察长。他来了以后，就在各级部队成立了政训处，专门进行三民主义政治教育。别动队就是他直接建立起来的，归他指挥。”晓梅给叶政委解释道。

“哦，我明白了，恐怕是孙小姐那篇‘蒲赵大捷’报道引起的吧！我们和国民党反动派打交道多年，知道他们的心病。”叶政委沉静地说道。

“秦一鸣是个小人，积极反共的家伙。今天别动队那个挑事的官也不是好东西。”晓梅继续说道。

“不怕的，‘兵来将挡，水来土掩。’‘朋友来了有好酒，豺狼来了有猎枪。’我们又不是没和他们打过交道。他们敢动我们，我们就不要客气。一报还一报，一物降一物。”叶政委坚决地说道。

“好！”众人齐说道。

“看来李班长今天为我们出了口气，打出了我们的威风。”叶政委对李忠夸赞道。

“给大家惹麻烦了，还望大家见谅！”李忠双手抱拳低着头说。

“李大哥不必客气，今天确实威风，真如关云长在世。”晓梅赞赏道。

“过奖，过奖，真是惭愧！”李忠不断地客气道。

赵博撤回后，和别动队带着疯疯癫癫的曾富贵回到了营部。秦一鸣一看，问道：“这是怎么回事？”

“我不干坏事了，我不干坏事了！”只见曾富贵手舞足蹈地不断念叨着。

赵博就当着众人面述说了自己和别动队战士看到关公显灵的神奇场面。

“荒唐，真是荒唐，这个世界上哪有鬼魂显灵一说，不过是自己的幻觉吧！”胡庆森当即反驳道。

“是啊！我也没有听说过这个荒唐事。”张雷添了句。

“既然没有这档事，那赵队难道和别动队员们说谎了？”秦一鸣反问道。

“是关公显灵了，是关公显灵了。我亲眼看见的，我不干坏事了。”曾富贵忽然插嘴道，说着说着比画起来。

“把他带下去，让军医好好瞧瞧！”秦一鸣喝道，门口两名卫兵听到后，进门把曾富贵架走。

曾富贵只是不断地喊着：“我没病，我没病！”

“奶奶的，全是怂包、饭桶，人没押来，反而把自己弄成这样了。”秦一鸣气愤地骂道。赵博低着头，吓得脸一阵青一阵白。

“报告督察长，我们俩愿意前去，一定完成任务。”胡庆森和张雷立正敬礼，打破尴尬场面慷慨说道。

“好啊！他们两个不行。这次就看你们的了。”秦一鸣转怒为喜，拍着胡庆森和张雷的肩膀说道。

“卑职一定完成使命，不负长官栽培！”胡庆森和张雷自信地说道。

“好，我敬二位一杯，坐等你们的好消息！”秦一鸣端起了两杯酒，递给胡、张二人，然后端了一杯酒，三人碰杯一饮而尽。

5

“哗啦啦！”只听一阵马蹄“嘚、嘚、嘚”的声音，胡庆森和张雷又带着别动队出发了。当他们能看清蒲州城门时，他们打马站住了。

“此次前去，胡兄有何高招？”一向谨慎的张雷问道。

“张兄有何高见？我倒想听听你的意见。”胡庆森狡猾地反问。

“依我之见，我们还是尊重友军，好好说下，探探虚实。”

“怎么好好说？他们会听你说的，乖乖跟你走吗？这岂不是多此一举？”

“那胡兄怎么做？”

“你瞧瞧我们的装备，那是烧火棍吗？直接冲进去，要是阻挡，格杀勿论！”

“胡兄还是会议上的主意，搞突然袭击吗？”

“是的！谅他们也不敢开枪！”胡庆森高傲地说道。

“为了保全万一，我建议让我带一部分人马留在城外接应。要冲，胡兄先带一部分人冲。”

“胆小鬼！为了党国利益，我就是粉身碎骨也不怕了。”胡庆森鄙夷地斜看了张雷一眼。

“好，我们一言为定。”

“弟兄们，前面就是蒲州城，是共党的巢穴，我们直接冲进去，抓了为首的；倘若要是有人阻拦，就直接开火！子弹上膛！”胡庆森挥舞着冲锋枪喊道，“第一分队跟我冲，第二分队随张参谋在此警戒！”

“好！”士兵们应道。

“冲！”胡庆森一声令下，第一分队人马“呼啦啦”就跟着他冲了上去。

“什么人？站住，再不站住就开枪了。”看到狂奔的马队，哨兵们急忙吼道。

“哒哒哒……哒哒哒……哒哒哒……”胡庆森打出了一梭子，后面的别动队也开枪了，来不及防备的四名哨兵当即倒在血泊中。

“不好，有人开枪了，敌人冲进来了！”蒲州城上的哨兵们喊道，随即城楼上的机枪也“哒哒哒……哒哒哒……哒哒哒……”响了起来。

“冲向摩云楼，抓住匪首！”胡庆森喊道，一边向战士们扫射，一边带领装备精良的马队迅速冲向了摩云楼广场。

到了广场，他们见兵就杀，冲锋枪横扫过去，毫不手软。广场上训练的民团战士猝不及防，有些纷纷倒地，有些拿起枪奋勇还击。

此时叶政委正和干部们在“怀德阁”开会，商议今后对策，听到枪声后，他们迅速拔出手枪，冲出“怀德阁”，边隐蔽边向楼下还击。

“弟兄们，跟我冲向楼上！抓住匪首！”胡庆森一边跳下战马，一边指挥。其他纷纷跳下战马的别动队员也迅速向摩云楼楼口冲去。

“韩营长、赵排长，组织火力，必须彻底消灭这股顽敌！”叶政委坚决地下达命令道。

“是！同志们，给我打！狠狠地打！”韩营长边说边和城楼上冲过来的战士们迅速冲向楼口。

城楼上的机枪、步枪、手枪很快组成了一道密集的火力网，打得别动队员纷纷倒地。

“缴枪不杀！缴枪不杀！”胡庆森和剩下的几名别动队队员抬起头来，只见城楼上密密麻麻的枪口对准了自己。

偷袭失败的胡庆森和其他几名别动队队员只好无奈地举起了双手。

6

秦一鸣上山后，首次出击反共就连折两员大将——一个吓疯了，一个被俘虏了，而且这两名都是自己非常欣赏的反共急先锋。

听到张雷的汇报，秦一鸣坐卧不安，寝食难安，这下怎么办？对自己的工作，重庆方面不可谓不全心全力地支持，凡是要求的都得到了满足。可自己呢？到现在两个使命一个都没有实现。伊藤跑了，抗日民团不仅没有被消灭瓦解，反而气焰更嚣张了。这怎么向戴老板交代呢？

秦一鸣愁啊！一个人喝闷酒，喝完闷酒又砸东西。赵博和张雷看在眼里，也急在心上。

张雷劝慰道："秦督察不必焦急，我们还有对策。"

"还有什么对策？快讲！"秦一鸣不耐烦地说道。

"我们可以这样给卫司令汇报，就说抗日民团听说重庆要押解伊藤等被俘人员，就接受了日军的好处，有意放走了伊藤、黄平等被俘人员。我们别动队前去质问缘由，反而被他们的部队打死打伤 30 多人。两名军官一名得了疯病，一名被俘虏。"

"这个办法很好，不仅可以给他们戴上通敌投日的帽子，还可以给他们戴上犯上作乱的帽子。这两个罪名应该完全可以把他们打倒解散，然后消灭瓦解，最终达到我们的目的。"赵博对张雷的妙计赞赏道。

"嗯，确实不错。现在伊藤是抓不住了，押解伊藤一事是不可能了。但把这个责任推给抗日民团，然后借此打击他们，也达到了我们的最终目的，确实好计。"秦一鸣眉头一展，忽然喜笑颜开。

"但是，卫司令那边不知是什么态度？"赵博疑惑道。

"卫司令态度，难道他不会主持公道吗？"张雷反问道。

"这个很难说，当今毕竟是国共合作之时，维护抗日民族统一战线是主流，我恐怕卫司令会有自己的难处的。"赵博担忧地说。

“是啊！赵队所言不无道理。从卫司令目前和八路军密切合作的态势看，我们的一面之词他未必会全信。”秦一鸣顾虑重重地说。

“那我们可以让重庆方面压一压。”张雷建议道。

“这个完全可以，我想重庆方面的，他不会不听的。”赵博高兴地说，好像看到一盘死棋下活了。

“眼下只有这样了，我只能和卫司令谈谈这个问题，实在不行，就要重庆方面施压。”秦一鸣无奈地说道。

“多谢二位相助，事成之后，我给二位请功。”秦一鸣再不像开始一副意洋洋的样子，通过这两件倒霉事，变得对他们客气起来。

“秦督察不必客气，我们只是尽责而已。”张雷、赵博客气道。

“哎！别动队损失的力量随后我要补上，二位辛苦了。”

“不客气，秦督察多多保重！”说完，张、赵两人离开秦一鸣办公室。

7

“俊如兄，现在西线共军的抗日民团简直要反了，他们听说中央别动队要押解伊藤等人犯，竟然私下与日军交易，放了伊藤等人犯，还打死打伤别动队 30 多人，两名军官一名被吓疯，一名被俘虏。现在不给些颜色，将来怎么能收拾得了呢？”秦一鸣恶人先告状，委屈地说道。

“哦，竟然有这样的事情？我先问问孙司令，让他调查调查，西线抗日民团毕竟属于他的作战系列。”卫司令道。

“好的，一鸣静听佳音。”秦一鸣说完告退。

当秦一鸣再次找到卫司令时，卫司令拿出西线提供的详细材料让秦一鸣看，秦一鸣不看也罢，看了之后羞愧难当。

原来是被俘军官胡庆森的详细供状，供状上把他们前后如何策划，如何实施阴谋诡计写得一清二楚。这就是铁证！材料里面还有他们冲进蒲州城打死打伤抗日民团的照片。在铁的事实面前，秦一鸣不得不低下了头。

为了教育秦一鸣，卫司令开诚布公地对他说道："一鸣兄，你我都是党国信任的人，受党国栽培，委以重任，担任要职，应当为党国效劳，为党国分忧。

"当前，我们共同的敌人是日本鬼子，而不是共产党军队。现在是国共携手合作时期，如此搞破坏可是冒天下之大不韪啊！倘若舆论出去，这在政治上对我们可不是一件好事。破坏抗战，你我能担得起这个责任吗？难道要给老头子脸上抹黑吗？

"一鸣兄，你好好掂量掂量。凡事要顾全大局，不要为小事情而输了民心啊！我曾告诫第一战区所有官兵，必须遵守抗日民族统一战线政策，谁搞破坏，谁负责！况且共产党军队也不是好惹的，我们跟他们较量多年不是不知道的。"

秦一鸣不服气地点点头，因为这一次阴谋诡计又完全破产了。

8

原来就在胡庆森举手投降之际，愤怒的民团战士要处决他们。

叶政委急忙拦住，说道："同志们，不要着急，枪毙他们几个容易，可是寻找活口很难。这件事情不是这么简单，有人要破坏抗日民族统一战线政策，我们不能背锅，被人栽赃、陷害。我们必须要他们的罪证，让他们交代清事情原委。"

听了叶政委的话，愤怒的战士们才平静下来。

“既然事情不是那么简单，那么我们倒不如把郭团长和玉茹请来，请他们对此事做个见证。”晓梅望着叶政委瘦削的脸庞说道。

“是个好办法，先不要打扫战场，让郭团长和大记者见证下事情真相。”叶政委愤怒地说。

“好！我们前去办理。”说罢，晓梅和哥哥翻身上马，冲出城外。

郭飞和玉茹在万固寺营地忽然听到蒲州城一片枪声，就急忙骑了战马带了特务连向蒲州城赶来。

恰好，在半路遇到韩诚兄妹，晓梅说：“正好我们要请你们俩前来，你们恰好来了，真是‘及时雨’啊！”

玉茹笑着说：“心有灵犀一点通，说的就是你们吧！”

晓梅绯红着脸，说道：“都什么时候，还开玩笑？”

到了蒲州城后，玉茹拿着相机从城门口拍到广场，一路所见，惨不忍睹。

郭飞气得直骂：“秦一鸣这个狗杂种，向来干不出什么好事！打鬼子不行，对自己人开枪本事倒是不小。”

“秦一鸣恐怕也是执行上峰命令，没有上峰命令，恐怕他是没有这个胆量的！”玉茹边拍边回应。

“我们要揭露重庆的‘两面派’手段，请大记者拍下这些罪证。”晓梅看着倒下的民团战士伤心地说。

胡庆森和别动队几个成员被俘虏投降的样子也被拍了下来。胡庆森五花大绑，被押到了审讯室。叶政委、韩诚、晓梅、郭飞、玉茹都坐在他的对面。

“说，老实交代，是谁指派你们来的？为什么要对民团战士开枪？”赵排长威严地询问道。

开始胡庆森还歪头站着一言不发。

李忠见了，气得骂道：“狗贼，打死打伤我抗日战士几十人难道还有理了？跪下！”说完在胡庆森小腿上踩了一脚，胡庆森不由得腿一弯，跪了下去。

“说，我们抗日民团优待俘虏，只要好好配合，主动交代问题，我们就宽大处理。”叶政委严肃地说道。

“堂堂的国军上校参谋，既然敢做，有何不敢说的？”郭飞剑眉倒竖，义正词严地说。

玉茹拿着相机，不停地在胡庆森脸上拍，边拍边说：“你不说，自有人会说的；我要把你的所作所为全部交给军部，看看谁是杀害抗日民团英雄的汉奸走狗。”

“告诉你，我父亲最痛恨汉奸走狗，谁杀害抗日英雄，谁就是小鬼子的走狗！”玉茹进一步威严地说。

“这不仅仅是帮日本鬼子做事，更是在挑战抗日民族统一战线政策。谁是谁非，照片发出去自然真相就大白了。”叶政委冷言道。

“我说，我说，这些都是我的错。与上峰毫无关系，是我一时糊涂，受小人挑拨，犯了纪律，破坏了抗日民族统一战线政策。为死去的兄弟和抗日民团战士，我表示悔过。我希望你们宽大处理。”胡庆森在事实面前不得不低下了高傲的头。

“拿笔来，让他详细交代，然后签字画押。”叶政委说完。赵排长就递给胡庆森纸和笔。

这样，一场由胡庆森策划的袭击抗日民团的事件罪证材料就被完全掌握了。有了这些材料和罪证，秦一鸣无法再狡辩了。

为了不影响全国大好的抗日民族统一战线政策，减少抗战工作的负面影响，卫司令在内部压住了这个事件，同时也要求第四集团军不要扩大影响。就这样，一场发生在中条山西线的小小的反共摩擦事件就被掩盖了。

“我们不要掉以轻心，上次对玉茹和你是这样，现在又对我们开起刀来了。只要秦一鸣在中条山，这场斗争就不会结束。”叶政委担忧地说。

“哎！‘攘外必先安内！’这是什么混账逻辑。这真是中华民族的悲哀！外有豺狼当道，内有奸贼小人使坏，我们不得不时时刻刻提防啊！”郭飞愤然感慨道。

“国民党反动派对共产党是这样，其实对其他杂牌军也是这样。他们不放心别的派系，生怕他们坐大。看看小鬼子，不是从中也在利用这种矛盾进行挑拨离间吗？所谓‘鹬蚌相争，渔翁得利’。他们散发传单，制作‘肩章上印有杂牌字样的陕军们，端着枪冲向日军，后面却被中央军用刺刀顶着’的别有用心的漫画，这不是制造陕军和中央军的矛盾吗？”

“叶政委所言极是，只是孙司令为了民族大义，从来不计较这些，也不会为了保存实力，就此上当退却。这就是我们陕军为何能够抵挡住小鬼子进攻的主要原因。”

“哎，只要全国各个军阀都能像孙司令顾全大局，守护国土，我们山东也不会像韩复榘那样一枪未放，就轻而易举让日本鬼子占领了。”

“因此，只有我们团结起来，才能把日本鬼子赶出中国！”叶政委慷慨激昂地说道。

十八　锄奸

1

李贵的投降变节让李忠万万想不到。作为至亲兄弟，这个坏消息无异于在他的心头插了一把尖刀。

这个和自己骨肉相连的兄弟，这个父母双亲被日本鬼子全部杀害的兄弟，这个曾经和自己在街头卖艺相依为命的兄弟，这个曾经在摩云楼大战汉奸曾万头的英雄，怎么忽然一下子坠落了？怎么在半路上就鬼使神差叛变投敌呢?

虽然自己一时接受不了这个事实，但事情毕竟发生了，而且还发生在眼前。难道叶政委、韩营长他们看走了眼？难道摩云楼暗道是日伪汉奸们自己发现的？绝不可能，只能是李贵，所有的一切都坏在李贵手上。

他要查个究竟，他要当面质问李贵。如果真是这样，那么，兄弟，对不起，别怪哥哥无情，别怪哥哥无义，为了李家的门楣，为了李家的荣誉，我必须为李家清理门户。

李忠是一个一不做、二不休的好汉，既然想到的事，那么就要马上去做。他要去临晋查个究竟，探个虚实，即使是赴刀山、过火海，也要把这个疑问弄清。

叶政委、韩营长：

恕我不辞而别，家门不幸，出了李贵这个败类，为抗日民团带来耻辱。今天，我就要前去临晋为国锄奸，为民除害。希望你们批准我，原谅我鲁莽的举动，我实在压不住内心的怒火。望谅，海涵！

忠诚于你们的战士 李忠

即日拜上

看到这个留条后，韩诚对叶政委说道：“糟了，李忠大哥要孤身入虎穴，进狼窝，这不是白白送死吗？”

“是啊！情况危险，我们应该派人去临晋，想方设法掩护他，保护他。毕竟人多办法多嘛！”叶政委吩咐道。

“嗯，我和赵排长带几名战士过去，乔装成普通百姓，混进临晋，看看虚实。”韩诚沉思了一下说。

听说师父孤身进入临晋锄奸，几个陕西冷娃就跃跃欲试，摩拳擦掌，踊跃报名，一定要跟随营长和排长前去。

韩诚看着他们非去不可的样子，就吩咐道：“你们的热情很好，但这次前去，一定会有很多危险，不知道你们害怕不？”

“我不怕，谁怕谁是狗熊！怕死还当兵干吗！当兵就不怕死，死得其所。”李强拍着胸脯说。

“打仗嘛，拼一个够本，拼二个赚一个。杀小鬼子，死得其所！”张凯说道，丝毫没有一点惧色。

“我们也不要‘许褚式的勇敢’，机智灵活，既要打击敌人，还要保全自己，这才是硬道理。”陈飞插嘴分辩道。

“我们一定还要互相配合，见机行事，搞乱鬼子，让他们摸不着我们的意图。”王宏诡秘地说。

“我们要活着出去，也要活着回来，一定完成组织交给的任务。”玉龙补充道。

“你们都是好样的，既然前去，就一定要听从指挥，不要贸然行事。只有保全自己，才能打击敌人。”韩诚吩咐道。

“是，我们明白，谨听营长安排。”几个人齐声答道。

2

逃到临晋后，日伪集团履行了他们的诺言，毕竟让他们不费吹灰之力救回了赫赫有名的伊藤将军。

在他们看来，救回伊藤将军远远超过五万大洋的价值，这不仅挽回了他们的面子，而且也保护了他们民族英雄的后代，鼓舞了士兵们征战的勇气。运城鬼子司令部为此特别嘉奖了临晋鬼子司令官宫崎，让他妥善安排归来人员。

宫崎司令官在安慰好伊藤将军后，就让黄平带李贵和曾万头到司令部，说有要事安排。

黄平他们三人来到司令部后，只见岗哨林立，戒备森严，日军巡逻兵不断地来回巡视。

黄平和哨兵稍微交涉后，就带着他们俩人进去了。

曾万头像被霜打了的茄子，毕竟不是自己地盘，再加上刚刚逃回，心里有点胆怯。而李贵则趾高气扬，洋洋得意，俨然一副有功之臣的样子。

“报告，黄翻译官到！”门口的鬼子宪兵喊道。

“吆西，让他们的进来。”宫崎一字一顿威严地说道。黄平和李贵、曾万头三人进来后，恭恭敬敬地向宫崎敬了一个礼。

“这位就是解救我们的李贵先生，没有他，就没有伊藤将军和我们的今天。”黄平指着李贵感谢地说。

“吆西，你的，李先生，你的好样的，为皇军的效劳，皇军大大的奖赏！”宫崎“嘿嘿”一笑，向李贵伸出一个大拇指。

“多谢太君和黄翻译不杀之恩，小的有罪！救回将军也是赎回罪过。”李贵恭恭敬敬地回答道。

“你的，以前的不说，现在功劳大大的。我们皇军要犒劳你，重赏你。”宫崎说着拍了拍李贵的肩膀，皮笑肉不笑地问：“你的，愿意为大日本皇军效劳吗？”

“将军，他的靠不住的，他是抗日民团的，大大的坏，在摩云楼和他哥哥，还有韩诚几人，偷袭了我们，而且他哥哥还打死了龟田队长。”曾万头看着李贵气愤地向宫崎说道。

“哼！是不是有这么回事？李先生。”宫崎突然变得面目狰狞，指着李贵厉声喝问。

“哈哈哈……哈哈哈……”李贵忽然仰头一阵大笑，“确实有过，当时我的劲儿不小吧，拳头不轻吧！”曾万头不由得摸了摸头上脸上的伤痕。

“大胆，皇军问话，岂能如此无礼？”黄平扶了扶气得快要掉下来的眼镜，生气地训斥道，“这里是临晋城，不是蒲州城，休得撒野！”

“哈哈哈……哈哈哈……我无耻啊！我毒死了我的哥哥，还有我的战友。这都是你们害得，我现在是无家可归了。”说完，李贵忽然蹲在地上大哭起来。

“吆西，你的好汉的，抗日民团是回不去了，回去了是要杀头的，明白了吗？”宫崎假装关心地走到李贵跟前，双手扶起痛苦的他，盯着他的泪眼，神秘兮兮地说道，“你的家，现在就在这里，明白了吗？你的为我们效劳，金钱大大地有，美女大大地有，还有‘小桃红’，喜欢吗？都给你。这下满足了吗？”

李贵“呜”的一声又蹲了下去。

3

人，往往不是被别人打败的，而是被自己的弱点打败的。李贵就是这样一个倒在温柔乡里的人，他最终还是撑不住，担任了临晋治安维持会副队长。

开始，李贵极为悔恨，毕竟良心未泯，良知还在，善恶能辨，是非分明。

而今，仿佛天地倒转，从以前熟悉的环境突然跌落到另一个陌生的环境，敌人成为了朋友，战友成为了敌人。这样的心理落差恐怕是任何人难以接受的。

然而想到自己犯下的错误，想到被抓拍的照片，想到要受到的处分与后果，他不寒而栗，于是一步错，步步错，就这样一步一步走进了深渊而无力自拔，无法洗清。

他像丢了魂的一个人，喝酒，赌钱，玩女人，就这样在乱哄哄中麻醉自己。有时，夜深人静，良知苏醒，忽然一个噩梦让他无法入睡。

一会儿，他梦见了哥哥李忠，满脸血污，向他走来；一会儿，他梦见了惨死的父亲、母亲，从血泊中爬起，指着他的脸皮谩骂；一会儿，他梦见了抗日民团的叶政委和韩营长带着战士们向他走来，嘴里喊着“拿命来，狗汉奸！”；一会儿，他梦见自己被押上了审判的舞台，遭到群众的谩骂与殴打……

人，离不开成长的环境。所谓“蓬生麻中，不扶而直；白沙在涅，与之俱黑”，正是此理。

自从担任了汉奸特务副队长后，和黄平、曾万头、伪军、伪警察这些汉奸人渣们在一起，李贵由先前的自责到不适应，渐渐地就感觉习以为常了：反正，中国不缺汉奸，多一个又有何妨？

他常常跟随曾万头带着汉奸特务队在临晋街道上转来转去，好不威风。

这不，今天的阳光似乎特别耀眼。蓦然，一个衣着褴褛的大汉戴着草帽忽地从他的身边走过。不知是大汉挑逗了他的神经，还是他的神经今天特别敏感。

“咦！怎么这个人特别眼熟？好像在哪里见过似的？”李贵忽然停住了前进的脚步。

“李队，想什么呢？大白天的，怎么又想‘小桃红’了？”曾万头摘下礼帽，回头笑着奚落李贵。

借着黄平的光，如今的曾万头，似乎成了“不倒翁”，又担任了临晋治安维持会大队长。曾万头的鸿运着实不浅啊！

“曾队，好怪啊！怎么我的右眼老跳呢？刚才过去的一个人感觉很眼熟！”

“妈的，俗话说‘左眼跳财，右眼跳灾’。你该不是又得罪谁了？哪个灾星在诅咒你呢？”曾万头手提着盒子枪，阴阳怪气地骂骂咧咧道。

“曾队，此事不可小瞧啊！我的灾难来了，老兄的恐怕也不会远了吧！”

“你小子说的也是，如今你我都是一根绳上的蚂蚱，谁也跑不了谁？”

“说，怎么着？让弟兄们赶快干活！”

“一部分人跟我来，一部分人跟着曾队，守住巷口！”说完，李贵就像嗅觉灵敏的狗一样带着特务们往回走。

“给我瞅瞅那个戴着大草帽、穿着破破烂烂的大汉。”李贵对几个特务喊道。

“是，大家都用心了，不要他妈的看走眼了。”曾万头也帮腔喊道，“你们跟随李队进去搜查，我和大家在巷口把守。”李贵眼前一亮，忽然一个身影钻进了小巷。

“那边，跟我来！”李贵喊着，提着盒子枪冲向小巷。谁知，小巷四通八达，到了岔口，人影忽无。

“妈的，跑哪里去了？明明一个人影，怎么瞬间就不见了呢？”李贵心里奇怪地纳闷。

“李队，在这边。”忽然一个黑狗子喊道。李贵急忙带人冲过去，谁知，竟然又无踪影。只有几个老婆婆在打牌。

“妈的，瞧人家忙的，你们还有这个闲心！”李贵说着，一生气就一脚把几个老婆婆的小牌桌踢翻。

“长官，你们不能这样啊！欺负娃娃打老汉，算什么能耐啊！”其中一个老婆婆颤颤巍巍地去捡牌。

“那边有人！”忽然一个黑狗子喊道。李贵急忙屁颠屁颠和几个黑狗子冲上去。

谁知，大汉好像来无踪去无影，仿佛在跟他们捉迷藏，时隐时现，就是抓不着。

“这样折腾下去，岂不把人累死？”一个黑狗子抱怨道。

“是啊！你是什么鬼？就出来吧，不要东躲西藏的。”另一名黑狗子叫嚷道。

“弟兄们，辛苦了，大家再坚持一下，反正我的右眼越跳越欢了。”李贵提着盒子枪说道。

“什么迷信，鬼东西都信，该不是自己心中有鬼，过于紧张了吧！”一个年龄大的黑狗子说道

“是啊！是啊！让大家歇歇吧！李队。”跑得气喘吁吁的黑狗子们都说道。

“好，大家歇歇就歇歇。我不信这个穷鬼就不出来了！”李贵一屁股坐下来骂道。

4

“该出来就出来了！”忽然一声雷吼，大地仿佛响了一声炸雷！屁股还没坐稳的黑狗子们听见了，急忙提着盒子枪纷纷站了起来。

“都不要动，动就打死你们！”忽然黑狗子们身后传来一声怒吼，只见刚才那几个老婆婆忽然变成了几个小伙子，黑狗子们吓得都举起了手。

“把枪扔下！”李贵忽然明白了：原来刚才这几个老婆婆是伪装的，怎么伪装得这么像呢？对了，上次韩营长帮他们哥俩也伪装过，看来是韩诚这个老狐狸来了。

“哎呦，我肚子疼！”李贵忽然蹲下呻吟起来，他这是卖关子，寻找机会破局。

“起来，别装了！”只见一个小伙子喊道。

“曾队，从后面包抄！”李贵忽然喊了一声，从小腿上掏出手枪，向小伙子们开了一枪。

“啊！”只听后面一名黑狗子应声倒地，打错了，李贵急忙向左边小巷跑去。

其他黑狗子见了，也急忙反抗，只听见“啪、啪、啪”几声枪响，几名黑狗子就倒了下去。原来这五名好汉就是跟随韩营长进城的陕西冷娃。

守在巷口的曾万头听到枪响，急忙指挥其他黑狗子向枪响的地方跑来，同时也吹响了口中的哨子。

鬼子们的巡逻兵听到枪声和哨音，急忙向小巷奔来。

且说临晋、猗氏这个地方，自从历史上出了猗顿这个巨富，便灵犀相传，财脉不断，从这里走出的晋商层出不穷。

大凡发迹的人，往往看重家业，特别喜欢置业建院，娶妻纳妾，多生儿孙。古老的风俗，陈陈相因，沿袭不断。因此，这看似一马平川的临晋，虽然没有高大的城池，但是进了老城，却如走进了迷魂阵。只见曲曲弯弯的胡同彼此相连，大胡同、小胡同，大街道、小街道，各抱地势，彼此勾连，形成了一张通向外面世界的蜘蛛网状的八卦迷魂阵。

相士说："这个地方聚财。"土匪们说："这是晋商的狡猾。"也许，猗氏的老祖先们在发了财后早就想到了避匪保财的招数。这复杂别具一格的建筑胡同群便是他们的杰作。

韩诚父亲是生意人，衣钵相传，故他对这个地方了如指掌。如今，把李贵、曾万头和鬼子引入这个胡同，便利用了最大的地理优势。在发现李忠悄悄跟踪李贵一伙人后，韩诚便和赵排长、陕西冷娃们筹划了一场巷战。

赵排长扮作戴草帽的大汉，故意躲躲闪闪、时隐时现吸引他们。就这样，一群黑狗子和鬼子们就被引入这如迷魂阵的四通八达的胡同小巷里。进入胡同小巷，鬼子们就失去了优势，"铁疙瘩"开不进来，小钢炮使用不上，唯一的是玩捉迷藏，看谁的枪法好，武功高。

打死了李贵后面的几名黑狗子后，李强喊道："大家两两一组，迅速分散，利用胡同，各个击破，记得趁黑出城，蒲州城见。"

"好！"大家应道。

"兄弟，你呢？和谁一组？"

"和我一组。"忽然一声沉吟，仿佛从地下发出。大家循声看去，原来是师父到了。

"师父来了！太好了！"大家高兴地喊道。

"大家边打边注意节约子弹，不要消耗过尽；有机会就要从敌人手里夺取武器子弹。只要挨到晚上，就好出城。"李忠给徒弟们叮咛道。

“徒弟们明白！”张凯等人答道。

“鬼子来了，注意分散隐蔽！”李忠吩咐道。

大家很快如狸猫一样悄悄躲进深巷里，听到枪声的人们吓得待在家里不敢出来，尤其是一些地方绅士、富商，还有汉奸特务的家属们。

5

看着街道上荷枪实弹的鬼子兵和伪军、伪警察跑来跑去，人们明白出事了，行走的脚步也变得急匆匆的，没有人敢逗留、看热闹，生怕自己被走火的冷枪打中。清净的深巷里时不时发出几声枪响，回荡在人们的耳膜里，那是韩诚他们在和鬼子们不断地周旋较量。

大量的鬼子兵和伪军、伪警察开始进入胡同搜查，有时冷不防就挨到冷枪的袭击，间或有手雷爆炸的声音。

韩诚和赵排长一组，李强和李忠一组，张凯和陈飞一组，王宏和玉龙一组，他们在巷子里相互支持，相互依托，打一枪换一个地方，有时几个人就相互碰见，彼此相视一笑。

对猝不及防撞上枪口的日伪军，他们干脆不用枪，直接就从背后用刀捅死或者掐死。鬼子兵和伪军、伪警察们被打得晕头转向。如果他们的子弹打完了，就直接就从敌人身上夺取，盒子枪、子弹、手雷应有尽有。敌人就是最好的武器供给库。为了防止他们几个逃跑，伊藤、宫崎和黄平等已经在老城各个出口布下了天罗地网，每个巷口都有重兵把守。

“几个抗日分子，死啦死啦地，看他们往哪里逃？”宫崎满怀自信地对伊藤说道。

“吆西，严密防范，还要加大搜查，不要放过每一个抗日分子。”伊藤吩咐道。

“怎么，韩营长他们也来了？”李忠有些埋怨地问李强。

“韩营长听说师父孤身进了临晋县城，就和赵排长，还有我们五人前来接应。”

“临晋城太危险了！你们怎么能为了我一个，而连累大家呢？”

“没有什么连累的，大家都是打鬼子的。”

“我要问李贵一个究竟，为什么要背叛我们？”

“李贵在巷子里，领着鬼子和伪军们搜查呢！”

“刚才不小心让他逃跑了，这个泥鳅，狡猾得很！”

“兔子的尾巴长不了，只要除掉这个小杂种我就放心了。”

鬼子和伪军、伪警察散兵进来后，有的就被悄悄干掉，每个巷子里都扔下了几具尸体。

“这样下去，恐怕不行吧！”曾万头战战兢兢地说道。他被韩诚等人的冷枪打怕了。

“不这样，那我们怎么办？伊藤、宫崎司令可向我们要人呢！”李贵战战兢兢地回应道。

“像这样磨下去，我们的脑袋说不定就被搬家了！”曾万头哭丧着脸说。

“没办法，只能这样一个巷子一个巷子搜，我们不妨三人一组，这样大家抓捕的机会大些。”李贵分析道。

“这倒是个好办法。”曾万头和鬼子宪兵队长小声“叽叽咕咕”几句。

鬼子们和伪军、伪警察就三人一组开始行动了。

6

为了拖延时间，减轻其他人的压力，李忠决定想办法单独吸引敌人的注意力，与敌人反复纠缠。在与李强边打边撤的过程中，李忠把自己的想法告诉了李强。

“可是，师父，这样对您来说，就更危险了。有我们大家在，困难毕竟能少些！”李强喘着气回应道，毕竟与敌人周旋了几个小时，人有些累了。

“你看，太阳已经快落山了，其他人的情况我们还不明了。目前，感觉敌人越来越多，这样周旋下去恐怕对我们每一个人都不利。只有让我想办法把敌人吸引过来，其他人的压力才会减少。你也找机会与他们设法会合。”李忠坚决地说道。

“师父，我们不能丢下您！”

“快去，执行命令！如今只有这个唯一的办法了，只有这样，死局才能解开！否则，大家都要完蛋！”说完，随手交给李强一个字条，命令道：“把这个交给韩营长，你的任务才算完成了。”

李强待要说话，只见李忠说道：“不必多言，我有使命。字条现在不要打开，赶快找韩营长接头。”说完，就把李强推到巷子深处，自己边打边喊：“小鬼子，来吧！”

鬼子们听到喊声，循声跟着追去。追到一座武庙跟前，只见李忠纵身一跃，跳了进去。

后面鬼子见了，没有李忠的本事，被武庙的高墙阻挡在门外，气得嗷嗷直叫。

“快追，八路的，跑到武庙去了。”鬼子宪兵队长武田闻讯赶来，一边拿着指挥刀，一边大声叫嚷着。

李贵和曾万头听见武庙周围人声鼎沸，就急忙就带着黑狗子们冲了过来。鬼子和汉奸们到了武庙门前，只见大门紧闭，高墙耸立。

“打开大门！”鬼子小队长武田叫嚷着，其他的鬼子就冲上前去用刺刀撬门。

李忠从门缝看到鬼子们围了上来，向外扔了一个手雷。只听见“轰”

的一声，手雷爆炸。“妈呀！”鬼子们发出一声声的惨叫。

听到爆炸声，李贵和曾万头吓得躲得远远地，趴在地上不敢动。

鬼子队长武田咆哮如雷，让曾万头和李贵带着黑狗子们向前冲。曾万头和李贵没有办法，只好硬着头皮挥着枪让黑狗子们冲。

黑狗子们刚冲到门前，李忠看到后，又向外扔了一个手雷——“轰”，“妈呀！”黑狗子们也发出一声声的惨叫。

“只有炸开大门，向里面冲了，看他们向哪里跑？”曾万头趴在地上向李贵说道。

“是个办法，不然这样太被动了，我们死不起那么多人。”

曾万头给旁边一个黑狗子示意，这名黑狗子拿着手雷就向大门“嗖”地扔去。“轰”的一声，手雷爆炸了。但大门无恙，只是门前的石狮子被炸得倒在地上。

“妈的，什么水平？”曾万头愤愤地骂道。

“你们的人不行，我们的人来！”武田狂叫着喊道。

说完，武田一挥手，一个日军上等兵拿着手雷扔去。只听见“轰”的一声，手雷爆炸了。

一股青烟散去，然而大门依然挺立着。只是门口的一棵老槐树被炸得拦腰折断。

“你的死啦死啦地，怎么这么没用？”武田挥舞着军刀向那个仍手雷的上等兵喝道。

“卑职再试下。”上等兵羞愧地说，然后又跑着向前扔了一个手雷，又是“轰”的一声，青烟散去，大门依然坚固地挺立着。

“妈的，真是怪了！从来没有遇到过这种情况。”上等兵带着疑惑悻悻地回来。

武田气得咆哮起来：“你的真的没用！帝国军人的耻辱！”武田边骂边打了上等兵几个耳光。

上等兵急忙解释道：“少佐阁下，不是卑职无能，是武庙门口台阶太高，手雷扔过去就滚了下来。”

“我的看看。”武田说完拿着望远镜看了一下。

“你的聪明，是台阶太高，手雷存不住。我的抱歉！请原谅！”武田给上等兵鞠了一个躬，然后转身命令道：“迫击炮，准备！”

声音刚落，两名迫击炮手架起了小钢炮。李忠躲在老柏树上看见后，对准两名炮手“砰、砰”两枪，两名正在填弹的炮手应声倒地。

7

看着夕阳西下，东月初上，夜幕就要降临了，还没有听到好的消息，只听见老城不是传来零星的枪声，就是传来几声手雷爆炸的声音，把守在巷子口的伊藤、宫崎等急得像热窝上的蚂蚁，转来转去。

“妈的，都什么时候了？几个土八路现在还没拿下？真是废物，草包。”伊藤愤愤地骂道。

“将军阁下，你的不知道，这个临晋城虽然看似一马平川，没有高大的城池，但是城内巷子、胡同众多，四通八达，犹如一张错综复杂的八卦蜘蛛网一样。人走入其中，犹如走入‘迷魂阵’。对这个老城不熟悉的人，一般是走不出来的。”宫崎谦恭地解释道。

“可是阁下，时间的不允许；倘若在天黑之前，抓不住土八路，他们就会漏网的！我们就会前功尽弃。”伊藤愤愤地说。

“没有办法，将军阁下，岂不闻‘大炮打蚊子’的典故吗？”

“宫崎君言之有理！中国人的狡猾，他们钻进我们的肚子，我们确实是有劲使不上啊！”伊藤无奈地叹道。

“他们的老祖宗更狡猾，你看这个临晋城内，巷子、胡同四通八达，不就是为防一手吗？”

“吆西，吆西，有道理！不过，今天是孙猴子在如来佛手心，恐怕他们插翅难逃。”伊藤得意扬扬地狞笑道。

“嗨！命令各巷口严密把守，严防任何敌人偷袭！”宫崎一边给身边通信兵下命令，一边给伊藤点头弯腰。

韩诚和赵排长在胡同里转来转去，像幽灵一样不断地变幻方向，弄得鬼子和汉奸摸不着头脑，晕头转向。忽然，他们看到鬼子和汉奸们都拿着枪呐喊着向武庙跑去。

“营长，真是奇怪了！敌人都跑到武庙方向了。”

“武庙那儿，可能是我们的人被敌人发现了。”

“不知是谁？听，不断有零星枪声，还有手雷爆炸声！”

“天渐渐黑了，我们冲出去的机会来了。可是，不知道他们几个人情况如何？”赵排长担忧道，“要是能遇上他们，我们就最好一块走。这个临晋城复杂，我还真担心他们出不去呢！不过，我给他们每组都画了一个出口地图，但愿他们能顺利找到。”

“如果我们能找到他们，岂不更好？”

“是啊！他们毕竟是年轻的战士，没有丰富的战斗经验。我们在巷子里试着找下他们。”

“好的，营长！趁鬼子混乱之际，最好能在天黑之前找到他们，就是万幸。”

“但愿如此！”韩诚说完，就和赵排长沿着胡同继续寻找。

离开师父后，李强始终记着师父的话：“要把字条交给营长。”

这样，他就不敢恋战，只好避开日伪敌人在巷子里寻找营长。看到大批的鬼子汉奸纷纷向武庙跑去，李强心里就想：糟了，师父肯定是凶多吉少，但为了完成师父交给的任务，此刻必须尽快找到营长他们。

李强在小巷里像狸猫一样快跑着，期望能够遇上营长他们。忽然，前面有两个人影过来，李强急忙持枪躲闪，定睛一看，原来是张凯和陈飞二人，只见两人急匆匆向他这边跑来。

“站住！举起手来！”李强忽然出现在二人背后，张凯和陈飞懵了：声音怎么这么熟悉？回头一看，原来是李强。

“强哥，原来是你，我们还以为是黑狗子呢？”张凯高兴地说道。

“呦，幸亏我没开枪，否则，就误伤了强哥。”陈飞开玩笑道。

“好了，兄弟们，不要多言。时间紧迫，我们抓紧找营长他们。”

“好的！”张凯和陈飞同声应道。

“那边有人！”张凯眼尖，忽然看见几个人影在巷子里闪过。

“走，我们过去。”

“该不会是营长他们吧，敌人都跑到武庙那儿去了。”

“估计十有八九是他们。”

三个人向前赶去。

“不要动，举起手来！”三个人正向前走，忽然背后传来熟悉的声音。

“不要装了，是王宏吧！”李强笑着说道。张凯和陈飞回头一看，果然是他们，还有营长和排长他们。

“太好了，大家都齐了。”赵排长兴奋地说道。

大家高兴地彼此拥抱了一下，毕竟能在敌人的包围中安然无恙，岂不是大幸？

“可是，为了掩护我们突围，师父被敌人包围了！你听，那边激烈的枪声和手雷爆炸的声音。”李强难过地说道。

“你怎么能狠心丢下师父呢？”张凯生气地质问李强。

“我不走，可是师父让我完成这个任务。”说完，李强把字条交给营长。

韩诚接过一看，颤声读着上面用血指写着的小字“使命已尽，兄等快速脱险，护好后生们，万勿顾我！切记，切记！武庙殒身——李忠”。

“李忠大哥，为了掩护我们，在武庙要血战到底了。”韩诚噙着泪水说道。

“我们冲过去，救回师父！”张凯和陈飞踊跃请战。

“是，救回师父！”王宏和玉龙也一齐说道。

“我们冲过去，岂不枉费了师父的一片苦心？”李强冷静地说。

“大家不要着急！听营长安排。”赵排长看着几位勇敢的年轻人说道。

“同志们，我们现在必须听李忠大哥——你们师父的话，尽快脱离危险，趁黑夜冲出临晋城，赶回蒲州，也许叶政委和郭团长在半路接应我们。现在李忠大哥用自己的血肉之躯为我们挡住了敌人的子弹，我们要不负他的遗言。”说完，韩诚抹了一把眼泪。

“好！我们听营长安排！不负师父苦心，勇敢杀敌，像他一样精忠报国。”五位陕西冷娃立正敬礼道。

“好，这才是好样的，这样才能告慰师父一片苦心。”赵排长拍着几位勇敢的年轻人肩膀赞许道。

“同志们，‘留得青山在，不怕没柴烧！’临晋城的鬼子汉奸们，我们迟早会回来收拾的，为李大哥，为你们的师父报仇！”韩诚动情地说。

“一切听营长的！”大家齐声信服地说。

“赵排长，拿衣服来！”赵排长和王宏把准备好的鬼子服装递了过来。

“大家快速换上鬼子服装，拿上鬼子武器，跟我来！”韩诚果断地命令道。

“是！”大家齐声应道。

七人换上鬼子服装后，就在韩诚带领下大摇大摆地向巷子口走去。

8

天已经黑了下来，一轮残月高高地升了起来，挂在空中，凝视着今夜发生的一切。

在韩诚等人进入临晋城营救李忠之际，叶政委和晓梅、郭飞、玉茹等人就担心不已，玉兰更是万分担心。

原来，自从韩诚在摩云楼救了她之后，她一直对韩诚感激不尽，心里也悄悄爱上这个淳朴勇敢的蒲州英雄。韩诚、晓梅对她的关心与温暖，犹如冬天里的一把火，照亮了她受伤的心灵，温暖了她寒冷的心。跟着他们干事，大家仿佛一家人一样，彼此关爱、照顾。这一切，让人想起来无不感到暖心、暖意。

“晓梅姐，韩诚大哥他们几个人进入临晋城，恐怕是凶多吉少吧！”玉兰掩饰不住自己关切的心情，在韩诚他们几人出发之后，就不停地对晓梅说道。

“这个不要担心，哥哥和赵排长、陕西冷娃几人，还有李忠大哥，都是非常机智，有头脑的。我想他们会见机行事的。”晓梅劝慰道。

“可是，不知为什么我的右眼总是在跳？俗话说‘左眼跳财，右眼跳灾’。我感觉要发生什么事了？”玉兰还是不放心地说道。

“那恐怕是你心情紧张的缘故吧！”晓梅停下来，细细端详着这位美丽善良可爱的姑娘。

“玉兰，凭着女人的直觉，告诉我，你是不是爱上我哥了？”望着玉兰银盘般的脸庞，晓梅突然质问道。

“人家的隐秘心思，姐姐怎么好意思问呢？”玉兰脸“唰”一下变得绯红，仿佛一朵彩云在飘。

“哎！说正经的，我哥可还没有媳妇，要是娶上妹妹，也是福气了。”晓梅笑得灿烂。

“即使爱上，恐怕也是一厢情愿，不知韩诚大哥看得上我吗？”玉兰不好意思道。

“好啊！贼不打自招了！哥哥回来后，我会告诉他的。”晓梅高兴地抱住玉兰。玉兰幸福地趴在晓梅肩头。

“我们应该有作战的准备，韩营长此次出城救人，恐怕也是凶多吉少。”郭飞担心地对晓梅说道。

“我们和叶政委商量一下，看看如何应对？”晓梅感激地应道。

“好的，大家在一起办法多。”

“临晋城周围一马平川，不利于我们攻打，尤其是在白天。鬼子在县城周围建有不少碉堡，另外还有装甲车、坦克来回支援。我们冲上去无非会成为靶子。目前，我们可以按照原计划把峨嵋岭作为接应他们的地点，如果按照约定的时间——晚上 9 点左右，还不见他们的消息，那我们就趁黑偷袭。这样可以减少我们的伤亡，也可以发挥我们夜战的优势。”叶政委给大家分析道。

“有道理，但愿韩营长他们能够按照预定时间平安返回。我们就按照叶政委的办法实施吧。”郭飞赞同道。

9

韩诚一行七人换上鬼子军装后，就急忙寻找出口。临晋城的巷口很多，但关键是从哪里通过比较安全？

“只有避开伊藤、宫崎这两个家伙驻守的地方，其他地方估计都很好通过。”韩诚边走边想。

“赵排长想想伊藤和宫崎会在哪里驻守呢？”韩诚小声问道。

“肯定会在通往蒲州城的南边防守吧。”赵排长肯定地回答道。

“为什么？”韩诚反问道。

“有李贵这个内奸，他肯定知道我们搞的事。晋绥军和杨振邦虽然也不时骚扰他们，但近段时间主要还是对付我们的。”

“有道理，如果是前面两人的话，他们肯定会在北面加强防守，如今对付我们，肯定加强了南边力量。这么说，我们可以从西线、北线、东线选择了。”

“是的，可是东边无险可守，北面离我们太远，不如我们从西边出口突破。”

“好，西边距离峨嵋岭也近，我们可以从那里与叶政委他们会合。”

“大家都不要吭声，到时倘若要问，由我用简单日语应付。”韩诚吩咐道。

“我们明白，听营长指挥。”大家低声回答道。

武庙，战斗此刻正在激烈地进行着。鬼子在损失了两名迫击炮手后，就急忙向后撤离迫击炮，避免李忠再次用枪射击。鬼子炮手再次瞄准武庙大门后，武田喊了声：“预备，放！”两颗炮弹呼啸着向武庙大门轰去。

“轰、轰”接连两声，炮弹落地爆炸后，在夜空中散发出耀眼的光芒，一股股浓烈的硝烟味扑鼻而来。

武田挥舞着军刀喊叫进攻，谁知冲到武庙大门跟前，大门竟然安然无恙。武田惊得“哎呀”一声，就向后撤，哪里还来得及撤退，只见李忠接连扔出两颗手雷，手雷在鬼子群里开了花。

“轰、轰”两声，鬼子们发出“哎呀呀”一声又一声惨叫声。武田也在爆炸声中被炸得粉碎。

此刻，韩诚七人正在急速向巷口西边走出。

“什么人的干活？”把守西边巷子口的鬼子队长喊道，“机枪手准备！”

“八嘎呀路，死啦死啦的，皇军的难道不认识！”韩诚生气地用日语说道。

鬼子小队长一看，是一支日军巡逻队走来，领头的是一名少佐军官。鬼子小队长急忙敬礼。

“你的加强警戒，严防土八路的。”韩诚用日语说道。

“是，少佐阁下。”鬼子小队长恭恭敬敬地行了一个礼，然后做了一个放行的动作。

“我们的，正沿周围巡逻，严防土八路的袭击！”韩诚继续用日语讲道。

“嗨，少佐阁下辛苦！”鬼子队长又弯腰鞠了一躬。

赵排长和几个陕西冷娃看到鬼子小队长举止非常愚蠢可笑，有些想笑，但怕被鬼子发现，就故意装出一副如狼似虎的样子，端着明晃晃的刺刀大摇大摆走了出去。

当走出鬼子警戒区后，他们就扔了鬼子衣帽迅速向峨嵋岭赶去。

10

残月下，武庙前，战斗依然在激烈进行中。武田被炸死的消息传到伊藤、宫崎耳朵里。

“庙中什么人如此厉害？打死、炸死我们这么多人？难道武庙门是钢铁铸造的？”伊藤接连发出疑问。

“将军，真的很诡异，这是以前没有发生过的事情啊！”宫崎无奈地叹气道。

“我们前去看个究竟！”伊藤疑惑地说道。

“将军，要注意安全。宪兵队！保护好伊藤将军！”宫崎命令道。

“嗨！”身边的宪兵队长恭敬地答道。

“我们走！”伊藤手一挥，在黄平、宫崎和日军宪兵队的保护下杀气腾腾向武庙奔来。

曾万头和李贵看见伊藤、黄平、宫崎等带领大批日军宪兵走过来了，就急忙上前说道：“将军且慢，前面危险！武田君不幸战死！”

“报告将军，庙中不清楚什么人，不断地开枪射击，扔手雷，打死、炸死我们好多士兵。”李贵补充说道。

“你们的辛苦！我看看这是什么原因？”伊藤对他们安慰道。

“还有，奇怪的是庙门始终炸不开。手雷、迫击炮都试了，可就是炸不开！”曾万头战战兢兢地说道。

“中国文化的，你们不懂，武庙是供奉什么人的？”伊藤神秘兮兮地问道。

“自然是关公爷了。”曾万头迎头答道。

“这就对了，在武庙跟前示威，亵渎神灵！多有得罪，尔等难道不懂吗？”

伊藤说完，即刻下跪，虔诚地面向武庙磕头作揖。其他鬼子汉奸看了，也急忙下跪磕头作揖。

“大胆倭寇、汉奸，岂敢小看我华夏无人？抬起头看看，我是谁？”

众人听罢，抬起头一看，原来是高大魁梧的关公与手持大刀的周仓站在面前，刚才用迫击炮轰不开的大门竟然敞开着。

伊藤、宫崎、黄平、曾万头等鬼子和黑狗子听着威严的关公爷训话，吓得战战兢兢，不敢作声。

“今后，再敢在我庙前示威，定杀不饶。不过，我华夏命中有此一劫，劫后必定重振汉唐雄风。”

说完，关公和周仓化作一股清风过去，而刚才在庙中的李忠也不知所踪。

“关爷饶命，小的们多有得罪，敬请宽恕。”伊藤趴在地上，大气不敢喘一口，只是恭恭敬敬地不断回话。

11

韩营长一行七人平安回到蒲州城后，大家都欢天喜地，唯独伤心的是李忠大哥离大家而去。

“李忠大哥为了大家的生命安全，把鬼子汉奸全部吸引到武庙门前，为我们平安撤退赢得了时间。李忠大哥的英武忠勇、仁爱仗义精神永远值得我们学习。”韩诚悲伤地向大家讲道。

“是啊！我们民族每到关键时刻，总有那些临危不惧、置个人生命安危于不顾，为了国家、民族利益抛头颅、洒热血的英雄好汉，他们就是我们民族的脊梁。”叶政委慷慨激昂地向大家说道，并要求抗日民团广大官兵学习李忠的英雄事迹。

武庙前李忠侠肝义胆血战鬼子数百人、鬼子汉奸武庙前磕头求饶的诡异事很快被人们一传十，十传百传播开来。

加上李贵夜夜频做噩梦，总是梦见李忠披头散发，满脸血污向自己走来，并叱骂着自己“认贼作父，枉为人子”。在李忠圆寂后的第二天，李贵便开枪自杀而亡。这些听起来神奇的故事，人们想不通原委，干脆把李忠演绎成关帝附身的英雄好汉。

不几日，临晋城武庙关帝显灵发神威，吓得鬼子磕头求饶的故事便成为当地的美谈。

玉兰的心思，晓梅觉得该到向哥哥挑明的时候了。

“哥，你觉得玉兰怎么样？”晓梅试探着问，毕竟她不知道哥哥这方面的心思。

“玉兰，是不错的一位好姑娘啊！”韩诚沉思了一下，回头诚恳地看着妹妹，两眼直视着她，感觉她好像有话要说。

“既然这样，那我就不隐瞒哥了，玉兰有意于哥哥，不知哥哥意下如何？”晓梅闪烁着明亮的眼睛，一副似笑非笑的样子。

“哦，玉兰姑娘，玉兰花。‘霓裳片片晚妆新，束素亭亭玉殿春。已向丹霞生浅晕，故将清露作芳尘。’”韩诚不由自主地赞美道。

“‘晓妆未惬梅添就，玉笋捧杯离钿袖。会拼千日笑尊前，他日相思空损寿。’我猜哥是中意了。”晓梅机智幽默地答道，韩诚不好意思地笑了笑。

十九　陨难

1

俗话说："天下没有不散的宴席。"叶政委忽然接到了延安的调令，抗日民团也接到了西线国军改编的命令，郭飞负责接收抗日民团的事宜。

听到这个消息，大家一时都很伤心，也很高兴。伤心的是叶政委要远走延安，高兴的是抗日民团被郭飞的军队接收，这是大家都愿意的事情。在临别之前，大家在摩云楼为叶政委举行了一次送别宴。

"叶政委一直是我们抗日民团的主心骨，如今调走延安，这是我们实在意想不到的事情。"晓梅拿着手中的杯子伤心地对大家说道。

"可不是吗？每次作战，叶政委总是高瞻远瞩，筹划部署，无不细致到位。我们抗日民团能发展到今天，打了这么多的胜仗，还不是仰仗叶政委的指挥才能？如今，叶政委走了，我们该怎么办？"韩诚担忧地说道。

"大家都不要伤心和担心，我的调动也是组织的需要嘛！党指到哪里，我就打到哪里，我永远听从党的指挥！再说我们抗日民团成立之初就是为打鬼子嘛！现在，根据上级命令，划归西线郭团长部，由郭团长领导，也是打鬼子嘛！好在我们一直都在默契配合，联合作战。所以，大家不要伤心和担忧，抗日民团就像我们的孩子，姑姑、舅舅都是亲的。”叶政委看到大家的情绪有些低落，就幽默地开导道。

“叶政委说得好！‘抗日民团就像我们的孩子，姑姑、舅舅都是亲的。’我郭某再次感谢叶政委的大力支持，在此，我也向大家郑重承诺，我郭某一定会善待我们的民团兄弟们的。”说罢，郭飞举起杯子，建议大家为曾经的相聚共事齐干一杯。大家在郭飞的倡议下举杯一饮而尽。

“在此分别的美好时刻，请允许我向敬爱的叶政委敬一杯。在叶政委的悉心指导下，我确实进步不少，仔细研读《论持久战》，以前心中的疑惑豁然开朗，焦虑情绪如日出云散。在叶政委的身上，我看到了中国光明的未来。”玉茹动情的几句话，赢得了在座人员的阵阵掌声。

“同志们，兄弟们，在此分别之际，请允许我向玉茹的父亲——尊敬的孙司令道一声感谢，请玉茹小姐回去转达我们共产党人的真诚敬意，感谢他对我们共产党人的大力支持，没有他们的坚强支持，就没有我们抗日民团的辉煌今天。请大家举起杯子，共同为我们的团结抗战，再干一杯！”

“说得好！”大家齐声喝彩，举杯一饮而尽。

“摩云楼，鹳雀楼，莺莺塔，贵妃池，黄河大铁牛，万固寺，美丽的蒲州城，留下了这么多美丽动人的故事，如今我就要离开与大家朝夕共事的蒲州城了，想起往事，真是令人感慨万千啊！”叶政委说到动情处，站起来，举杯，请大家同干。

“莫愁前路无知己，天下谁人不识君。”晓梅情不自禁地说道。

“是啊！蒲赵大捷已经是名满华夏了，但愿叶政委此行前途似锦，锦上添花！”郭飞不由得举起杯，请大家为叶政委美好的前程再干一杯。

“今日真是‘酒逢知己千杯少啊！’连一向都不愿意喝酒的都喝了起来，瞧这三位美女喝得脸色绯红，如红云飘舞。”马副团长开玩笑道。

“是啊！晓梅、马副团长、韩营长都是共产党人，从今以后可要归随郭团长掌管，届时还要郭团长大力支持啊！”叶政委笑着说道。

“我以后也要加入中国共产党，和你们一起并肩战斗，我的入党人就是叶政委了。”玉茹喝得满脸绯红，激动地说道。

“酒后吐真言嘛！今后我们的军队还要请共产党的兄弟们帮我做好思想建设工作了，反正嘛，谁真诚打鬼子，我就跟着谁干！我说的可是我们西线官兵的心声啊！”郭飞拍着胸脯给大家说道。

2

后来发生的血腥事件充分证明叶政委调回延安和抗日民团接受西线国军改编是英明正确的。

在1939年的冬天姗姗来迟之际，山西政治上的“冬天”也来临了。这年初冬，阎锡山悍然发动了“十二月事变”，疯狂捕杀共产党人。而此时，叶政委已经回到延安干部培训学校学习，抗日民团也已经改编进西线国军孙司令部队。这在政治上无形中保护了大批共产党员。

就在叶政委回到延安和抗日民团改编国军不久，玉茹也接到了军部的命令，让她即日迅速回到西安军部政治处，接受重要使命。

想着刚刚告别了让人敬慕的共产党人叶政委，想着朝夕与能征善战的英雄郭飞团长相处的日子，想着与晓梅、韩营长以前相处共议对敌、谈笑风生、会聚吃饭的情景。玉茹不由得黯然泪下。

“黯然销魂者，唯别而已矣！”是的，离别的诗文词赋在古人的诗句中比比皆是。可到了自己感同身受的时刻，那却是刻骨铭心的记忆与伤痛。

玉茹不愿再接受一次离别的痛苦。这一次，她要悄悄离开，不再打扰大家。她要给她挚爱的人写两封信，一封是写给郭飞的，一封是写给叶政委的。

对郭飞的感情，她的心情似乎是复杂的，说不清道不明，要详析细理的话，其中恐怕既有对英雄的仰慕之情，也有情窦初开时期的热恋之情。

郭飞在自己心中，既像崇拜已久的英雄形象，又像自己的梦中情人，还像关心自己、呵护自己的兄长。说是梦中情人，可是，郭飞有意中人，善良可爱、美丽勇敢的晓梅姐，她的一颦一笑似乎就在眼前浮动。在他们两人的情感世界里，她能插足吗?

当然不能，现实明摆着，依郭飞的性格，他自然也不会做那样的负心人，做对不起晓梅姐的事情，那样他会遭到良心和世人的谴责。而她，也不会做那样的人，去破坏晓梅姐的幸福，以满足自己的私利。而他们，只是保持了一种若即若离的亲密关系，这种关系就是工作上的联系。而今，一旦双方工作发生变动，他们就要分离。

可见，同志式的亲密关系是不可靠的，不长久的，只有结为夫妻才是感情的最终归宿。而今，她与郭飞之间，再也没有这种可能了。这恐怕是她最感伤心的地方。

对叶政委的感情，当然主要是政治上的热恋，其中也不乏对他聪明才智的钦佩。

她不明白自己为什么特别喜欢叶政委那高屋建瓴的思考方式与对什么问题都能洞若观火的睿智头脑和对任何事情都能分析得头头是道的逻辑能力。她爱自己的国家，因而对自己的祖国目前所遭受的苦难充满了担忧与疑惑。

在没有遇到叶政委之前，这些问题都是混沌的。遇到了叶政委，就像植物遇到了光，遇到了新鲜的空气，遇到了充满活力的广阔蓝天。她无法拒绝这一种强烈的诱惑。她实在太喜欢共产党人在抗日民团所做的一切工作。

因此，在送别叶政委的宴席上，她毫不掩饰地说出了自己愿意加入中国共产党的心声。即便她的身份很特殊，在这一方面，她想父亲也不会阻拦的。因为，父亲本身也是渴望光明的。

当回到自己的办公室时，郭飞忽然发现少了一个人，而桌子上多了一封信。信是密封的，字体娟秀、整洁，上写“郭飞团长亲启，落款人玉茹”。郭飞忽然感到一惊，预料到有不祥之事。他急忙拆开信封，打开一看：

亲爱的飞：

请允许我这么称呼，虽然你有自己的意中人——善良美丽的晓梅姐，但你毕竟是我的初恋情人，也是我心目中的大英雄。

如今，我就要离开亲爱的部队了。虽然短短几个月的相处，但相处的日子，却发生了这么多生死离别的事情，回想起来常常令我潸然泪下。战地的生活体验，让我切身感受到了战场上生死离别的痛苦与同壕战友生死相依的深厚情谊。这种感情，恐怕是任何人都无法超越的。相信聪明的你，也能感同身受。

晓梅姐是一位贤淑能干的善良姑娘，相信你们的相恋相爱也是任何人都无法超越的。我能感受到你们同在危难之中缔结的友谊，也能感受到这种难得的友谊在彼此的爱慕中升华为高贵的爱情的意义。

我毕竟是后来者，不能破坏你们的感情，更不能破坏你们的关系。如今，我就要回到西安了，告别了相处好久的亲爱的部队与亲爱的你。何时我们能够相逢还是个谜，在这个烈火考验我们国家的日子里，也许生死超越了一切，何敢奢望爱情，但你们，还有我，都与爱情不期而遇。有过爱，就满足了，即使是死，我相信爱永远还在。

最后，期望你和晓梅姐早日结成眷属。

爱你们的玉茹

民国28年深秋

看完玉茹留下的离别信，想起玉茹昔日活泼、开朗的笑容，想起玉茹爱开玩笑的性格，想起玉茹和他共同蒙难的日子，想起他们打马黄河岸边追逐嬉水的日子，想起手把手教玉茹射击的日子，想起他们唱起军歌的日子……忽然，郭飞抑制不住满腔的悲痛，泪水滂沱而下……

3

郭飞和韩诚的婚礼是在这年冬天同时举行的。

为了防止鬼子的破坏和偷袭，他们的婚礼没有大张旗鼓地进行，只是小范围通知了一下，在蒲州韩家大院举行了简单的仪式，前来道贺的有驻守永济城的陈师长和孟团长以及部分友好人士。

婚姻，本是人生的一件大事，是人生重要的转折点。于男女双方而言，在婚姻问题上一般都不敢马虎大意。但是，在特殊的战争年代，无论郭飞还是晓梅，无论韩诚还是玉兰，由于日本鬼子的烧杀抢掠，他们可怜的亲人们都倒在日本鬼子的枪口下。在战火纷飞的年代，能够活着已是万幸；活着，能够遇到相亲相爱的人，更是万幸中的万幸。因此，这里没有更多的繁文缛节，没有更多的排场与热闹；有的只是领导与战友们的热情道贺与衷心祝愿，有的是两情相依的执着与甜蜜。

作为他们婚礼的见证者，也作为部队领导，陈师长代表来宾发表了热情洋溢的讲话：

各位来宾、各位好友：

良辰美景，佳偶天成，在这个特殊而又美好的日子里，大家欢聚一堂，共同祝贺郭飞和晓梅、韩诚和玉兰两对新人的新婚大喜。这里，我代表部队官兵、在座嘉宾向两对新人表示热烈的祝贺，向参加今天婚礼的各位嘉宾表示衷心的感谢。

俗话说“十年修得同船渡，百年修得共枕眠”。经历相识相知，到相惜相爱的两对新人终于在战火的考验中走在了一起，步入了婚姻的殿堂。在这神圣、激动人心而又值得庆祝的美好日子里，我衷心地祝愿两对新人“海枯石烂不变心、地阔天高比翼飞”，祝他们永远享受爱情，珍惜缘分，互相欣赏和包容，彼此帮助与鼓励，最后让我们以热烈的掌声再次对两对新人的幸福结合表示最真诚的祝贺。谢谢大家。

致完辞后，两对新人分别给各位来宾敬酒。

在战火纷飞的年代，他们的婚礼尽管简朴但却隆重。两对新人，身着新郎、新娘礼服，新郎官英俊帅气，新娘子端庄美丽。他们四人脸上都洋溢着幸福的微笑，甜蜜的祝福。

在这人生幸福美好的时刻，蒲州城的摄影师为他们四人分别留下了珍贵的画面，美好的一瞬。

“想不到，我们能在家里举行婚礼，而且和哥哥的婚礼同时举行，这在我们当地可是很少见的了。”晓梅依偎在郭飞的胸前，爱抚地说。

“特殊情况特殊办嘛！今天打仗，明天打仗的，原本是促成你哥和玉兰的，没想到大家后来也喊着促成我们俩。所以马团长就想着干脆把咱们四人的婚事一起办了，岂不更妙？”郭飞在晓梅的额头亲吻了一下。

“你们共产党人，真是思想开放，没有陈规陋俗的。”郭飞搂了一下怀中的晓梅，笑着说。

“是啊！我们共产党人思想开放，封建约束少，办事民主，思想活跃。”

“我们孙司令也欣赏你们共产党人这点，以后我们部队的相关建设得你们好好指导了。”

“你不怕我们赤化了你们？”晓梅噘着小嘴开着玩笑。

“你我都是一家人了，哪里还能说两家话？”郭飞掐着晓梅的俏脸反问。

“阎锡山冒天下之大不韪，屠杀我们共产党人，比秦一鸣有过之无不及。”晓梅忽然生气地说。

“幸亏叶政委调回延安，抗日民团改编到我们部队，不然，你我哪能有今天呢？”

“那我更得感谢你了。”晓梅说着搂紧了郭飞。

“我们孙司令是杨将军的部下，受将军影响，爱国、开明、进步。他是把共产党人当作我们的朋友。杨将军与他们告别时，曾亲口对他们说‘北边的是我们的朋友，要团结；南边的总想吃掉我们，要防备。’你看，重庆对我们也不放心，要不是我们抗住日本鬼子，谁知他们还要生什么坏主意？”

“哎，‘同是天涯沦落人，相逢何必曾相识？’我们是同病相怜。”晓梅微笑着，闪烁着明亮的眼睛。

“今天对我们韩家来说，可真是‘双喜临门’了。可惜，父母双亲却看不到了。”晓梅说着就“呜呜”哭了起来。

“你们女人，真爱哭鼻子！大喜日子的，哭什么！只要我们好，就可以告慰老人的在天之灵了。”郭飞擦着晓梅的眼泪，哄道。

“但愿我们生个白胖小子，像你一样，英武潇洒！”晓梅忽然停止了抽泣，喃喃地说。

“就是生个姑娘我也高兴，能够像你一样，俊俏，能干！”郭飞爱抚道。

“嗯，最好生个‘龙凤胎’！”晓梅忽然笑着开着玩笑。

“瞧不把我美的！”郭飞亲了晓梅一口，两人就热吻在一起。

韩诚此刻和玉兰也进了洞房，俗话说：“人生四大喜——久旱逢甘霖，他乡遇故知；洞房花烛夜，金榜题名时。”两个同出蒲州的俊男靓女，如今也终于如愿以偿走在了一起，彼此间的甜蜜恩爱更是说不完道不尽。

“韩大哥不嫌弃我这个曾经沦落风尘的女子，玉兰真是三生有幸。”玉兰躺在韩诚的怀里悄声说道。

“你本是一块白玉，误落淤泥之中。莫要自责！这都是小日本害的，闹的我们家破人亡。”韩诚搂了搂怀中的玉兰宽慰道。

“玉兰，你的唱腔真好听！能给我唱下杨继业《金沙滩》的这一段吗？这一段可真是‘惊天地，泣鬼神’，动人心魄。”

“我恐怕唱不好，哥哥不要见怪。”玉兰娇嗔道。

“不见怪，我就喜欢听蒲剧这一场杀寇谣。”

“好，那玉兰就见笑了，唱给哥哥听！”

两狼山战胡儿天摇地动
好男儿为国家何惧生死！
拼性命和番奴对垒交锋
我杨家投宋主忠心耿耿
一个个为国家不避吉凶
金沙滩直杀得星稀月冷
血成河尸堆山实实惨情
……

躺在韩诚的怀里，玉兰有意压低了声音，声音虽小，但唱腔依然铿锵激昂，让人动情动容。韩诚忽然听得泪流满面，进入梦乡……

4

冬去春来，随着日军南部战事压力的减轻，鬼子便调兵遣将，加强了对中条山一带的攻势。

为了发挥山地作战优势，减少部队伤亡，扬长避短，驻守赵伊、蒲州、万固寺的秦 1 师进行了战略转移，退守到中条山一带防守。

“要打大仗了！师部刚才发来命令，为了你和孩子的安全，你和玉兰必须进行转移！”看着晓梅渐渐明显的肚子，郭飞脸色凝重地对晓梅说道。

“不，我要和你们在一起！”晓梅恋恋不舍地回道。

“不能任性，这次情势不同，鬼子看来是下了血本，要与我们进行生死决战。军部也发出了前所未有的战情动员，看来，这又是一场恶仗。”郭飞抓住晓梅的肩膀神情凝重地对她说，“玉兰和你一样，都身怀六甲，为了孩子和你们的安全，必须进行转移。我和哥哥商量下，看如何转移，好吗？”

晓梅难过地扑在郭飞的怀里，轻声抽泣着说：“我不走，我要和你们在一起。”

“不行，这是命令！”郭飞轻抚着晓梅的后背，果决地说道。

“玉兰和晓梅要转移，我想牛头岭还是比较安全吧！这里山大林深，群众基础好，距离中条山战场相对较远，又是我们以前的老家底。万一战火蔓延，她们还可以向秦岭深山转移，是一个相对安全的合适地方。”

“好！就依照哥哥安排，让马团长带领一个连保护妇孺老弱转移到那里吧。”

“这样甚好！”韩诚紧紧地握着妹夫郭飞的手，果断地说。

临转移时，玉兰恋恋不舍，与韩诚紧紧拥抱，难分难舍。玉兰搂着韩诚的脖子说道：“哥哥，我总有一种不祥之感。你随我们前去牛头岭吧，那里相对安全些。”

“玉兰，越是恶仗，越要出力。关键时刻，正是考验我们抗日民团的时候，我身为营长，岂能临阵脱逃？况且我还是共产党员，作为共产党员，我更不能为党丢脸！”韩诚望着玉兰动情地说。

“我知道你和郭团长都是咱们的大英雄，我和晓梅姐如今都有了身孕，不能帮助你们，还拖累你们。”说完，玉兰又低声啜泣起来。

“玉兰，坚强些！战争，死亡是不可能避免的，只要能多杀鬼子，怎么死都值！你把咱们的孩子抚养好就行，让他长大做对国家有用的人才。我就放心了。”韩诚说完，笑着亲了玉兰一口。玉兰这才破涕为笑。

“同志们，要打恶仗了，鬼子这次从中条山中部突破，沿张茅大道直取茅津渡，目的是要切断我们的后路。我们团的任务是吸引日军作战部队，守住望原山头要隘，紧紧拖住鬼子，黄昏之前一定要把鬼子堵截在山下，配合大部队完成合围任务。大家明白了吗？”

“明白了！”

“有信心没有？”

“有！”

郭飞做了简短的战前动员，只听全团战士声音若雷，气贯长虹，群情激昂。

5

“风萧萧兮易水寒，壮士一去兮不复还。”只见枪炮齐鸣，战马嘶鸣，刀光闪烁，望原阻击战打得天昏地暗……

敌人有炮火的优势，我们有地形的优势。这支铁血团犹如一只猛虎顽强地阻挡住了鬼子恶狼般一批又一批的凶猛攻击。为了除掉这只“拦路虎”，鬼子不断地疯狂反扑，接连组织了十几次猛攻，但都被这支老虎团勇猛地击退。

为了不延误战机，鬼子派出了大量飞机不断轰炸望原阵地，郭飞一边组织特务连狙击鬼子飞机，一边组织部队反击鬼子步兵的疯狂进攻，战斗打得相当惨烈。从凌晨到黄昏，杀得天昏地暗，日月无光。

山上，只见郭飞的部队几乎快被打光；山下，只见鬼子伏尸累累，血流成河……

面对这只难以除掉的“拦路虎”，鬼子指挥官川岸气得咆哮如雷，吼道：“无论付出多少代价，一定要给我拿下这座高地，彻底消灭支那这支可怕的军队。”

语毕，鬼子指挥官挥舞着军刀，“哇哇”大叫，鬼子一批一批又像潮水一样扑上去。

在这危急时刻，郭飞对战士们说道：“兄弟们，我们已经按照预定时间完成了阻击任务，估计大部队也快杀过来了。鬼子目前来势汹汹，想撤退已经来不及了。不怕死的，就跟我冲，先把手中的手榴弹投完，再把枪中的子弹打完，没有弹药，我们就跟鬼子拼刺刀。大家有没有决心！”

“有！”剩下的战士们吼道。

“团长，我们剩下不到一百人，我先带一部分敢死队员冲下山去，你和剩下的战士们尽快想办法设法突围。”韩诚果决地对郭飞说道。

望着满脸黑灰的韩诚，看着他干裂出血的嘴唇，破损的军服，郭飞抑制住悲痛说道：“哥哥，跟着我打仗，委屈你了。”说完，拍了拍韩诚的肩膀，泪水不由得流了下来。

“兄弟，你是好样的！千万不要这么说。‘人固有一死，或轻于鸿毛，或重于泰山。’杀鬼子，死得其所。我们共产党人就是为了全民族的幸福而奋斗的。”

说完，韩诚向战士们喊道：“是共产党员的，共青团员的，跟我上！”声音刚落，呼啦啦一下子就站出五十多人。

“同志们，考验我们的时候到了。为了全民族的幸福，为了把鬼子赶出中国，不怕死的，跟我来！”说完，韩诚提起一捆手榴弹，就像下山的猛虎向鬼子冲去。

其他共产党员、共青团员看见了，也提起手榴弹，跟着韩营长冲了出去。只见一排排手榴弹炸起了漫天烟雾，鬼子被炸得鬼哭狼嚎，抱头鼠窜……

“轮到我们出手了。为了家乡父老，为了国家民族，冷娃们！杀敌报国，在此一举！枪弹上膛，接应他们，能多消灭一个鬼子，就是一个。”说着，郭飞端了一把机枪，像老鹰一样飞出战壕，其他战士看了，也端着枪跟着冲了出去……

鬼子们刚才已经被一波又一波手榴弹炸得魂不附体，如今又飞来了一批不怕死的陕西冷娃，还没有反应过来，就被机枪、冲锋枪打得屁滚尿流，哭爹喊娘。

趁这个机会，韩诚和其他活着的战士就在郭飞和其他战士的掩护下，回到了阵地。

“兄弟，让你们趁着机会赶快突围，为什么不走？请不要管我们！”韩诚生气地抱怨道。

“要活大家一起活，要死大家一起死！我们不能丢下你们！”郭飞望着韩诚灰黑的脸，毅然坚决地说道。

“弟兄们，鬼子又上来了！准备战斗！”

“团长！我们只剩下五十多个人了。”赵排长伤心地说道。

“不要怕，就是剩下一个人，都要战斗到最后！”

“团长，我们的子弹打完了！”陕西冷娃李强说道。

“同志们，子弹打完了，就上刺刀！拿起手中的大刀！向鬼子的头上砍去！”韩诚慷慨激昂地喊道。

“鬼子上来了！弟兄们！跟他们拼了！让他们尝尝我们陕西冷娃的厉害！”

“好！杀呀！”只见五十多条汉子，端了刺刀，拿了大刀，跳出战壕，勇猛地向鬼子刺去，向鬼子头上砍去……

一波冲锋下来，郭飞和韩诚身边仅仅剩下了李强、张凯、陈飞、王宏四个陕西冷娃……

而对面凶恶的鬼子，又像恶狼一样迅速围住了他们，鬼子指挥官挥舞着寒光闪闪的军刀，叫嚣着向他们冲来……

郭飞扔了手中砍成缺口的大刀，顺手拾了一把大刀，擦了擦，笑着对李强几个陕西冷娃说道："乡党们，怕不怕！"

"我们不怕！"李强四个人齐声说道。

"好样的，陕西冷娃，是个男子汉！"韩诚赞道。

"哥哥，领我们唱《杀寇谣》！这是我们最后的心声！"

"好！"

"两狼山—战胡儿—天摇地动

好男儿—为国家—何惧生死！

……"

声音慷慨悲凉，气贯长虹，直穿云霄。山谷回应，中条含悲，黄河呜咽。

几位英雄，在苍凉的落日映衬下，于天地写成几个大写的人！

……

尾声

自此以后，每年的清明，都能看到两位玉人带着两个可爱的男孩来到中条山下，遥望黄河的方向，祭拜他们死去的父辈。

这两位玉人——一个是晓梅，一个是玉兰。她们常常痴望着中条山那块醒目的山头。在夕阳下，她们仿佛看见心爱的人——郭飞、韩诚笑着扔掉手中的枪，披着霞光、在鸥鸟的吟唱里向她们走来……

大浪淘沙，历史的车轮滚滚向前。后来，在晓梅的带领下，玉兰也加入了中国共产党。她们后来相继和叶政委、玉茹取得了联系。玉茹在叶政委的介绍下，也加入了中国共产党。而玉茹的父亲，还有这支部队的将士们，也回到了人民的怀抱……

后记

实际上，酝酿这部反映秦晋豫黄河英雄儿女抗战尤其是反映陕西冷娃抗战的长篇小说已有多年。

有几个因素深植我心中：一是爷爷从小讲述的家族英雄抗日的故事；二是黄河子民的浓厚情结，我的祖辈是黄河岸边的子民，那里的祖辈好多参与了保卫黄河、保卫大西北的抗日斗争，不把他们的英雄故事写出来，实在是一种愧疚；三是至今塑造陕军抗日英雄的长篇小说似乎还没有出现，十几年前陕西作协主席陈忠实先生曾多次呼吁陕西作家应该沉下心来为陕军抗战在文学史上浓墨重彩书写一笔；四是无论是小时候祖父的启蒙，还是身在渭北高原，时时都能听到陕军在黄河岸边、在中条山上与日寇喋血、鏖战殊死搏斗的英勇故事，如果不把他们表现出来是一种压抑；五是至今的中条山战役多关注了后期国民党大军的溃败，而没有关注前期陕军所取得的伟大胜利，更没有关注中国共产党所领导的民间抗日力量，甚至有很多说法忽视了中国共产党人在黄河岸边、中条山上积极发动群众，组织武装力量进行抗战的有力作用；六是我在长达二十天的采风中，所接触到的历史遗迹、历史资料、民间老人，以及散落在群众口头的陕军抗日英雄故事，还有中国共产党人在动员群众、组织民间武装力量抗日的生动事迹，促使我完成一部表现国共合作抗战的历史篇章。

时势造英雄，特殊的时代造就了特殊的人物，特殊的人物必定有特殊的故事。每个人都是时代的产物，离不开时代这个大背景。无论英雄还是败类，都有孕育他们的土壤。其实，每一场人物较量，背后都代表一个阶级或者一个集团。没有任何人是孤立的，包括英雄人物。

在这本部小说中，作为长篇，离不开宏大叙事，离不开矛盾冲突，离不开典型环境、典型人物。塑造典型人物，是重中之重；而典型人物，只有把其置放于国家、民族这个矛盾大冲突的背景下，才能表现得更加充分，更加立体，更加丰满。在典型环境中，每个人物的个性才能酣畅淋漓地体现出来。当然，无论是塑造英雄人物，还是塑造反面人物，我都立足于“人”这个特点，把他们放在特定的环境、阶级立场去看，没有概念化、脸谱化他们。鉴于人性复杂的特点，把人物的成长与蜕变也要尽力展示出来，这样，每一个人物形象才是丰满的，有血有肉的，令人看得见、摸得着的。

其中浓墨重彩地塑造了这几个英雄人物：中国共产党领导的抗日武装灵魂人物叶政委，陕军中枪法超群、狙击手出身的郭飞团长，还有山西蒲州抗日民间武装力量的韩诚，流落异乡武艺超群的山东大汉李忠，巾帼英雄有玉茹、晓梅、“赛贵妃”等。他们是美的、正义的、光明的代表人物。从他们身上，看到了国家的希望，民族的未来。在民族生死存亡之际，当然也有“苟活”的人，但他们彻底失去了一个人做人的尊严。人性的自私与贪婪，人性的低劣与倾轧，在他们身上淋漓尽致地体现出来。

宏大的叙事，离奇的情节，生动的人物，特定的环境，都是我在小说中用力很重的部分。宏大的叙事必须立足于真实的历史，离开真实的历史，就失去了艺术的价值。至于情节、人物都可以在这个真实的基础上去添补，去细化，去丰满，去完善，以便艺术性地再现时代气氛。当然，情节离奇是少不了的，离奇，对读者才有吸引力；人物刻画必须细腻、生动、丰满，细腻、生动、丰满，读者才有阅读的兴趣；环境必须逼真，逼真，读者才有身临其境的现场感。

总之，这部凝结着我三年血汗的长篇小说终于到了杀青的阶段。在这里，我要感谢我的先辈们留下的历史精神财富，让我有了表现他们的机会；我要感谢那些散落在民间的被人们口头歌唱、口头传颂的英雄们的细节给予我的灵感与素材，才使我尽力得以想象与完善。

在成书过程中，当代著名作家、中国作协副主席、陕西省作协主席贾平凹赞誉道：“表现陕西冷娃抗战，写得生动活泼，填补了陕军抗战的历史空白，是很有价值的，值得一读。”得到了西安出版社李宗保先生的首肯与看重，得到了著名出版人凌翔的推崇。著名文学评论家白烨题写书名，著名军旅作家王宗仁为本书题词，著名作家刘成章为本书作序，书法家孙耀武馈赠书写我的手记墨宝，山西永济文史专家傅晋宏提供了重要资料，还有《千高原》资深编辑高洪新女士，文友王政、豆宏庆等提出了宝贵的意见。在此特向他们致以深深的感谢。